民众口头创作与族群文化品性

文化场视域下的壮族民间文学

杨树喆 著

创于1897
商務印書館
The Commercial Press

本书系国家社科基金西部项目
“民众口头创作与族群文化品性——壮族民间文学的文化透视研究”
（项目编号：06XZW013）的结项成果

目 录

前　言

“文化养育了诗歌，诗歌铭刻着文化。”①

壮族民间文学处在各种文化因素的包围之中，并不断地与它们形成双向运动的复杂联系。一方面，这些文化因素以各种方式，通过多种文化机制，深刻地影响着壮族民间文学。壮族的歌咏习俗、稻作文化、师麽②传统以及外来的汉文化等，所有这些文化因素都对壮族民间文学产生了相应的影响。另一方面，壮族民间文学作为一种特殊的文化存在形式，以艺术特有的表现手法在审美创造中与各种文化因素沟通，从而深蕴民族生活内涵与族群文化品性，自身也呈现出丰富多彩的文化内涵。

壮族民间文学在壮族文化的历史进程中发展演变，壮族文化的历史进程对壮族民间文学的发展产生了重要的影响。壮族文化历史进程中的不同生存状态为壮族民间文学提供了不同的表现素材，也为壮族民间文学提供了不同的发展条件，从而规制着壮族民间文学的发展演变。同时，壮族民间文学在审美创造中映照出壮族社会、文化、历史进程的完整影像。接近与族群命运之感和个体心灵之痛息息相关的壮族民间文学，就是接近壮族的命运与灵魂。作为社会历史文化积淀的成

---

① 叶潮：《文化视野中的诗歌》，巴蜀书社 1997 年版，第 1 页。

② 麽，用汉字记录壮语语音而创造的方块壮字（又称“古壮字”），在壮语语境中有喃诵经诗、通神祈禳之意。在壮族民间法事仪式中负责喃诵经诗之人，壮语称之为“布麽”，意为“麽公”。麽公一般由成年男子充当，做法事时是麽公，平时则是从事农业生产的农民。

果之一，它传承了壮族的民族记忆，指认了壮族的生命血质，记录着这个远古文明的山地民族所创造的沉重厚实的文化积淀、所经历的坎坷崎岖的历史艰辛。一句话，壮族民间文学是壮族文化历史进程之内在本质最生动最深刻的表现。

总之，壮族文化养育了壮族民间文学，壮族民间文学在审美创造中与壮族文化整体沟通，铭刻着丰富的文化因素，映照着壮族文化历史进程的内在本质。文化渗透与审美映照，如同一枚硬币的两面，共存于壮族民间文学与壮族文化的关系之中。

本书有关壮族民间文学的文化透视研究主要包括五个方面：

1. “文化场”与壮族民间文学。在解读和阐述“文化场”概念的基础上，宏观分析壮族民间文学生成、发展的文化土壤和壮族民间文学的歌咏习俗、稻作文化、师麽传统及外来文化意蕴。

2. 歌咏习俗与壮族民间文学。着重探讨有着“歌海”之美誉的壮族及其歌咏文化传统对壮族民间文学特别是口头韵文创作的孕育功能和影响。

3. 稻作文化与壮族民间文学。着重探讨壮族作为最早种植水稻的民族之一，其民间文学特别是口头散文叙事的稻作文化内涵与特质。

4. 师麽传统与壮族民间文学。着重探讨产生于远古社会的壮族师麽文化传统对壮族民间文学特别是乡村仪式演剧的深刻影响。

5. 汉族文化与壮族民间文学。着重分析壮族民间文学与汉族文化的交流与整合关系，特别是汉族文化对壮族民间文学、文化的重大影响。

上述研究的重点和难点都在于，以文学-文化批评和民俗学田野作业相结合的研究方法，将壮族民间文学及其特征置于整个壮族发展的历史长河与社会群体文化结构的网络之中，探讨其在由本土文化（歌咏习俗、稻作文化、师麽传统）和外来文化（汉族文化）因素构成的“文化场”中的表现形态与文本意义。

在此基础上，壮族民间文学的文化透视研究所要阐述的主要观点包括：

1. 当今社会物象眩目，意义纷繁，以往对事物从单一的概念、意义、领域进行解读的习惯与思路，不得不转变为以彼此沟通、传递、变异、融合的方式去接受解读个体更富创意、更自由的思想叩访。当代学术的发展需要进入一个视野更为宽广的区域，以全新的解码方式和多维的观照视角，将阅读个体从阅读困境中带入日益丰富多样的领悟时空之中。本书将壮族民间文学置于文化视野的平台进行剖析，即一种多维观照的解读尝试。

2. “任何一个民族的文学，不能不是一个民族文化沃土上的产物。它的产生（构思、创作）与发展（接受、传播），无论如何脱离不开一定民族的文化背景，并最终反转过来，汇入民族文化的巨川，去冲积新的平原，去浇灌新的良田，去孕育新的生命。”[①]因之，对壮族民间文学的理解和诠释，不仅仅要领悟文本修辞，认识文学样式的审美价值，体验文本带来的趣味，实现阅读个体与文本之间的交流与沟通，还应该从更广泛的领域——社会伦理、宗教信仰、政治制度、经济结构等文化方面——寻找其更为丰富的意义。

3. 壮族民间文学是在由本土的歌咏习俗、稻作文化、师麽文化以及外来文化（主要是汉族传统文化）因素构成的文化场中形成和发展的，所以要挖掘和理解其丰富而深刻的文化内涵，就必须将研究对象置于所存活的文化场之中进行全方位的考察。

---

① 陈继会：《拯救与重建——20世纪中国小说文化精神》，河南人民出版社1991年版，第329页。

在研究视角上，壮族民间文学的文化透视研究以多元观照的思路，对壮族民间文学与文化的联系，以及壮族民间文学对各种文化现象的审视，做较为系统的梳理和分析。从壮族民间文学产生和发展的文化背景入手，将壮族民间文学及其特征置于整个壮族发展的历史长河与社会群体文化结构的网络之中，从民俗学、文化人类学、民族学及审美学的角度，在多维文化视野里论述壮族民间文学与文化的关系，探讨壮族民间文学在由壮族传统文化、外来文化特别是周边少数民族文化和汉族传统文化因素构成的文化场中的表现形态与文本意义。

在研究方法上，壮族民间文学的文化透视研究将文学-文化批评法和民俗学、人类学田野作业法作为基本研究方法。前者的优势在于它不再将文学视为社会生活简单的“反映物”和政治斗争的“工具”，而是将文学纳入整个文化系统中，从文学与文化的大系统中去发现其价值，表现出更为广阔的批评视界，并以更大的热情去关注“人”的存在和社会、历史、文化的进程。后者则是通过实地访谈和参与观察的方法获取他者文化的知识，以帮助研究者增进对人类文化相似性和差异性的理解。二者的完美结合将有效地促使研究工作顺利实现预期目标。

第一章
“文化场”与壮族民间文学

本章着重在解读和阐述“文化场”概念的基础上，宏观分析壮族民间文学生成、发展的文化土壤和壮族民间文学的歌咏习俗、稻作文化、师麽文化及外来文化意蕴。

第一节　文化与文化场

同世界其他文化现象一样，壮族民间文学也是存活在一定的环境、时间和空间当中的。这里的空间包括了实在的物质空间以及社会的和概念的抽象空间，这里的时间是一个从过去到现在的连续体。特定时空中的文化语境即文化场，是壮族民间文学发生和发展的重要影响因素。

一、文化场的界说

“场”，在《辞海》中有如下 3 个义项：①平坦的空地；②特指集市；

③表示经过一桩事情的量词。[①] 这些解释，主要倾向于“场”的物质性与实体性。事实上，“场”的概念在许多学科中都有涉及。19 世纪 30 年代，物理学家法拉第提出了力线和力场的概念，认为电磁场是一种看不见、摸不到的物质实体。后经科学家们的努力，建立了统一场论(Unified Field Theory)，其基本观点认为：(1)宇宙是同源统一的；(2)自然界万物的构成，都是以四种基本作用场(强作用场、弱作用场、电磁作用场、引力作用场)的相互作用为基础的；(3)人体生物场、社会场都是从自然场的复杂作用的演化中派生出来的，是自然场的产物。[②] 可以看出，“场”的特性还包括社会性与抽象性。心理学家苛勒认为，整体的完形是通过场的作用而发生的。1936 年，苛勒的学生勒温运用拓扑学原理及物理学中的场、力、区域、边界、向量等概念提出了心理学的场论。勒温在《社会科学中的场论》中说，心理学场论的基本特质之一是这样一种要求，即影响个体的场不应以“实体物理学”的术语来描述，而应用“个体在某时间所处的场”这样一种方式来描述。他进而认为，在一个特定时间和环境中，具体人的有效心理要素的总和就是他的生活空间或心理场。人的行为依赖于人和环境的相互作用，向量被用来描述这一相互作用的动态过程：向量既可以表示推动力，也可以表示约束力，这两种力都可能从被研究者的需要和能力、从其他人的行为或从其他情境里发生。[③]勒温关于心理场的理论进一步丰富了场的内涵及功能。社会学家布迪厄则提出了场域是在各种位置之间存在的客观关系的一个网络，他研究了各种各样的场域，包括艺术家和知识分子、阶级生活方式、名牌高校、科学、宗教，也论及了权力场域、法律场域、居

---

① 《辞海》第七版缩印本，上海辞书出版社 2022 年版。

② 张小军：《社会场论》，团结出版社 1991 年版，第 25—421 页。

③ 库尔特·勒温：《拓扑心理学原理》，竺培梁译，浙江教育出版社 1997 年版。

民住宅建设的场域等。他在使用场域概念来理解社会、世界时，经常用游戏来作类比，认为场域是那些参与场域活动的社会行动者的实践同周围的社会经济条件之间的一个关键性的中介环节。场域有其界限和动力学原则：场域的界限位于场域效果停止的地方；场域的动力学原则，在于它的结构形式，同时还特别根源于场域中相互面对的各种特殊力量之间的距离、鸿沟和不对称关系。正是在场域中积极活动的各种力量——分析者之所以将这些力量筛选出来，把它们看作与场域的运作关系重大的因素，正是因为这些力量造成了场域中至关重要的差异——确定了特定的资本。只有在与一个场域的关系中，一种资本才得以存在并且发挥作用。[①]

借鉴以上关于场、力场、心理场及场域的概念，本研究提出“文化场”的概念，认为文化场是指特定时空中各文化元素之间相互作用所形成的一个综合场。文化场是文化的一种存在形态，它动态地、深刻地揭示着文化要素之间、文化与社会之间、文化与个体之间的相互关联。场，不仅包括了空地等具体空间，也包括了精神、文化等心理空间。因此，场具有物质性与实体性，同时也具有社会性和抽象性。在现实社会中，文化是以场的形态存在的，从场的视角分析文化现象发生与发展的环境，能够更全面、更清晰、更准确地把握文化发生、发展与环境中各要素之间的关系。

二、文化与文化场的关系

早在20世纪50年代初，美国文化学家克罗伯和克拉克洪发表的

---

① 布迪厄、华康德：《实践与反思——反思社会学导引》，李猛、李康译，中央编译出版社1998年版，第135、139页。

《文化、概念和定义的批评考察》一文，就对西方流行的160多种文化的定义做了回顾与评析。[①] 半个多世纪过去了，西方学者对文化的理解不断推陈出新，世界其他国家的学者也在对文化做出自己的阐释。人们正是在这种对文化的不断阐释中加深对文化的认识和理解的。我们这里不会像意象文化学著作那样对文化的定义进行学术史的回顾，而只想表明对文化的概念界定。

已故民俗学家钟敬文先生曾就如何科学确定文化的定义和范围问题提出过中肯的意见："在这个问题上，我们与其沿用某些哲学家、思想史家或文化史家等的文化概念，倒不如采用现代一般人类学者（文化人类学者或社会人类学者）所使用的概念更为合适些。自然，人类学者们的文化定义或范围，彼此也不是完全一样，但是大体上是相同或比较接近的，这种定义的特点就是范围比较广泛。凡人类（具体点说，是各民族、各部落乃至于各氏族）在经营社会生活过程中，为了生存或发展的需要，人为地创造、传承和享用的东西，大都属于文化范围。它既有物质的东西（如衣、食、住、工具及一切器物），也有精神的东西（如语言、文学、艺术、道德、哲学、宗教、风俗等），当然还有那些为取得生活物资的活动（如打猎、农耕、匠作等）和为延续人种而存在的家族结构以及其它各种社会组织。"[②]我们基本赞成钟先生的看法，也即对文化的广义认识，认为人类的一切创造活动及其成果，都属于文化的范畴。

文化与文化场是对立统一的辩证关系，它们相互统一、相互联系、不可分割。只要在一个社会中形成了一种文化，就必然会在文化与产生这种文化的社会环境之间存在一个相互作用的范围——文化场；反

---

① 刘守华主编：《文化学通论》，高等教育出版社1992年版，第2页。

② 钟敬文：《话说民间文化》，人民日报出版社1990年版，第35页。

之，只要在社会环境中存在着一种文化场，也就必然会有一种文化与之相对应，充当该文化场的内核。二者相比较而言，文化是主要的，它决定着文化场，文化场则依赖于文化而存在，它们就像恒星与光芒一样。

文化场是一种具有以下特点的类似于自然场的特殊物质形态。

首先，作为一种特殊的物质形态，文化场是客观存在的。虽然文化包含了人类认识自然和改造自然的一切劳动成果，但是文化的形成过程并非如产品那样被生产者有目的地制造出来，而是一种人类活动成果的自然积淀过程，是随着人类认识自然、征服自然和改造自然的逐步深入，不断地将人类在这一过程中所取得的成果积累、沉淀，逐渐反映和服务于人类的社会化活动，进而对人类社会化活动起指导作用的特殊历史积淀过程。

在任何一个存在人类社会化活动的环境中，文化都是人类发展的必然产物；同时，作为反映文化存在的文化场也是依附于文化，并伴随着人类发展而客观存在的。

其次，与文化相互统一的文化场具有社会性。由于文化和文化场之间特殊的辩证关系，它就决定了任何文化都会存在一定的文化场；同时，任何一种文化场也都会存在一种支撑这个文化场的内容的文化现象。任何离开文化的文化场和离开文化场的文化，都是无法单独存在的。

也正是由于文化和文化场这种特殊的辩证关系，决定了文化和文化场在社会属性上具有高度的一致性。一方面，由于文化形成的基础主要依赖于从人类社会活动中所抽象出来的养分，通过自然积淀与社会化进程的不断磨合而形成，因此，文化与社会的一一对应就决定了文化相互统一的文化场的社会性。另一方面，文化在形成过程中，与一直伴随和承载着它形成的社会之间存在相互作用，而且，由于文化场是文化在社会中的存在形式，文化与社会的作用完全是通过文化场这一特殊的作用中介来进行的，因此，文化场的社会属性也就伴随着这种相互作用而依附于文化场之中。

再次，由于文化和文化场相互之间的一一对应关系，文化场也具有可重塑性。如前所述，文化具有创新性，即文化在横向融合异种文化和纵向继承同种文化的同时，原文化吸收了外来文化中的异质文化特征，从而形成一种异于原文化的创新文化。

文化之于文化场，不仅起决定作用，而且还与之一一对应，即一定的文化必然对应着一种且只有一种文化场，反之，一定的文化场也单一地描述一种文化。因此，当文化由于融合了异质文化特征而得以创新时，文化场也必然发生相应的变化来适应这种创新，否则，旧文化场就不足以完全地反映和体现创新文化的存在以及它与社会的关系。

正因为如此，文化场的可重塑性就保证了文化和文化场之间的一一对应关系，也保证了文化场能够充分地反映其内核即文化的存在。

最后，文化场中存在着一种特殊的相互作用力。因为文化场不仅反映了文化的存在，而且还反映了文化和承载该文化的社会之间的作用关系，所以在文化场中就会或多或少地体现出一种相互作用力的存在。既然是一种相互作用力，它就不可避免地存在两个相互作用的力的源泉——文化和社会环境。一方面，文化之于社会环境，或推进社会发展，或阻碍社会发展，如中国的封建文化对社会发展的阻碍作用，以及新民主主义文化将中国从封建社会的泥潭带到先进的社会主义社会。另一方面，社会环境之于文化，影响着文化养分取舍和文化的形成，如西方中世纪崇尚宗教的社会环境对诸如日心说、物种起源等先进的文化养分的拒绝，甚至于无情地扼杀，这都体现了社会环境对于文化形成的阻碍作用。以上两种作用力存在于文化场中，反映着文化和社会环境之间的相互作用。

文化在社会中特殊的存在形态——文化场，以及这种特殊物质形态的特殊性质，尤其是文化场作为文化和社会相互作用的媒介时所表现出来的特殊性，都促使我们在进行社会活动的同时要更加注重社会中存在的文化，以及不同社会文化因素的作用。所以，源自文化包括异种文化的差异的作用力，可以渗透到诸如政治、经济、军事乃至管理等多方面，对它们赋予力的作用，影响着它们的发展、变化以及在这些方面进行的决策。只有当人们能够正确对待发生在文化和社会之间的互相作用范围，才能在社会活动中充分利用这种特殊的作用。

第二节 壮族民间文学文化场的构成

布朗芬布伦纳认为，有机体与其所处的即时环境的相互适应过程，受各种环境之间的相互关系以及这些环境赖以存在的更大环境的影响。此环境比心理的、物理的和社会的环境更为广泛和复杂，它是由各种不同层次、不同性质的环境相互交织在一起而构成的，具有一个中心又向四处扩散的网络。[①] 据此，壮族民间文学的文化场与人类发展生态学中对环境在空间结构上的界定有相通之处，是由文化各要素所构成的一个意义的网络。这个网络由层层递进的文化圈所构成，它以某一种文化为中心向外扩散，形成整个文化场的不同“次场”。

一个地区、一个民族的文化从发源、发展到衰落总是处于不断的运

① Urie Bronfenbrenner, *The Ecology of Human Development*, Cambridge Mass.: Harvard University Press, 1979.

动过程中,因而,壮族民间文学的文化场是一个时空交错的动态场,是一个现代空间与传统观念的交汇点。对此动态场的考察主要从时间脉络、空间环境两个方面着手。

一、时间的视角

广义上讲,有了人,就有了历史,也就有了文化。现今的世界文化景观,处处保留着与先前存在的事物的精神联系,是多少年来人类文化的积淀与弘扬的结晶。从历史的、时间的视角来审视发展的宏观文化场,有助于更清晰地把握壮族民间文学文化场的历史进程,了解它的过去和现在,预测它的未来。

壮族社会的发展经历了迄今为止中国社会发展的所有阶段,大体分为氏族部落时代(远古—先秦时期)、郡县划一时代(奴隶制形成与发展时期,秦—隋)、羁縻制度时代(奴隶制进一步发展时期,唐—五代)、土司制度时代(封建领主制时期,宋—清初)、半封建半殖民地时代(清中叶—民国)和民族区域自治时代。[①] 从柳江人到瓯骆人,从瓯骆人到今天的壮族人,壮族人民走过了漫长的、艰辛的、曲折的历程,在历史上留下了自己的脚印,创造了堪称辉煌的文化。特别是壮族民间文学,是壮族辉煌文化的重要组成部分。

壮族的文学艺术经历了若干发展阶段,一步一步地从远古的神话时代发展到社会主义初级阶段的文学全面繁荣时期。根据壮族民间文学内容和形式的前后发展脉络,结合文学艺术的一般发展规律,壮族民间文学的发展大致可以分为如下几个时期:

---

① 张声震主编:《壮族通史》(上)"绪论",民族出版社 1997 年版,第 27—28 页。

（一）远古文学

这个时代是壮族的原始文学时代。这时期的壮族文学包括原始的歌谣、与歌谣密不可分的音乐及舞蹈，三位一体，之后才出现了神话传说及其他原始绘画艺术。壮族原始歌谣的实际情形究竟如何，今天已经无从查考，但其第一首歌谣当是劳动歌，即《淮南子·道应训》中所说的“举重劝力之歌”之类。流传至今最早的一首壮族先民歌谣，是春秋时期的《越人歌》。这是一首创作于公元前528年，用汉字记音的壮族先民歌谣，原载于西汉刘向所著的《说苑·善说》当中。后人经深入研究和鉴别，认为这首《越人歌》就是一首古老的壮族歌谣。[①] 这首歌谣感情真挚，文辞优美，用现代壮语还可以大体读通。可见远在春秋时代，壮族歌谣已经有了相当的发展。《越人歌》作为历史上的名篇，可与《诗经》中的许多篇章媲美。

稍后于歌谣产生的是神话，流传至今的壮族神话篇章为数还不少。这些“通过人民的幻想用一种不自觉的艺术方式加工过的自然和社会形式本身”[②]的口头创作，表现了壮族先民试图揭开自然与社会奥秘的强烈愿望和力图征服自然、战胜自然的英雄气概。

（二）上古、中古文学

从春秋时期到隋唐，壮族具有代表性的文化被称为“铜鼓文化”，文学艺术则是其最重要的内容和表现形式。在奴隶制发展时期，社会生产力有了较大的发展，壮族的文化艺术也相应得到发展，这两个方面

① 韦庆稳：“《越人歌》与壮语的关系试探”，载民族语文编辑组：《民族语文论集》，中国社会科学出版社1981年版。

② 马克思：“《政治经济学批判》导言”，载《马克思恩格斯选集》第2卷，人民出版社2012年版，第711页。

都综合地体现在铜鼓身上。从秦汉到魏晋，是壮族先民铜鼓铸造的高峰时期，这一时期的壮族铜鼓，其形制、规模、重量都达到了很高的水平，其周身上的雕塑体现了壮族先民的艺术风格。整个铜鼓就是一件精心制作的艺术品，代表了奴隶制时期壮族文化艺术的最高成就。从唐代开始，铜鼓文化便逐渐走向衰落。

这一时期的壮族歌谣有了进一步发展，歌圩（歌会）也从宗教仪式中逐渐分离出来，初具规模，因而在唐代出现了“歌仙刘三姐”。民间传说故事也有了新的发展。随着阶级的出现，相应地产生了一批反映阶级分化时期兄弟姐妹之间财产纠纷的故事。这类民间传说故事中，多为兄弟或姐妹一富一贫，富者欺贫者，并对富者欺贫行为进行了辛辣的批判。但由于壮族的奴隶制与汉族及其他民族的奴隶制不同，属于家族内部的奴隶制，奴隶和奴隶主之间的矛盾一般不是特别尖锐，因而反映这种阶级矛盾的民间传说故事为数并不多。相反，由于封建王朝对壮族人民进行残酷的政治和经济压迫，因此反映壮族人民反抗地主压迫的民间传说故事则不少。其中，《岑逊王》①是这个时期的代表性作品，它继承了远古神话的艺术手法，也反映了当时的壮族人民与封建帝王的斗争。另外，还有一批关于花山岩画的故事，同时反映了阶级斗争和民族斗争的内容。

著名的左江花山岩画，是这一时期壮族文学艺术中与铜鼓文化齐名的艺术杰作，也是壮族祖先留下的最珍贵的文化遗产之一。岩画的画面清楚地表明它产生在铜鼓文化之后，因为铜鼓已经成为权力的象征。

---

① 农冠品、曹廷伟编：《壮族民间故事选》第1集，广西人民出版社1982年版。

（三）近古文学

从唐代到清代中叶，壮族文学艺术上最明显的标志是歌圩。中古时期基本形成的壮族歌圩，至此发展到高峰，规模宏大且程序定型，歌谣内容及形式丰富多彩，依歌择配的风习在这里找到了理想的场所。所以说，歌圩的普遍盛行是壮族近古文学时代最重要的特征。

由于歌圩的发展，加上这一时期产生了“方块壮字”，因此歌谣有了重大突破，出现了许多反映复杂生活内容的长篇作品，《传扬歌》[①]就是民间长歌获得发展的标志之一。许多以汉族民间传说故事或历史人物为题材的长歌，大体也形成于这一时期。

民间传说故事题材广泛，情节曲折，艺术手法日趋成熟，标志着壮族民间传说故事进入了丰收期。这个时期，宋王朝在唐代羁縻制度基础上建立了土司制度，封建制度在壮族地区正式确立，因而农奴与农奴主、农民和地主的尖锐对立，成为民间传说故事的主要题材，其中有三类作品非常突出：一是反映农民起义和民族起义的故事，如侬智高的传说；二是反映农奴反抗土司残酷剥削、压迫的作品，农奴用种种巧妙的方法，和土皇帝们做针锋相对的斗争；三是反映农民和地主的矛盾，对地主和财主的贪得无厌进行了深刻的揭露和鞭挞。

这段时期是壮族文人诗词的发展期，并作为壮族文学发展的一个重要里程碑载入史册。此外，此时期发展的后期，壮族民间文学园地里出现新的花朵——民间戏剧，虽初沐春晖，却长在沃土上，惹人喜爱。

---

① 梁庭望、罗宾译注：《壮族伦理道德长诗〈传扬歌〉译注》，广西民族出版社 2005 年版。

（四）近代文学

1840—1919年是壮族民间文学发展的近代时期。这一时期，中国沦为半殖民地半封建社会，人民大众和封建主义、官僚资本主义及帝国主义的矛盾急剧尖锐化。壮族社会也和全国其他地区一样进入了半殖民地半封建阶段，形成了壮族民间文学在本时代的重要特征：文学形式上虽大体延续以前的各种体裁、样式，但其内容有了较大的变化，表现为对末代封建王朝、法国帝国主义的侵略和桂系军阀统治的强烈反对。文学也比以往任何一个时期都更加成为壮族人民手里的斗争武器。

反封建方面，以反映太平天国起义的歌谣、民间传说故事和革命将领的诗歌最为突出。如关于太平天国起义的故事，讲述起义前后的革命活动和战斗事迹，是太平天国初期史实的生动演绎；关于冯云山、萧朝贵、洪秀全、杨秀清、石达开等革命将领的传说故事，讲述他们的生平事迹和斗争经历，是流传在壮族民间的生动的人物传记；民间故事《红香粳米》，热情洋溢地歌颂了太平军与穷苦农民的血肉关系，具有浪漫、神奇的色彩。[①] 此外，太平天国革命将领带着硝烟、使人振奋的诗作，为这个时期书面文学增添了新的光彩。此时期，反对帝国主义的作品第一次出现在壮族的口头创作里，壮族人民用歌谣和民间传说故事的形式，表达了自己对法国帝国主义的强烈不满和反抗侵略的决心，并且热情讴歌黑旗军和中法战争中冲锋陷阵的将领。[②]

辛亥革命时期，壮族人民也有意识地创作了歌谣，歌颂这场最后埋

① 周作秋、欧阳若修、黄绍清等：《壮族文学发展史》中册，广西人民出版社2007年版，第781—842页。

② 周作秋、欧阳若修、黄绍清等：《壮族文学发展史》中册，广西人民出版社2007年版，第843—866页。

葬封建王朝的革命,如《宣统换皇歌》《辛亥革命歌》[①]等。辛亥革命后,壮族人民的批判笔锋立刻转向那些独霸一方、争权夺利、闹得人民鸡犬不宁的军阀,特别是对袁世凯的复辟和陆荣廷的割据,表示了极大的愤慨,进行了尖锐的揭露,如《唱中国历史》《刽子手陆荣廷》[②]等。

近代时期也是壮族民间戏剧的形成与发展时期,如果说前一个时期的壮族民间戏剧仅是雏形,那么这个时期的民间戏剧已经是壮族民间文学园地中一丛独立而繁茂的文艺之花了。[③]

(五)现代文学

这一时期是壮族文学全面更新和繁荣的时期,分为新民主主义革命阶段、社会主义革命和建设阶段。

现代社会的巨大变革,激发了壮族的潜能,使其焕发出青春活力,壮族文学的整体面貌也随之发生了深层次的变化。壮族文人、文学的文体构成更加丰富多彩,作家开始尝试从事自由体白话诗、报告文学、中短篇小说、童话及童话剧等体裁的创作,改变了从近古时代以来的汉文创作以古体诗为主的局面,形成了韵文体和散文体并重的多元化文体格局,尽管某些文体的某些作品显得有些稚嫩。壮族民间文学的主要文体则在总体构成与语体风格上深深烙上了现代文化的印记,并发生了深刻的变化。有些文体样式的创作逐渐萎缩,不再有新的作品问世,如神话、史诗等,这些文体虽由于所依托的社会、文化及思维的基础

---

① 广西壮族自治区科学工作委员会、壮族文学史编辑室编:《壮族民间歌谣资料》第2集,内部编印,1959年版。

② 广西壮族自治区科学工作委员会、壮族文学史编辑室编:《壮族民间歌谣资料》第2集,内部编印,1959年版,第19、21页。

③ 周作秋、欧阳若修、黄绍清等:《壮族文学发展史》中册,广西人民出版社2007年版,第951—975页。

已经不复存在而式微,但其作品仍以不可企及的艺术规范,在现代文化氛围中显示出魅力,为人们所传唱和欣赏。某些可直接同现实社会发生紧密关系的文体则异军突起,并以其短小精悍、简洁明快的特征,为现实斗争服务。譬如歌谣、民间传说故事等,同各个时期的革命运动密切配合,宣传革命思想,抨击黑暗现实,歌颂革命领袖,抒发革命豪情,尤为引人注目。

中华人民共和国成立后,壮族作为一个民族得到中央政府的确认,在广西建立了壮(僮)族自治区,行使民族自治权,激发了壮族的主体意识,促使壮族当代文学以全新的面貌展现在文坛上。壮族作家从各个层面反映丰富多彩的社会生活,取得了丰硕成果,长篇小说、中篇小说、短篇小说、散文、诗歌、报告文学、传记文学、戏剧文学和电影文学剧本等体裁的汉文和壮文创作,都取得了重大突破,标志着文人、文学的兴盛和繁荣,改变了壮族文学创作以民间文学为主的局面。与此同时,口耳相传的民间文学不再被当作下里巴人而不登大雅之堂,相反,其因质朴清新的风格和灵活多样的创作方法,受到政府的高度重视,民间歌谣、神话、史诗、民间传说故事、民间长诗、民间谚语等得到了广泛的收集、整理、翻译、出版和保存,民间歌手、民间传说故事讲述者焕发了新的创作热情,民间文学文体获得了新生。

二、空间的视角

文化的产生与发展总是依赖于一定的空间,文化也总是某个地域或地区的文化,空间对文化发展的影响是巨大的。从横向的、空间的视角审视壮族民间文学,有助于更全面地把握壮族民间文学文化场的多元构成，有助于从一个更宽泛的视野理解多元文化背景下各种文化交流、碰撞对壮族民间文学带来的影响。

从空间的构成看，壮族民间文学文化场是一个由本土的歌咏文化、稻作文化、师麽文化和以中原汉族文化为主的外来文化等不同特质的文化所构成的多层次叠置空间系统。这个系统中的各个文化子系统相互重叠、交织，形成一个动态的向心力，共同作用于壮族民间文学的形成和发展。

对壮族民间文学文化场中的歌咏文化、稻作文化、师麽文化和外来文化等子系统的阐述将在本书第二至五章分别进行，这里仅做简单叙述。

（一）歌咏文化

壮族民间文学文化场中的歌咏文化子系统，是指壮族以歌咏习俗为基础，以歌圩活动、“歌仙刘三姐”等为关键符号的文化系统。

“歌咏”是从远古诗乐舞三位一体的原始文化形态中分化出来的，但仍保留有乐舞特征的一种韵文样式，作为一种综合性的整体艺术，它同时具有文学（词句）、音乐（曲调）和表演（表情动作）三种形态。它以劳动人民集体创作和口头流传为主，与社会生活结合紧密，反映了各个时代的社会风貌，人民的思想、感情、愿望和审美情趣。[①] 我国早在先秦时期就有关于歌咏的种种论述。《诗经・魏风・园有桃》中说“心之忧矣，我歌且谣”，《毛传》注曰“曲合乐曰歌，无章曲曰谣”。民歌属于民族文化范畴，是民族文化的口头记录和形象载体，也是反映民族社会历史和时代风貌的一面镜子。它融汇了民族精神、民族性格、民族心理素质和民族审美情趣等丰富无比的文化内涵。人从生到死，都离不开

① 吴超：《中国民歌》，浙江教育出版社1995年版。

歌,就像哈萨克族的一句谣谚"你伴随着歌声躺进摇篮,也伴随着歌声离开人间"。在传统封闭的小型社会集体中,人类生命个体从出生到死亡这一过程中最明显的生理变化和社会角色变化的几个阶段,如进入社会—成年—成婚—离开社会,都在一定的仪式中用歌唱来对各种新的身份和角色、新的权利和义务进行仪式化的认定。歌咏源于远古社会诗乐舞三位一体的宗教中对神的献祭仪式,目的在于通过虔诚的演唱从神那里获得现实的利益——在原始先民的心目中,天地鬼神是在冥冥之中主宰万物、干预人类意志的令人敬畏的力量。因此,无论耕作、狩猎,还是饮食、游乐都必须先敬鬼神,歌咏就是在进行这类虔诚而庄严的仪式中演唱的内容,体现出原始人对自然的敬畏与崇拜。随着人类社会的发展和进步,歌咏不再仅仅是为敬神演唱的内容,歌咏的内容和功能开始发生变化,除了追求与自然界的平衡与和谐外,还开始调整与融合社会人际关系,并通过反复的传唱,使一个民族群体在行为模式、习惯、宗教仪式方面形成一套具有普遍意义的程式与规范,从而减小由于人的社会地位变化等情况所产生的社会干扰。歌咏的功能就在于通过不断的传唱以维持地方性社会人文生态的平衡。①

西方人类学、民俗学将歌咏文化视为一种民间风俗,认为它是一个既定社会团体行为的文化传统或习惯方式,在一个没有国家的社会中,或国家权力无法渗透的乡村底层社会,发挥着社会控制的功能,但只存在于人类生命潜意识里并在潜意识中产生作用。西方学者还试图从不同侧面、不同角度揭示民歌的特质。英国吉特生认为民歌是一种歌曲,"生于民间,为民所用以表现情绪,或为抒情的叙述者……就其曲调而论,它又大抵是传说的,而且如一切传说一样,易于传讹或改变";路易

① 黄淑娉、龚佩华:《文化人类学理论方法研究》,广东高等教育出版社1996年版。

思·庞德在《诗的起源与叙事歌》里阐明民歌必须具备两个条件：“其一，民众必得喜欢这些歌，必得唱这些歌，它们必得在民众口里活着；其二，这些歌必得经过多年的口传而能留存，它们必得不靠印本而存在。”[①]近代民俗学家劳依舍尔则从内容、语言、形式等角度论证了民歌的地域性和集体性特征。

歌咏在古代中国是诗乐舞三位一体的混合物，中国所谓“民歌”的意义向来就不确定，古人对歌谣的解释也多从字义入手。《尚书·舜典》云“歌永言”，《诗经·子衿传》“诵之，歌之”，疏云“歌之，谓引声长咏之”。《毛诗序》说：“诗者，志之所之也，在心为志，发言为诗。情动于中而形于言；言之不足，故嗟叹之；嗟叹之不足，故永歌之；永歌之不足，不知手之舞之，足之蹈之也。”何休注《公羊传》：“男女有所怨恨，相从而歌，饥者歌其食，劳者歌其事。”朱熹《诗集传·序》：“风者，多出于里巷歌谣之作，所谓男女相与咏歌，各言其情者也。”“五四”前后，在新文化运动的推动下，中国歌谣学的奠基者和先驱者们在歌谣学的研究领域进一步深化了对歌咏的认知，他们对民间歌谣的性质、定义的认识对以后的研究起到积极影响。周作人借用吉特生的定义进行阐释，认为民间歌谣“原是民族文学的初基”，是民众“表达民族心声”的韵文作品，它的特异性质“是原始文学的遗迹，也是现代民众文学的一部分”，“民歌最强烈、最有价值的特色是它的真挚与诚信”。现代民俗学者对民歌的认识愈来愈全面、深刻，钟敬文教授认为民间歌谣是劳动人民集体的口头诗歌创作，属于民间文学可以歌唱和吟诵的韵文部分，它具有特殊的节奏、音韵、叠句和曲调等形式特征，并以短小的篇幅和抒情性

---

① 转引自朱自清：《中国歌谣·歌谣释名》，吉林出版集团股份有限公司 2016 年版，第 5—6 页。

质与史诗、民间叙事诗、民间说唱等其他民间韵文样式相区别。[①]

在1952年的院系调整中,人类学、民俗学由于种种原因没有取得在学科体制中的正统地位,中国学者对歌咏的介入是文学批评式的,对它的研究没有超脱出民间文艺学的考察范畴。一般认为,歌咏构成民间文艺学研究的一大类别,而将歌咏与文化放在一起来考察则是一个具有明显的人类学意味的关系术语。关于歌咏文化的研究不可避免地被确定为文学批评(歌咏)和人类学民间传承与闲暇生活研究(文化)两者的有机结合。[②] 人类学在文化的定义和研究方面具有科学意义上的言说优势,"文化……是包括全部的知识、信仰、艺术、道德、法律、习俗以及作为社会成员的人掌握和接受的任何其他的能力和习惯的复合体"[③],这个由英国进化论学派人类学家艾德华·泰勒在1861年提出的命题早已得到公认。将歌咏文化放在人类学研究视域进行考察,包含对民族行为模式、惯习、宗教仪式等多重意义的阐释。

(二)稻作文化

关于稻作文化,姜彬在《稻作文化与江南民俗》中认为:"文化学上的所谓'稻作文化',用最简单的话来说,除了从考古学和自然科学上研究水稻主体和它生产上有关的一些技术问题,以及它的起源流变等等之外,还包括由于水稻生产而影响所及的民间的生活方式和生产中种种习俗,稻区人的性格、爱好以及文化心态等等。一句话,包括由于水稻生产发生出来的社会生活的一切方面。"[④]壮族是我国最早创造稻

---

① 钟敬文主编:《民间文学概论》,上海文艺出版社1980年版。

② 祖父江孝男、米山俊直、野口武德主编:《文化人类学百科辞典》,山东大学日本研究中心译,青岛出版社1989年版。

③ 参见覃光广、冯利、陈朴主编:《文化学字典》,中央民族学院出版社1988年版。

④ 姜彬主编:《稻作文化与江南民俗》,上海文艺出版社1996年版,第1页。

作文明的民族之一。壮族先民居住的珠江流域,境内河流纵横,有左江、右江、红水河、柳江、南盘江、北盘江、漓江等多条江河,滋润万物的繁衍生息;春季多雨,夏季炎热,雨热同季,属于亚热带季风湿润气候,地理气候环境适宜生物多样性的形成。这一地区野生稻分布广泛,是稻作农业的起源地之一。

壮族先民在长期采集野生稻谷的过程中,逐渐掌握了水稻的生长规律,发明了水稻栽培技术,并围绕着稻作生产,创造了独具特色的干栏居住文化、饮食文化、服饰文化、节日文化,还有杰出的铜鼓文化、师麽文化、歌咏文化等丰富的文化形式,从而形成了以稻作生产文化为核心的民族文化体系。正如覃彩銮所言:“壮族稻作文化是以稻谷的耕种为核心,由此引申而成生产技术、生产工具、组织分工、饮食居住、宗教信仰、民间文学等不同层次的文化事象。”①也就是说,稻作生产文化是壮族文化的基础。我们说,无论是姜彬对稻作文化的定义,还是覃彩銮对壮族稻作文化的解释,都是广义的,指的都是一种以稻作生产为核心的文化体系、文化类型。

我们这里所说的“壮族稻作文化”,主要指的是稻作农业生产及紧密围绕稻作生产形成的节日、习俗等文化要素。需要指出的是,稻作生产是稻作文化的基础,“生产技术则属于稻作文化中第一层次的文化事象,亦是稻作文化赖以产生和发展的基本条件”②。唯物主义基本原理认为,物质生产决定精神意识,经济基础决定上层建筑,壮族以稻作生产为主要生存依凭,稻作生产特有的耕作方式、生产周期,影响着壮族的生活方式、思维方式以及民族性格。作为精神生产成果的壮族民

① 覃彩銮:“略论壮族稻作文化”,载覃乃昌主编:《壮侗语民族论集》,广西民族出版社1995年版,第156页。

② 覃彩銮:“略论壮族稻作文化”,载覃乃昌主编:《壮侗语民族论集》,广西民族出版社1995年版,第156页。

间文学，自然也受到了壮族稻作文化广泛而深刻的影响。

（三）师麽文化

壮族民间文学文化场中的师麽文化子系统，是指在古代越巫基础上，吸收中原古巫傩、道教、汉传佛教以及儒家孝道等观念而形成和发展起来的两种壮族原生性民间宗教——师公教和麽公教，统称为"师麽信仰传统"或"师麽文化"（详见第四章）。一般认为，文学和宗教都是上层建筑中的意识形态部分，同为意识形态，就注定了两者之间有着非常密切的关系。从文学的起源和发展来看，它的每一步都几乎受到宗教的影响。因之，壮族民间师麽传统或师麽文化构成了其民间文学文化场的又一子系统。

（四）外来文化

外来文化是指正在进入一个民族内部，并与其发生作用的别族文化。纵观整个人类文明史，文化流动与文化冲撞在人类文明发展过程中是不可避免的。不同民族、国家、地区的文化互相影响、渗透、借鉴和吸收，由此促进了世界文化的繁荣与发展。人类文明的演进与发展过程实质上就是不同民族、不同国家、不同地区的文化相互冲撞与融合的过程。文化发展的一个重大特点就是既保持自己本土的族群特点，同时又不断地在与外来文化的接触与碰撞中对其进行吸纳。外部文化的大量输入，必然导致不同文化思想的冲撞与融合，从而推动本民族文化的繁荣与发展。

同样，壮族文化的发展过程也是本民族文化与周边壮侗语族各民族（主要是侗族、仫佬族、毛南族等）文化、苗瑶语族各民族（主要是瑶族和苗族）文化和汉族文化，乃至近代传入的西方文化相互交流和整合的过程。但是,正如有的研究者所指出的:“壮汉民族关系的历史特点,主要表现为壮族和汉族在长期而频繁的文化交流中,彼此互学互补,相兼融合,相互促进,民族的差别日益缩小。壮汉两个民族的长期交往,既丰富、发展了具有自己个性特点的传统文化,又增进了壮汉两个民族的文化认同,使壮汉两个民族形成了十分稳定的共同的文化心理素质,并对民族团结起到巨大的历史作用。”[①]换言之,汉族文化的大量输入,导致壮汉文化的相互冲撞与融合,从而推动壮族文化的繁荣与发展。因之,本书重点探讨的一个问题是汉族文化对壮族民间文学的重大影响。

第三节 壮族民间文学文化场中的文化关系及其总体特点

翁贝尔托·埃科指出两种不同文化的相遇有三种可能:一是文化征服,A 文化成员认为 B 文化成员非正常人类,对其文化进行教化(按 A 文化模式改造 B 文化)或毁灭;二是文化掠夺,A 文化可能在政治、军事上征服 B 文化,但赞赏其智慧,对其文化成品加以霸占和掠夺;三是文化交流,这是一种互相影响和尊重的双向交流。[②]

乐黛云认为,不同民族的文化互相接触,可能产生以下的不同结果:第一是替代,接受了新的文化因素,替代了原有的文化因素,并能发

① 韦玖灵:“试论壮汉民族融合的文化认同”,《学术论坛》1999 年第 4 期。
② 乐黛云:“中西跨文化研究五十年”,《上海社会科学院学术季刊》1999 年第 4 期。

挥同样的作用；第二是附加，新的文化因素加入原有的文化体系之中；第三是整合，新旧文化因素通过整合而形成新的文化体系；第四是创新，产生新的发明，以适应变迁的需要；第五是丧失，失去自己的文化或其中的一部分；第六是抗拒，不能接受而予以抵抗。[①]

以上各种观点，看到了不同文化间接触、碰撞的最终结果，但忽视了文化间的接触与遭遇是一个十分漫长的过程；突出了强势文化与弱势文化之间的关系，但忽视了每一种文化都有其天生的巨大张力和顽强的生命力。

当我们从“场”的视角来看待各种文化间的关系时，就会发现，当今世界文化场中各种文化间的关系已不是一个简简单单的非此即彼或者你死我活的二元对立，而更多地表现为一种状态、一种过程，表现为多种文化的共同存在，它们相互影响，相互从对方看到自己的不足，吸取别人的长处，形成一种你中有我、我中有你的多元文化共生共荣的状态。

同样，在壮族民间文化场的一个个“次场”中，汇聚了长时段及不同空间的各种观念，融合了本土的与外来的、传统的与现代的各种价值取向。由此，壮族民间文学文化场中各种文化间的关系应该表现为：(1)多元并存；(2)跨界互动；(3)共生共荣。

不仅如此，壮族民间文学文化场还是一个由多种要素及多层维度所构成的一个有机系统，这个系统具有整体性、动态性与跨文化性的特点，影响着壮族民间文学发展的内容、方向与路径。

（一）整体性

壮族民间文学文化场的整体性特点指它的各构成要素之间的相互

---

① 黄淑娉：“文化变迁与文化接触——以黔东南苗族与美国西北岸玛卡印第安人为例”，《民族研究》1993年第6期。

关联性及其结构与功能之间的相互关联性。壮族民间文学文化场是一个整体,一个有其相对独立性及内在运行规律的自组织系统,这个系统整合了空间的、时间的和价值观念的各个要素,跨越民族与地域,借助现代化手段与途径,辐射到整个壮族聚居区域。

作为一个整体,壮族民间文学文化场的核心是观念体系,围绕这个核心,外层是一系列行为规范和相应的活动方式。这个文化场对壮族民间文学的形成和发展产生影响是通过一定的场力来实现的。这个场力表现为一种精神氛围、民族文化心理和民族文化品性,决定着壮族聚居区的舆论,塑造着相应的壮族民间文化,对壮族民间文学发展起着熏陶、示范、规范、调节的作用,壮族民众则以理解、掌握、内化、外化等形式学习和接受这些文化的期待与规范,并付诸民间文学创作的具体行动当中。

(二)动态性

壮族民间文学文化场的动态性特点指这个文化场处于不断的运动与变化中。壮族民间文学文化场是一个动态的、有机的系统。这个系统自产生之日起,就处于不断的矛盾运动与变化过程中,这运动与变化的动力,一方面来自其自身各要素之间的相互作用,另一方面来自与他文化的接触、交往与沟通。

文化实际上是自然界的“人化”,人的活动的多样性与复杂性决定了文化内在结构的多维性与开放性。变迁是文化永恒的主题,文化是一个没有固定边界的、开放的系统。文化自身具有的张力,使得它在与异文化接触的过程中,必然会有一个相互之间的作用力,该作用力推动着文化处于不断的运动与发展过程中。而文化场中各要素之间的差异性则构成了文化变迁的动力机制。可以说,吸收外来成分以使自身获得新的生机,是整个文化发展史的通则。[①] 文化就是这样在不断的吐故纳新的过程中摈弃糟粕、吸取养分,从而获得生存与发展。因此,壮族民间文学文化场的动态性推动着壮族民间文学在内在机制的平衡—失衡—再平衡的不断转换中获得发展。

(三)跨文化性

壮族民间文学文化场的跨文化性指文化场中各种文化的多元性及其相互之间交往的跨界性与融合性。根据联合国教科文组织第 78 号建议《教育对文化发展的贡献》,跨文化性指的是关于不同文化的认识与理解,以及在一国内部各种文化成分之间和世界各国不同文化之间建立积极的交流与相互充实的关系。《建议》还指出,鉴于当今世界所独有的大量因素,各个现代国家都必然不同程度地面临多元文化现象。[②]

历史上,由于天然屏障及人为的文化壁垒,各种文化之间相对封闭,彼此很少往来。而当历史发展到今天,由于现代化的科技发展、经济及文化全球化的发展趋势,过去文化间的封闭状态不再可能,共同的利益与共同的难题(工业、商贸的发展,全球化的污染,人口膨胀等)也促使各文化产生了相互合作、共同发展的主观需要。因此,打破疆界、联合沟通,共同制定互补、双赢的文化政策构成了各国进一步发展的客观条件及主观需要。

因此,同过去相比,当下壮族民间文学文化场发生了巨大的变化:由过去的单一文化场转变为多元文化场,由过去的文化的多元并存转

---

① 张岱年、方克立主编:《中国文化概论》,北京师范大学出版社 1994 年版,第 120 页。

② 赵中建主译:《全球教育发展的历史轨迹——国际教育大会 60 年建议书》,教育科学出版社 1999 年版,第 499 页。

变为各种文化跨界互动,由文化间的彼此封闭、冲突转变为相互交流、理解、共生共荣,形成一个个由多种文化所共同生存、演变、发展的有机系统。多元共荣是人类不同文化的共同需要,文化成为激发彼此发展的不可或缺的一环。壮族民间文学文化场的跨文化性使得壮族民间文学面临着不同价值观念多元并存的文化局面,一方面为壮族民间文学的丰富与发展带来了契机,另一方面也使壮族民间文学遭遇了前所未有的文化选择困境。

第二章
歌咏习俗与壮族民间文学

本章着重探讨有着"歌海"之美誉的壮族地区的歌咏文化传统及其对壮族民间文学特别是口头韵文创作的孕育功能和影响。

第一节　源远流长的壮族歌咏习俗

壮族人民自古好歌唱,以歌代言的传统习俗造就了壮族独特的民族文化品性,歌咏习俗特别是在此基础上形成和发展起来的歌圩活动,也就成了壮族别具一格的文化标识。

壮族的歌咏习俗和歌圩活动起源于氏族公社的经济生活。当时,由于生产力低下,人们必须集体劳动,产品平均分配,过着原始共产主义的生活。共同的劳动节奏决定了当时的人们必须有共同的生活节奏,也决定了人们必然要有共同的文化生活。劳动的时候,人们有如西汉《淮南子·道应训》中所云"今夫举大木者,前呼'邪许',后亦应之",从而创作了"举重劝力之歌",鲁迅则形象地称这种作品的创作者为

"杭育杭育派"①。休息之时，人们又像《吕氏春秋·古乐》所载"昔葛天氏之乐，三人操牛尾，投足以歌八阕"一样，聚在一起边歌边舞——当时诗歌、音乐、舞蹈是融为一体的。这种集体的文学艺术创作及表演活动，便是最早的壮族歌咏习俗，也是壮族歌圩的萌芽。因此，歌咏习俗和歌圩产生的社会条件是氏族社会的经济基础，是氏族公社的财产公有、集体劳动和共同分配，以及由此产生的集体文学艺术展演活动。

促使歌咏习俗进一步发展和歌圩活动产生的另一个重要因素是原始祭祀活动。原始氏族公社的特点之一是拥有一个或若干个共同的祭祀节日，如祭祀图腾的节日等。节日当天，人们都要聚集在一个约定俗成的传统地点，向图腾或其他神灵敬献各种祭品，在祭司(氏族首领)的主持下，举行庄重的祭祀仪式，然后一起欢歌狂舞，向神灵表达自己欢快的心情，以祈求氏族人丁兴旺、老少平安、采集渔猎或原始农作获得好收成，祈祷百灾辟易。这种原始祭祀活动使得集体歌舞的规模随着姐妹氏族的产生、胞族或部落及部落联盟的形成而逐步扩大，形式和程序也逐步定型，而当祭祀活动和集体歌舞随着社会发展进步而趋于分离的时候，歌咏习俗得以进一步发展，并为歌圩的形成奠定了基础。由此可见，原始宗教节日祭祀活动是歌咏习俗发展和歌圩形成的另一重要条件。

现代民族志资料为我们提供了这方面的某些信息。如流传在广西壮族自治区靖西县的歌圩起源传说讲述道：

有一年，天旱得很厉害，人们敲锣打鼓到河边去祈求天地保佑降雨。祭祀过后，果然下起了雨，避免了灾祸，这一年获得了好收

① 鲁迅："且介亭杂文·门外文谈"，《鲁迅全集》第6卷，人民文学出版社2005年版，第96页。

> 成。因此,人们每年旧历正月初一、初二、初三这三天,都要感谢上天,杀猪宰牛,摆上供品,载歌载舞。开始唱丰收歌,最后,青年男女唱起情歌。就这样,年年都举行这种活动,天长日久就发展成了今日的歌圩。①

又如,入选第一批国家级非物质文化遗产名录的壮族蚂拐节,是至今仍盛行于广西壮族自治区东兰、巴马、凤山、天峨等壮族聚居区一带的传统节日。节日因当地人称青蛙为“蚂拐”而得名,又称蛙婆节、青蛙节。相传,古时候壮族有个孝子叫东林(亦称“东令”“东灵”或“童灵”),母亲去世时青蛙在屋外叫个不停,他怕母亲灵魂不得安宁,用开水浇死了青蛙。结果蛙声断绝,人间遭旱,庄稼颗粒无收。东林知道自己误杀了天女(雷王的女儿),铸成大错,所以决定给天女厚葬以赔罪,并在每年正月接天女回村过节,由此形成这一古老而独特的节日。

蚂拐节的节期一般从大年初一起至二月初二结束,其仪式活动在各地不全一样。节日期间,人们以祭蚂拐为主要活动,敲锣打鼓,招集四方歌友,大家穿上节日盛装,欢聚一堂,歌声遍野,形成以蚂拐亭(社亭)为中心的蚂拐歌会。有的地方还出现戴着蚂拐面具的男女蚂拐神和蚂拐将军及其他神灵,分别跳着各种舞蹈。其舞姿多模拟蚂拐而为,主要动作有双腿深蹲、撑棍仰身、碎步横行、抬踏颤点等,富于生活气息,诙谐风趣。

祭祀蚂拐活动的全过程包括找蚂拐、孝蚂拐、葬蚂拐三大程序,大体分为找蚂拐、游寨、孝蚂拐、葬蚂拐、验卜等具体活动内容。

初一,身着盛装的男女老幼齐出动,敲锣打鼓、成群结队到山野、稻

---

① 广西壮族自治区民间文学研究会编:《广西各地歌圩情况》,内部编印,1980年版。

田里寻找蚂拐。由于蚂拐尚处于冬眠时期，人们必须翻石、掘地、挖洞。当第一个人找到蚂拐时，便鸣炮报喜。第一个找到蚂拐的人将被尊为"蚂拐郎"，并由他组织节日的全部活动。众人闻声迅疾赶来，向蚂拐郎贺喜。

初二到初五，人们事先准备好一个小棺材，小棺材上罩有一个竹编纸糊的小花楼，将蚂拐安置在小花楼里。白天，四个少年抬着花楼和小棺材，寨民尾随其后，到各个村寨巡游，挨家拜年，此谓"游寨"。

夜晚，游寨归来，村民们将花楼、小棺材停放在村寨边的蚂拐亭里。亭旁竖立一根高十多米的竹竿或杉篙，顶端悬挂一面画有蚂拐图像的旗，四周还挂有红、白、蓝三色的纸幡。全寨人自动聚集到蚂拐亭来焚香，为之守丧，上供祭奠，通宵达旦唱赞颂蚂拐的山歌，此谓"孝蚂拐"。山歌的内容有叙事歌（蚂拐节的来历、村落的形成、祖先从何来等）、生产歌（农事歌）、情歌。

正月最后一天葬蚂拐，也是节日的最高潮。各家宰鸡杀鸭、蒸煮五色糯米饭。午饭后，人们抬着小棺材和花楼走在前头，后边跟着长长的送葬队伍。全村人一道把蚂拐送往事先选择好的坟地后，挖坑、下葬、埋土、鸣放鞭炮，一如为亲人出殡、送葬的仪式，此谓"葬蚂拐"。

送葬完毕，由蚂拐郎打开头一年埋葬蚂拐的棺木，验看蚂拐的尸骨以测知当年农业收成。尸骨若呈金黄色，则象征当年风调雨顺、吉祥如意；尸骨若呈黑色或灰色，则预示当年年景不佳，提醒人们注意防洪防旱，并当即举行一定仪式祈求消灾免祸，确保丰收安宁，此谓"验卜"。

这些民间传说和民间节日习俗，都把歌咏习俗及歌圩和祭神活动联系在一起，可作为上述关于壮族歌咏习俗和歌圩的起源与原始祭祀活动密切关联的一种佐证。

在壮族歌咏习俗和歌圩形成过程中，起主要和直接作用的是原始对偶婚制度。对偶婚制大约产生于原始氏族公社繁荣时期，这与原始形态文学艺术的产生时期大抵一致。恩格斯指出，对偶婚“是一个男子在许多妻子中有一个主妻（还不能称为爱妻），而他对于这个女子来说也是她的许多丈夫中的一个主夫”[①]，是从“一个氏族的妇女以另一个氏族的所有男子为他们的共同丈夫，而男子则以另一氏族的所有妇女为他们共同的妻子”[②]的普那路亚婚（群婚制的亚血缘婚制阶段）向一夫一妻制过渡的一种家庭婚姻制度。可以设想，在普那路亚婚时代，男女要找到临时的配偶，定然有一些必要的程序和手续；那么，到了对偶婚时代，一对对男女要过着不稳定的、或长或短的偶居生活，他们在选择对象时就要更加慎重了。换句话说，对偶婚的这个“主妻”或“主夫”，就意味着是经过一定的比较和选择才确定的对象，尽管还不能说是爱情使然。还可以设想，各民族的祖先各有自己一套比较和选择的程序及方法，而壮族祖先则通过对歌的方式来考察对方的知识和智慧、才能及人品（当然女方总是处于考察的地位），然后方能决定是否可以偶居。在当时的社会条件下，考察的最好时机当然是氏族、部落或部落联盟举行集体祭祀活动的宗教节日，因为节日期间全氏族或部落成员都汇集到一起，是需要婚配的青年男女通过对歌选择配偶的大好机会。这种活动经过长期演变和发展，有了固定的形式、程序和内容，形成了后来以倚歌择配为主要内容的歌圩。

需要特别指出的是，歌咏习俗和歌圩的形成始终离不开壮族人民喜歌善唱的民族特征。要是没有这一民族特征作为基础，壮族歌咏习

---

① 恩格斯：“家庭、私有制和国家的起源”，载《马克思恩格斯选集》第 4 卷，人民出版社 1995 年版，第 41 页。

② 恩格斯：“家庭、私有制和国家的起源”，载《马克思恩格斯选集》第 4 卷，人民出版社 1995 年版，第 41 页。

俗和歌圩定然是很难形成的。壮族的这一民族特征及其习俗表征，在历代汉文古籍和地方文献中都有所记载。如“广西诸郡，人多能合乐，城郊村落，祭祀婚嫁喜葬，无不用乐，虽耕田亦必口乐相之”，“（壮人）迭歌相合，含情凄婉……其歌也……皆临机自撰，不肯蹈袭，其间乃有绝佳者”[①]；又如“峒女于春秋时……三三五五，采芳拾翠于山椒水湄，歌唱为乐。男亦三五成群，歌而赴之。相得，则唱和竟日”[②]；再如“（壮乡）无论男女，皆认唱歌为其人生观上之主要问题，人而不能唱歌，在社会上即枯寂寡欢，即缺乏恋爱求偶之可能性；即不能号为通今博古，而为一蠢然如豕之顽民”[③]。事实正是如此，直至1949年以前，许多壮族青年男女都要“幼即习歌”，以歌来显示自己的才华、学识和品德，从而在男女社交中博得对方的敬羡和爱恋。可见，这是历代壮族人民相承的一种传统的心理特征和生活美学观念，是歌咏习俗和歌圩得以形成和发展的精神支柱，也是其他民族虽然同样经历过对偶婚制时代，同样有关于原始宗教节日祭祀活动，却未必形成歌咏习俗和歌圩的原因。

综上所述，原始氏族公社的生产方式是壮族歌咏习俗产生的经济基础，原始宗教集会是歌咏习俗形成的重要条件，对偶婚制进一步强化了歌咏习俗并直接催生了歌圩，喜歌善唱是歌咏习俗和歌圩形成的民族特征。

壮族歌咏风习催生了歌圩，歌圩又使歌咏习俗进一步得到强化和发展。歌圩作为壮族歌咏风习的最重要表征，至今大抵经历了如下的发展阶段：

---

① 周去非：《岭外代答校注》卷二，杨武泉注解，中华书局1999年版，第158页。

② 邝露：《赤雅》卷上，中华书局1985年版，第7页。

③ 刘锡蕃：《岭表纪蛮》，商务印书馆1934年版，第156页。

第一是萌芽阶段。这个阶段当在对偶婚制时期到一夫一妻制早期，下限可以延至先秦时期。萌芽状态的壮族歌圩以边歌边舞为突出特点，即诗歌、音乐和舞蹈融为一体，娱神和娱人的功能尚未分离，男女之情在对歌中也尚未占主导地位。歌圩虽已悄然从这种活动中萌芽，但形式还不稳定、不完整，尚不能独立发展。留存在今广西壮族自治区左江流域绵延百余里的岩画群，特别是宁明花山岩画上群歌群舞的画面，可以看作壮族歌圩雏形的一种写照。

第二是形成阶段。这个阶段大约是壮族社会的郡县划一时代至羁縻制度时代（秦汉到隋唐）。这个阶段的初期，由于不同氏族、部落的人们交叉居住，图腾崇拜趋于瓦解，氏族部落宗教节日难以维持，而此时在原始巫信仰基础上形成的师公教已经可以随时满足人们在信仰方面的基本需要，于是宗教活动（娱神）与男女欢唱连情活动（娱人）便分离了。人们在传统的集会上随之也把精力主要放在对歌连情上，因为唱歌比舞蹈更能表达人们细致的思想感情，于是以对歌为主要内容、择配为主要目的的壮族歌圩最终形成。壮族民间广泛流传的歌仙刘三姐与张伟望对歌七个昼夜而化石的传说故事，已经暗示了他们通过对歌而成就了姻缘，可以作为歌圩形成的一种佐证，因为没有歌圩这片沃土，歌仙刘三姐这株瑰丽的艺术之花是绽放不出来的。

第三是发展阶段。这个阶段大抵是壮族社会发展的土司制度时代（宋元到明末清初）。此时的歌圩进一步得到发展，特别是到了明末清初，歌圩发展达到高潮。在宋代，土司制度的建立使壮族社会保有相对的独立性，并暂时适应当时的社会生产力。到了明代中叶，虽然开始逐步推行改土归流但仍然采取官土分治，封建礼教及其婚姻制度并没有在壮族地区真正确立，所以自由唱歌、依歌择配的歌圩得以继续盛行和发展。明清时代的歌圩，规模已经很大，较大的歌圩达到“男妇数百千人”[①]；持续时间长，有的“唱和竟日”[②]，有的“三四日夜乃毕”[③]；歌圩的主要目的是，“相悦者，则歌毕辄携手就酒棚，并坐而饮，彼此各赠物以定情，订期相会”[④]，或“相合即为夫妇”[⑤]。

第四是衰落阶段。其实，在土司统治的后期，歌圩就开始衰落，但真正衰落是从清初开始，贯穿整个清代及民国时期。究其原因，大概有如下几个方面：一是土司的恣意捣乱；二是封建礼教及其婚姻制度的影响，媒妁之言逐渐代替了依歌择配；三是改土归流后，封建统治者视歌圩为伤风败俗的“风流圩”而明令禁止。如雍正时期，“男女婚嫁亦凭媒妁……至若依歌择配之俗，虽迩来遵禁，而溪峒之隩，尚间有之”[⑥]；光绪时期，“惟歌圩之风……虽严行禁止，未能尽革……颇伤风教”[⑦]。民国时期，广西龙州县自治委员会第六次常会做出严禁歌圩的决议，并订出具体的措施：“甲、对于歌圩由会咨县政府，令饬各区、乡公所，公务人员包庇，予以重惩。乙、再由政府布告禁止，即发各乡村张贴。”[⑧]更有甚者，有些地方竟派出军警，对参加歌圩的民众进行弹压，如“雷平（今广西壮族自治区大新县）等县，霜降以后，官厅即须派警弹压”[⑨]。

---

① 谢肇淛：《百粤风土记》，载《中国风土文献汇编》第1册，全国图书馆文献缩微复制中心2006年版，第134页。

② 邝露：《赤雅》卷上，中华书局1985年版，第7页。

③ 谢肇淛：《百粤风土记》，载《中国风土文献汇编》第1册，全国图书馆文献缩微复制中心2006年版，第134页。

④ 赵翼：《檐曝杂记》卷三，中华书局1982年版，第52页。

⑤ 陆次云：《峒溪纤志》，载《小方壶斋舆地丛钞》，清光绪十七年（1891）刊本。

⑥ 金鉷：《广西通志》卷九二，载《影印文渊阁四库全书》，台湾商务印书馆1986年版。

⑦ 羊复礼：《镇安府志》，清光绪十八年（1892）刊本影印本，台北成文出版社1967年版，第169页。

⑧ 《南宁民国日报》，1933年6月10日。

⑨ 刘锡蕃：《岭表纪蛮》，商务印书馆1934年版，第178页。

不过，歌咏习俗和歌圩已成为壮族一种全民性的风俗，禁是禁不了的，它就像“野火烧不尽，春风吹又生”一样顽强地存在着。1949 年以后，歌圩曾一度得到恢复，“文革”期间再遭禁止，直至改革开放以后各地的歌圩活动才又活跃起来。

第五是复兴阶段。随着壮族地区市场经济的发展，壮族歌圩又有了新的发展。各级政府部门越来越认识到民歌与歌圩给当地带来的社会效益与经济效益，纷纷大力扶持各地的歌圩和歌节，使壮乡这种古老的习俗增添了新的活力。以广西壮族自治区武鸣县为例，该县是壮族的聚居县，壮族人口占 85%以上，当地人民历来爱好山歌，他们唱山歌、听山歌、赶歌圩的习俗，至今已有上千年的历史。广大壮族人民以歌传情、以歌会友，山歌的内容丰富多彩，除了谈情说爱、农耕活动、天文地理、吉日庆典外，计划生育、法律法规、时事政治等都能成为武鸣壮族山歌的好素材。田野考察发现，全县范围的 16 个乡镇，大多数都能利用山歌形式，配合中心工作，宣传中国共产党的方针、政策，效果相当不错。这些群众喜闻乐见的东西通过山歌的形式表现出来，通俗易懂，很容易被人们接受，容易产生共鸣。所以，自 1985 年首次举办“三月三”歌节取得初步成效后，县委、县政府已充分认识到弘扬民族民间文化传统、举办歌节活动的意义和作用，遂坚持不间断地举办，影响面也不断扩大，效果也越来越好。截至目前，县委、县政府已在 30 届一年一度的歌圩活动中投入了 500 多万元。歌圩活动经费的投入不断增加，活动常办常新，规模也不断扩大，而且更具民族特色。原来小打小闹的活动已不适应当前打造武鸣特色文化品牌的需要，必须要从“特色、创新、提高、完美”上做文章。从 2003 年举办歌圩开始，活动一改过去仅以歌会友、以歌传情的单一活动形式，而发展成以山歌为载体，以歌圩为舞台，集文化、经贸、旅游为一体的民族节日盛会，用现代的意识和理念来办歌圩，把歌圩作为公共文化和文化产业来进一步研究、培育和开发。对于传统的民族文化，在保留其民族文化精髓的同时，更注意引入现代手法进行包装，使“三月三”歌圩在浓郁的民族风情中透出强劲的现代气息。这种树立武鸣形象、打造民族文化品牌、推动经济发展的一次很好的尝试，使“三月三”歌圩活动有了新的亮点，丰富和深化了歌圩活动的文化和经济内涵。

壮族歌圩不仅有着强劲的生命力，而且分布也很广。根据宋代以来的有关记载，参照民国二十年(1931)编撰的《广西各县概况》，同时结合中华人民共和国成立后特别是改革开放以来各地举行歌圩的情形，可知在广西曾经举行过歌圩或现在仍举行歌圩活动的县(市)份，总共达70多个。此外，在云南，广南、富宁等壮族聚居区也有壮语称为roengz doengh(音译为“陇端”)的活动，这与广西壮族自治区部分壮族聚居区对歌圩的称呼是一致的。在广东，据《广东新语》及《廉州府志》等记载，新兴、廉江等原属壮族先民生活过的地方，历史上也曾经有过类似歌圩的活动。可见壮族歌圩的分布之广，也足见壮族歌咏习俗之深入民心。

第二节　壮族口头韵文创作的内容与形式

由于社会生活的复杂性和人们创作的普遍性，民间口头韵文创作的题材非常广泛，内容异常丰富多彩，它通过民间咒语、民间歌谣、创世史诗、英雄史诗、民间叙事长诗、民间抒情长诗、民间说理长诗、民间谚语、民间谜语等多种多样的艺术形式，从不同的侧面生动而深刻地反映历代壮族社会的现实,表现历代壮族在生活、生产当中的观念、态度、意志、愿望等精神风貌。

一、壮族口头韵文创作的种类和内容

(一)民间咒语

咒语在中国属于法术的范畴,它以某种特别的顺序或特殊音节念出语句,以促成某些特殊效果的实现。

在原始巫术盛行的年代,在万物有灵观念的支配下,壮族先民为了达到自己对现实的要求和自身的愿望,往往将自己的能力加以理想化,以为通过自己的主观意志,凭借自己语言的灵力,就可以随心所欲地改变周围的境况,趋利避害。于是,他们就在实际生活中,根据遇到的问题和不同的物象情况,用韵文的语言和形式,编造出各种咒语,以施行巫术活动。例如,各地壮族人民素来都视乌鸦为不祥之鸟,乌鸦的鸣叫则是不祥之兆。所以,每当遇见乌鸦在自己头顶上哇哇鸣叫的时候,人们不禁要念念有词地诅咒道:"鸦呀鸦,砧在下,刀在上,剁你吃了——鸦!"有时还要对它吐口水,表示唾弃,甚至做出一种鄙视它的手势。人们认为,经过诅咒和唾骂,就可以把乌鸦带来的晦气排遣掉,避免灾祸降身。

再如,冬天烧柴火取暖,当火烟总是飘向自己一边时,人们也会吟唱道:"烟呀烟,烟过那一边;这边有猪屎狗屎,那边有炒豆喷香,快飘到那边去。"这里把火烟也看成了有灵之物,但对它与其说是祈求,不如说是命令,命令它从一边飘到另一边。今天看来,这样虽显得幼稚可笑,却也突出地表现了壮族人民对自身的意志和语言力量的坚持与自信。

以上两则咒语，都是针对施行巫术的目的和对象而发的，都被看作可以操纵某种神秘力量的指令。很显然，它们也都是伴随着原始信仰和原始巫术而创作出来的。所以，这种创作必将随着社会的进步和文化科学的不断昌明而逐渐减少，以致消亡。

（二）民间歌谣

壮族地区有着“歌海”的美称。在节日里，歌圩上、田垌间、山坡上、宴席间，随时都可以听到壮族人民的歌声。长期以来，壮族人民创造了数量巨大、题材广泛、形式多样、风格独特的民间歌谣，是壮族民间文学的主要组成部分。这些民间歌谣作品根据其所反映的内容，并结合它们的功能和服务对象，可分为生活歌、劳动歌、仪式歌、时政歌、情歌、儿歌、歌论歌等七种类型。

1. 生活歌。广泛反映壮族人民日常生活的歌谣，其中最流行的是诉说苦情的歌，包括生活苦、长工苦、媳妇苦、孤儿苦、鳏寡苦等等。如黄勇刹采录的一首歌谣，以精练的语言反映了旧社会劳动者的痛苦生活：“衣裳缝补三斤线，裤子缝补四斤布；干活双腿连枷锁，不杀也累死半路。”[①]左江流域大新县一首《十二月长工诉苦歌》，诉说了长工的深重苦难：“正月里来正月中，正月十五去打工，爷娘边送边流泪，不去打工家又穷。……六月里来六月中，六月太阳像火红，地主走路打起伞，长工带个烂斗篷。……腊月里来腊月中，腊月十五满了工，地主算盘算一算，长工空手回家中。”[②]中华人民共和国成立后，广西田阳的一首《生活蜜样甜》热情唱道：“过去好苦情，饿瘦像条藤；锅头常挂壁，起了

---

① 黄勇刹：《壮族歌谣概论》，广西民族出版社1983年版，第203页。

② 广西壮族自治区科学工作委员会、壮族文学史编辑室编：《壮族民间歌谣资料》第2集，内部编印，1959年版，第58页。

厚灰尘。……共产党来了,人民大翻身;母猪戴耳环[1],生活比蜜甜。"[2]生活歌是壮族民间歌谣中内容最为丰富生动的一种类型。

2. 劳动歌。劳动歌是指直接反映人民劳动生活或协调劳动节奏的歌谣。壮族的此类歌谣不仅起源很早,而且内容非常广泛,主要包括:对劳动的热爱,歌颂勤劳美德;反映耕地、插秧、收割、放牛、采樵、采茶、打渔、打猎、建房等劳动内容;咏唱劳动工具,说明劳动工具的特点和用途;反映与农耕有关的天气变化,如水、旱、风、涝等自然现象的产生及规律;传授与生产密切相关的鸟兽瓜果知识;等等。且看两首选自《广西歌圩的歌》中的壮族劳动歌。

其一,《看牛歌》:

树大遮阴几自然,坐下歇凉烧口烟,
牛在山头吃嫩草,留它吃饱好下山。
两兜大树丫对丫,绿叶还配大红花,
看牛不是青年仔,村上一对老人家。
桁条选用柳州杉,横梁选用老椿芽,
挑担犁耙后生做,看牛由我老人家。

这首歌谣有一种田园牧歌的趣味,不仅唱出了劳动者的分工,也唱出了热爱劳动的老人们自得其乐的心态。

其二,《采茶歌》(节选):

① "母猪戴耳环"为壮族民间俗语,比喻生活富裕。

② 中国民间文学集成全国编辑委员会、中国歌谣集成广西卷编辑委员会编纂:《中国歌谣集成·广西卷》,中国社会科学出版社 1992 年版,第 63 页。

正月茶叶鲜又嫩，茶叶嫩嫩含茶花，
茶叶嫩嫩不得采，哥邀情妹早回家。
二月茶叶青又青，茶园里面织头巾，
彩线织出金花朵，朵朵送给我姣情。
三月采茶正合适，采篮挂在茶树枝，
左手攀来右手摘，茶叶满篮妹不知。
四月雨水落纷纷，点点滴滴落在心，
放下茶篓同哥唱，雨不停来歌不停。

这首歌谣咏唱了一年12个月里茶叶的变化和采茶的劳动过程，并巧妙地和男女之情糅在一起，充满了劳动的欢乐和生活的情趣。

3. 仪式歌。仪式歌是伴随节日庆典、人生礼仪和祭祀仪式等吟唱的歌谣，有的论著把此类歌谣分为诀术歌、节令歌、礼俗歌和祀典歌四种。在壮族民间流行最广的是礼俗歌，而祀典歌则少见。壮族的礼俗歌包括在婚嫁、丧葬、祝寿、乔迁、宴客、满月等场合吟唱的歌谣，其内容丰富，反映了人与人之间的感情、社会的世态炎凉以及人们对美好生活的向往，具有十分积极的意义。如广西柳江穿山一带壮族有头胎婴儿满月时外婆送背带的习俗，进门时主客要对唱《背带歌》：

外婆：鲤鱼上树去生蛋，麻雀下海去做窝，
　　　吉利日子来到了，外甥门前凤毛落。
主家：昨夜筷条长新叶，今朝门墩会唱歌，
　　　吉利日子来到了，凤接花迎见外婆。
外婆：荞花菜花遍地开，蜜蜂飞去又飞来，
　　　金路银路米花路，外婆带得背带来。

主家:金线绒线五彩线,孔雀开屏在中间,
　　四角芙蓉刚出水,看着背带乐心间。
…………
外婆:雨来背带是雨伞,风来背带当面墙,
　　竹壳包笋长得快,葛藤靠树牵得长。
主家:背带绣线花又绿,根根丝线汗泡出,
　　螃仔变成水獭仔,捉得鱼送外婆吃。
外婆:背带歌尾是木叶,吹得外婆嘴巴开,
　　明天世界由他坐,由他开辟新歌台。①

这首歌以背带为题,通过比兴手法,表达人们对婴儿的祝福和期望,感情真挚,用词优美,比喻生动,字里行间充满了喜悦之情,有着浓郁的民族风格。

再如流传在广西壮族自治区武鸣县一带的《送棺歌》,是在灵枢即将出门时为亡母而哭唱的:"妈去阴间我凄凉,泪如泉涌哭断肠,送棺出门步踉跄,一哭三呼我的娘!"歌中还唱诉了母亲生前含辛茹苦把儿女拉扯大:"干处让儿好安睡,你却受湿又受脏。""终年劳碌为养子,脸生皱纹鬓发苍。""甜食可口把儿喂,你却独自喝米汤。"②句句发自肺腑,如泣如诉。

4. 时政歌。这是民众有感于切身政治状况而创作的歌谣,鲜明地反映出各个时代的社会政治面貌,具有重要的历史价值。壮族民间时政歌主要是反映太平天国农民起义、反对法国帝国主义的歌谣和红色

① 黄勇刹、陆里、蓝鸿恩主编:《广西歌圩的歌》,广西壮族自治区民间文学研究会编印,1980年版。

② 中国民间文学集成全国编辑委员会、中国歌谣集成广西卷编辑委员会编纂:《中国歌谣集成·广西卷》,中国社会科学出版社1992年版。

歌谣。如流传在广西一带的一首歌谣唱道:"武官不怕死,文官不要钱,翼王来坐镇,天下得太平。"[①]歌中颂扬了石达开等太平军文武官员廉洁奉公、为民赴汤蹈火的精神,并对他们寄予了无限的期望。再如《刘二打番鬼歌》歌颂的是刘永福痛打法国侵略者的英雄事迹,同时对清廷进行无情痛斥,并提出了"推翻清王朝"的口号:

老番兵马侵略安南,高平上浪遭受灾殃。
黑旗刘二出来抵抗,为国为民道理应当。
他出巧计和敌人开打,叫兄弟用牛血淋在身上。
假装战死诱敌深入,忽然跳起把敌人杀光。
仗仗都打得很漂亮,把番兵赶到谅山。
番兵吓得魂飞魄散,急忙派人勾结清朝皇帝,要把刘二的兵撤散。
皇帝害怕洋人如怕虎,更怕刘二日后实力强,
一道圣旨传下来,强迫刘二罢兵回关。
天下荒唐莫过此事,打了胜仗向敌人投降;
清王朝昏庸绝顶,这样的王朝要推翻![②]

近现代壮族社会孕育出数量众多、风格多样的时政歌谣。它们像镜子一样反映出政治急剧变革的社会风貌。土地革命时期的《红旗飘飘右江边》唱道:"一九二九腊月天,百色起义成名传;成立工农红七军,红旗飘飘右江边。邓政委,张军长,率领军民斗敌顽;一九二

① 广西壮族自治区科学工作委员会、壮族文学史编辑室编:《壮族民间歌谣资料》第2集,内部编印,1959年版,第48页。

② 广西壮族自治区科学工作委员会、壮族文学史编辑室编:《壮族民间歌谣资料》第2集,内部编印,1959年版,第53页。

九腊月天，百色起义成名传。打倒土豪和劣绅，扭转乾坤换人间；成立工农红七军，红旗飘飘右江边。”[①]解放战争时期流传在广西扶绥县的《十年回家不见娘》唱述：“国民党，害民党，征兵要钱又要郎；富家儿孙钱买命，贫穷子弟走他乡，三日新婚丢妻去，十年回家不见娘。”[②]工农革命军和国民党军的不同阶级本质，在壮族民众的口头创作中形成鲜明对比。

5. 情歌。情歌是反映民众爱情生活的歌谣。唱情歌是壮族民众生活的有机组成部分，自古以来十分普遍。未婚的唱，已婚的也唱；年轻人唱，老年人也唱；在歌圩（这是主要的）、婚嫁、节日、圩集等活动中唱，在个人平时劳动中、闲暇或烦闷时也唱。一般说来，唱情歌，对未婚者是谈恋爱、找对象的重要方式，不少青年男女就是通过对唱情歌而恋爱以致喜结良缘的；而对已婚者或老年人则是他们社交娱乐的一种重要方式。正因为如此，情歌不仅流传最广，而且在创作数量和艺术质量上都在壮族民间口头创作中首屈一指。

壮族情歌有长有短，有单唱也有男女对唱，还有“散歌”和“套歌”之分。这里主要叙述作为歌谣的“散歌”。

壮族的散歌指的是独立成章的情歌，与套歌相对而言。这类情歌的内容主要是倾诉男女之间悲欢离合的爱情，其中绝大部分是表现人们对幸福爱情的热烈追求和对坚贞、纯洁爱情的赞美。歌中比兴手法的运用和对人物心理的描述，常常令人拍案叫绝。如广西巴马情歌：“哥妹或者恩爱死，深怕死后不见面；宁在生前共日死，不愿将来分后先。哥哥把钱切两边，半边给妹留半边；铜钱半边紧握手，死后为凭和

① 《广西民歌选》，广西人民出版社1979年版，第71页。

② 中国民间文学集成全国编辑委员会、中国歌谣集成广西卷编辑委员会编纂：《中国歌谣集成·广西卷》，中国社会科学出版社1992年版。

妹连。”歌曲颂扬了坚贞不二的纯洁爱情，和大家所熟知的“哪个九十七岁死，奈何桥上等三年”有着异曲同工之妙。又如广东连山壮族情歌《斩断青竹竹还青》唱道：“斩断青竹竹还青，侬俩相交要人情；十二张刀架颈项，难舍妹，宁愿断头不断情！”歌曲用夸张的手法，表现了对爱情的无比坚贞。

6. 儿歌。专指儿童歌谣。壮族儿歌的内容和形式也是多样化的，有的反映儿童对美好事物的向往，如《萤火虫》：“萤火虫，亮晶晶，闪过屋顶，飞进竹林。小灯笼，小客人，请你歇一歇，请你停一停；光亮的请来，不光亮的不欢迎！”有的教育儿童养成热爱劳动等传统美德，如广西东兰的《挑秧》：“秧姑姑，真幸福，你坐我花轿，我当你脚夫。你还不知道，我有多辛苦。脚板辣又辣，田水湿衣服。秧姑姑，你快长快绿，你快肥壮壮，你快出金谷。”有的表现天真活泼的童趣，如《诱蜻蜓》：“蜻蜓，蜻蜓，快快低飞，飞来我这里，我不会捉你。蜻蜓，蜻蜓，别睁开眼睛，尾巴转向我，我不会捉你。”还有的纯粹为儿童进行语言训练而作，如广西忻城的《下雨多多》：“下雨多多，倒米下锅，猫来吃饭，老鼠唱歌。唱的什么歌？唱的阴山歌。阴山讨老婆，不用唢呐不用锣。”这些儿歌在艺术上朴素自然，被誉为天籁，有其特殊的韵味和美感。

7. 歌论歌。指的是关于唱歌的歌。在浩瀚的壮族民间歌谣中，有一种壮语称为“欢咯”（引歌），是男女对歌时用来邀请或激发对方唱歌的开头歌，起着“招引”或“引诱”的作用。这类歌谣的内容有不少关于唱歌的起源、性质、功能、审美原则等，具有民间诗论的性质，别具一格。如广西凤山的《唱起山歌解心愁》无意中揭示了歌谣的功能：“孤单寂寞嘴发酸，咬节香藤润润喉；孤单寂寞嘴里苦，唱起山歌解心愁。”广西河池的《歌当酒添神》更是揭示了歌谣的威力：“（男）唱了一世歌，越活越年轻，金竹色不变，砍了叶还青。（女）做了一辈人，全为贪歌声，哪日黄泉去,变鬼也精神。”而广西田林的《老子唱歌大过天》则体现了对歌谣性质和特征的生动而朴实的认识:“唱起山歌当过年,不费功夫不费钱。一不偷来二不抢,老子唱歌大过天。唱山歌来唱山歌,这边唱来那边和,山歌好比红河水,哪怕滩险湾又多。”这些歌谣式的民间诗论,虽然比较零散,不系统,也比较粗浅,但它们的一个共同的特点和优点是,所涉及的歌谣理论与创作实践紧密结合,理论在形象描写和感情抒发的过程中自然流露出来,歌者和听众在对歌和听歌的过程当中,自己慢慢地去体味和感悟,进而接受这些理论性的知识。

(三)民族史诗

壮族民间口头韵文创作中称得上史诗的作品为数不多,主要有《乜洛甲》①、《布洛陀经诗》②、《布伯》③、《莫一大王》④等。这些作品的文本来源和主要内容如下:

截至目前,已发掘和搜集到的《乜洛甲》史诗文本有四种:第一、二种是1986年在广西田林县发现的两种古壮字歌本,其中一本有1000多行,另一本有10 000多行。第三种是1986年在广西河池市(今河池市金城江区)一处岩洞葬的棺木中发现的师公古壮字抄残本,共2000行左右。⑤ 第四种是流传于广西东兰县一带的师麽经文《唱杀牛祭祖宗》的古壮字抄本,经整理共有300行,分为六节:第一节是开场白,点名要开唱《乜洛甲》史诗;第二节主要唱述乜洛甲和创世男神布洛

---

① 中国民间文学集成全国编辑委员会、中国歌谣集成广西卷编辑委员会编纂:《中国歌谣集成·广西卷》,中国社会科学出版社1992年版。

② 张声震主编:《布洛陀经诗译注》,广西人民出版社1991年版。

③ 农学冠编注:《壮族神话集成》,广西民族出版社2007年版,第268—271页。

④ 黄勇刹、蒙光朝、韦文俊搜集、翻译和整理:《莫一大王》(壮文本),广西民族出版社1986年版。

⑤ “《女神·歌仙·英雄——壮族民间故事新选》代序”,载农冠品、过伟主编:《女神·歌仙·英雄——壮族民间故事新选》,广西民族出版社1992年版,第5页。

陀共同造天地、造日月、造田种稻等故事；第三节唱述乜洛甲生儿育女的万般艰难；第四节唱述乜洛甲为农业种植四处奔走；第五节唱述乜洛甲与天灾做斗争；第六节唱述乜洛甲和布洛陀共同造牛、为牛赎魂的情况。

《布洛陀经诗》由广西少数民族古籍整理出版规划领导小组办公室于1988年根据从各地搜集到的古壮字手抄本22本，用原文（古壮字）、拼音壮文、国际音标、汉文直译、汉文意译五种方式对照译注和综合整理而成。其《序》中说："整理小组通过对二十二个手抄本的八万多行翻译资料反复研究后，确定以版本较古老、内容较完整的本子为基础本，一类内容为创造天地万物，另一类内容为伦理道德、宗教禁忌。对原手抄本选材均是整章整洁缀用，不作任何补充。"[①]整部史诗分为序歌、造天地、造人、造万物、造土官皇帝、造文字历书、伦理道德、祈祷还愿等八篇。其中，"序歌"是巫师做法事时请神所念的开篇经诗，分为两种情况：一是请神（主神是布洛陀）来坐坛，巫师表明自己是布洛陀的传人，是正统的巫师；二是要求传话神去请四面八方各种各样的神祇来神坛就座，特别是请布洛陀和乜洛甲到中央就座。"第一篇：造天地"有三种情况：前两种是说，原来无天无地，是太上老君造出了天地（这是后来受道教影响，巫师为抬高经诗和自身的身价，而引进了道教主神太上老君）；第三种情况是说，原来"天与地混合在一起，不分白天黑夜，不分高和低"，布洛陀派来盘古王，由盘古造天地、造石头、造月亮和太阳，过后，他又请来天王氏，进一步修整天地和日月星辰，大自然从此变得完善和美好。"第二篇：造人"有两个阶段：一是布洛陀派四脚王到地上来造人；二是人类出现了，但没有伦理，不懂规矩，于是布洛

① 中国民间文学集成全国编辑委员会、中国歌谣集成广西卷编辑委员会编纂：《中国歌谣集成·广西卷》，中国社会科学出版社1992年版。

陀派四脸王下来整治，又派耕作大王来送谷种给人们耕种。“第三篇：造万物”共有八章：(1)寻水经；(2)造火经；(3)赎谷魂经；(4)赎水牛魂、黄牛魂和马魂经；(5)赎猪魂经；(6)赎鸡鸭魂经；(7)赎鱼魂经；(8)造房子、园子、渔网经。“第四篇：造土官皇帝”，唱述古时没有土官皇帝来管理，“世间就乱纷纷”，自从造出土官皇帝管理后，“天下才同享太平”。“第五篇：造文字历书”，唱述古时候没有书，人们做什么都是盲目的，后来吃禾苗的蝗虫和螟虫在纸上爬来爬去，爬成了文字，并“成为皇书和官书”，从此土官皇帝照书治理。“第六篇：伦理道德”共有七章：(1)唱童灵；(2)唱罕王；(3)解婆媳冤经；(4)解父子冤经；(5)解母女冤经；(6)祝寿经；(7)献酒经。“第七篇：祈祷还愿”，这是巫师在做祈祷还愿时念诵的经诗。经诗唱述从前人们不会祈祷还愿，布洛陀叫大家“赶紧做还愿”。人们懂得祈祷还愿后，做什么事都能做得通、做得好。

根据流传在广西马山县古壮字手抄师公唱本翻译整理的史诗《布伯》，只有短短的332行，但其内容情节主要包括两部分，整合了英雄斗争与洪水神话的情节。第一部分的主要核心是布伯斗雷王，逼迫雷王下雨。其叙述分为六个情节：(1)雷王因嫌弃祭祀牲品少，不愿降雨给人间；(2)布伯开坛请雷王降雨，被雷王拒绝；(3)布伯奔往天上逼迫雷王降雨，雷王假意同意；(4)雷王带兵三次攻打布伯的屋，没有获得成功，第三次自己反跌落檐下，被布伯用网网住；(5)雷王与布伯斗法，雷王四次变化都被布伯识破并被关进谷仓；(6)雷王问伏羲讨得猪潲水，逃离谷仓返回人间，并放水淹天下。第二部分的主要核心是洪水后，伏羲兄妹婚配繁衍人类。这部分叙事也分为六个情节：(1)伏羲兄妹种下雷王赠予的牙齿，牙秧长成了大葫芦；(2)雷王下了几个月的大雨，把人类都淹死了，只有伏羲兄妹和布伯还活着；(3)雷王伸腿探水深，被布伯砍掉一只脚;(4)洪水退去,只剩下伏羲兄妹二人;(5)经过金龟、乌鸦和竹篁的劝说和验证,伏羲和芝妹结成夫妻;(6)伏羲兄妹生下一个磨刀石一样的孩子,被雷王剁碎撒向四方,繁衍了天下的人类。

此外,英雄史诗《莫一大王》以七言腰脚韵体的手抄本形式广泛流传,遍及桂中、桂南、桂西,尤以红水河流域的壮族聚居区为盛。[①] 史诗歌颂了壮族氏族领袖莫一大王不屈不挠反抗中原封建王朝的英勇事迹,其叙述包括如下 14 个情节:(1)莫一大王奇异的出生,或因风水而孕,或非人类所生,或怀孕数年才出生;(2)莫一大王在京城或远离家乡的某地读书或做官;(3)莫一大王每天晚上穿飞靴或骑神马回来与妻子同眠;(4)妻子怀孕,遭母亲(继母)和邻居误解,遂留下莫一大王一只靴子为证;(5)莫一大王因没了靴子误了上学或上朝,他挥手或射箭使太阳下落;(6)因太阳下落或箭射到皇宫,引起皇帝或其他人的恐慌,莫一大王被害;(7)莫一大王接上头回家,逢人问"人头断了可还能复生?",继母或孕妇等回答不能;(8)莫一大王死去,托梦要妻子将自己的尸身放在坛子里,用米粥浇灌 49 天;(9)第 48 天时坛子被母亲发现打开,或把滚粥倒入;(10)坛里倒出穿盔甲的小人或蜜蜂,因小人骨头软,蜜蜂翅膀不硬,皇帝躲过一劫;(11)埋莫一大王尸身处生出竹子,莫一大王再次托梦给妻子,每根非 100 块不卖;(12)皇帝路过,轿杆折断要买竹子做轿杆,妻子坚持卖 100 块,母亲以 99 块卖掉;(13)竹子断掉,竹子里跳出背枪的小孩,因骨头太软倒在地上;(14)莫一大王大业终告失败。

关于史诗的分类,国内外学术界的认识不太一致。国内的学者多从题材和内容出发,将史诗分为创世史诗和英雄史诗两大类。有的学者在

---

① 欧阳若修、周作秋、黄绍清等编著:《壮族文学史》第 1 册,广西人民出版社 1986 年版,第 198 页。

此基础上，认为在这两大类中，各自应该有着不同的类别，其中创世史诗可分为原始型创世史诗（或称神话史诗）和发展型创世史诗：前者以创世神话为主要内容，叙述天地的形成、人类的起源和万物的由来等，通篇充满了浓郁的幻想色彩；后者除了创世神话之外，还在作品的后半部以写实的手法，或详或略地记载了一个民族早期的婚丧习俗、宗教祀典或迁徙定居的过程。英雄史诗也可分为三种类型：一是雏形英雄史诗，如赫哲族的"伊玛堪"、《安德莫日根》、《满都莫日根》等；二是单一型英雄史诗，如蒙古族的《智勇王子喜热图》、傣族的《厘俸》和纳西族的《黑白之战》；三是组合型英雄史诗，如中国的"三大史诗"。[①]

国外以美国史诗研究专家约翰·迈尔斯·弗里和芬兰民俗学家劳里·航柯等为代表，依据创作与传播过程中文本的特质和语境，从创作、表演、接受三个方面重新界定史诗的文本类型。他们认为，从史诗文本来源上考察，一般可以分为三个主要层面：一是口头文本（oral text），二是来源于口头传统的文本（oral-derived text），三是以传统为导向的口头文本（tradition-oriented text）。其中，史诗的"'口头文本'或'口传文本'……主要来源于民间艺人或歌手，他们脑子里有个'模式'可称为'大脑文本'（mental text）。当他们表演、讲述或演唱时，这些'大脑文本'便成为他们建构故事的基础"，"'源于口头的文本'，又称'与口头有关的文本'，是指某一社区中那些跟口头传统有密切关联的书面文本，它们通过文字被固定下来……因而成为具备口头诗歌特征的既定文本"，而"'以传统为导向的文本'……是由编辑者根据某一传统中的口传文本或与口传有关的文本进行汇集后创编出来的。通常情形是：将若干组成部分或主题内容汇集在一起，经过编辑、加工和修改，

① 潜明兹：《史诗探幽》，中国民间文艺出版社 1986 年版。

以呈现该传统的某些方面”。[1]

据此,我们有理由认为,《乜洛甲》和《布伯》属于原始型创世史诗,《布洛陀经诗》属于发展型创世史诗,《莫一大王》属于单一型英雄史诗,而它们都属于“源于口头的文本”或“与口头有关的文本”的史诗文本类型。

一般认为,史诗大多出现在各民族社会发展的转折时期,创世史诗产生在原始社会后期,而英雄史诗则最早产生于原始社会末期到奴隶社会初期。以此看来,上述壮族史诗《乜洛甲》《布伯》《布洛陀经诗》和《莫一大王》等可能是秦始皇统一岭南前后的产物。这个时期的早期阶段,尽管汉文化已经开始传入壮族人民聚居地区[2],但壮族社会基本处在自主发展与独立创造的历史阶段,而随着秦始皇的统一岭南,壮族社会则进入了一个新的历史阶段——民族文化自律与汉文化他律张力作用下的演化发展阶段。

壮族的这种自在发展与独立创造的漫长历史过程,虽然没有清晰的文献记载,但依然保存在壮族族群的历史记忆中,并成为民间长诗最先表现的对象。《乜洛甲》《布洛陀经诗》《布伯》等壮族史诗就以文学艺术的表现手法,呈现了壮族远古时期社会生活的概貌。其中,通过创世史诗《乜洛甲》不难看出,虽然作品有布洛陀这一男性形象,但女性乜洛甲的形象是格外突出和鲜明的。其中的很多事情都是乜洛甲完成的,乜洛甲是被歌颂的主要对象,布洛陀在古歌中明显处于从属地位,是作为配偶神出现的。从这首古歌中,我们可以看出壮族母系氏族社

---

① 刘守华、陈建宪主编:《民间文学教程》,华中师范大学出版社 2009 年版,第 91—92 页。

② 覃彩銮:“汉文化的南传及其对壮族古代文化的影响(一)”,《广西民族研究》1988 年第 4 期。

会生活的大致情形。

到了创世史诗《布洛陀经诗》那里，情况发生了变化。史诗热情地讴歌了布洛陀创世的伟大业绩，尽管诗中也有乜洛甲由鲜花变成并与布洛陀一起造人的描述，但布洛陀是被歌颂的主要对象，乜洛甲则是作为配偶神出现的，处于从属地位。这也可以说是男性在社会中地位上升，逐渐超过女性而居于中心地位的一种反映。

如果说因《布洛陀经诗》中有乜洛甲的出现，还不能把它看作对真正的壮族父系氏族社会的反映的话，那么到了长诗《布伯》中，男性在社会生活中已经完全居于中心地位了。族群遭受旱灾，布伯为族群生存与制造干旱的雷王展开斗争，最终献出了宝贵的生命。长诗塑造布伯这一英雄形象，彰显了男性在族群中所发挥的重要作用。

可见，壮族远古时期的族群发展状况，依然保存在族群朦胧的记忆中。通过文学艺术手法创作的《乜洛甲》《布洛陀经诗》《布伯》等民间长诗，对壮族远古时期的族群发展给予了相对完整的表现。正如梁庭望所言："按照壮族的神话谱系，姆六甲当是母系氏族时代，布洛陀是过渡时期，布伯时代标志父权制的确定，神谱用象征性艺术手法，描绘了氏族制度的演进。"①

壮族史诗中，英雄史诗《莫一大王》是被学界研究较多的一部作品，说明它在壮族民间文学中的重要地位和价值。我们这里关注的是它反映出来的壮族社会在自主发展被打破后，在民族自律与封建王朝他律的张力作用下族群命运的状况，以及它对此做出的艺术审视和本质映照。

不难看出，史诗《莫一大王》中最为明显的矛盾便是以莫一大王为

① 梁庭望：《壮族文化概论》，广西教育出版社2000年版，第36页。

代表的壮族民众与以皇帝为代表的中央王朝之间的矛盾。壮族地区成为皇帝的“王土”，壮族民众成为被中央王朝统治的对象，布洛陀领导族群民众自主发展、自由创造的社会生活一去不复返了；同样具有神力的莫一大王不再像布洛陀那样领导民众改造自然环境，驯化动植物，发展农业生产，而是面对中央封建王朝的统治压迫，为争取民族权利与中央王朝做斗争。虽然个别研究者关于《莫一大王》中的莫一大王是以历史上某一真实人物（如侬智高）为原型的推断未必可信，但《莫一大王》毋庸置疑有着这样一个背景，那就是壮族历史上接连不断的反抗民族压迫和阶级压迫的人民起义斗争。所以，蓝鸿恩认为：“英雄史诗是根植于民族历史的土壤中，因此，必然曲折地反映了该民族的社会生活、思想观念、道德标准以及民族性格等特征。从《莫一大王》的艺术形象来分析，这个英雄人物集中地体现了壮族人民的勇敢、力量、智慧，特别是那种败而不馁、锲而不舍、百折不挠的坚韧战斗精神，充分地体现了历代壮族人民在长期反抗民族压迫和阶级压迫的斗争中所形成的民族精神和民族气质。”①他还进一步认为：“英雄史诗虽然把氏族、部落的社会、历史、风习和英雄人物的事迹融成一体，但它却是人民艺术的再现，通过史诗能窥见历史的影子，然而它又不是历史。”②这正是壮族民间长诗对壮族族群历史命运的审视方式。它不以反映真实的历史为己任，不是囊括所有历史细节的准确定影，而是深入到民族命运的深层，在审美创造中对壮族族群的历史命运进行审视，成为壮族族群命运本质——不甘臣服的抗争与沉重悲壮的失败——的一种映照。

---

①　蓝鸿恩：“壮族英雄性格的颂歌——史诗《莫一大王》浅析”，《民族文学研究》1987年第1期。

②　蓝鸿恩：“壮族英雄性格的颂歌——史诗《莫一大王》浅析”，《民族文学研究》1987年第1期。

（四）民间长诗

关于民间长诗的界说，学术界众说纷纭，至今没有形成统一的认识。这里所说的民间长诗，是指晚于史诗产生、与篇幅短小的民间歌谣相对而言的反映现实生活的民间长篇韵文作品，就目前的发掘和研究状况来说，主要包括民间叙事长诗、民间抒情长诗、民间说理长诗等几种类型。①

壮族民间长诗数量众多，资源丰富，形式多样，是壮族民间文学的一座富矿。早在30多年前，黄勇刹在《壮族歌谣概论》中就有这样的表述："壮族不仅有满天星斗闪烁的各种各样的短歌歌式、勒脚歌歌式、排歌歌式，而且有许多经年越代、传唱不绝的民间长诗唱本（全是用古老方块壮文记录，多传为家珍族宝，有百几十代之古本）。就全广西壮族自治区范围来说，我们还没有进行过全面深入的统计，仅前年柳州地区的大致采风汇总，长诗本数已接近两百，把这个两百与我们民间文学研究会所掌握的各个地县的民间长诗加以大致的综合（不包括相重的本子，凡是相重的本子，只统计一本），就大大地突破了五百大关。在这五百本长诗之中，诗行在（一百至一千行）的约占50%，一千以上五千以下约占40%，五千以上至两万行左右的约占10%。"②黄勇刹采风的足迹遍及广西壮乡的村村寨寨，又曾主持过广西民间文学研究会的工作，对壮族民歌可谓了如指掌，他的话是有根据的，也是可信的。梁庭望、农学冠在其合作编著的《壮族文学概要》中也指出："壮族的长诗……篇章浩繁，内容丰富。民间发掘出来的手抄本，已有一千多部之

① 周作秋主编：《民族民间文学原理》，广西师范大学出版社2001年版，第178页。
② 黄勇刹：《壮族歌谣概论》，广西民族出版社1983年版，第91页。

多,长的数万行,短的也有百多行,数量之多堪称罕有。”[①]笔者在研究工作中特别是搜寻壮族民间长诗篇目时也对此大为震惊,深感上述学术前辈们的言论实非耸人听闻。

壮族民间长诗内容多样,远古生活、历史事件、传说故事、稻作生产、房屋建筑、伦理道德、民间信仰、婚姻丧葬等等,无不在长诗中有所表现。其中既有《中法战争史歌》《明朝至民国史歌》《从光绪到民国》《唱中国历史》《长毛破城歌》《东兰革命史歌》《龙胜壮族历史传说歌》《刘二打番鬼歌》《粤军作乱歌》等历史题材的长诗,也有《七姑》《八姑》《幽骚》《唱秀英》《达妍与日驾》《逃到远方做夫妻》《歌仙刘三姐》《姐娌》《甫娅》《达伦与达架》《鸳鸯岩》《蛇郎歌》等传说故事长诗,以及《达稳之歌》《达备之歌》《特华之歌》《妹然之歌》《弃妇吟》《特丈冤魂歌》《盲人怨》《苦相思》《情恨》《十二般郎歌》等几十首抒情长诗,还有《传扬歌》《二十四孝书》等说理长诗,以及从汉族文学改编而成的《唱英台》《蔡伯喈》《唐王歌》《董永和七仙女》《朱买臣》《文龙与肖尼》《马骨胡之歌》等多首民间长诗,而长达两万行的《嘹歌》更是壮族民间长诗的经典之作。[②]

匈牙利文艺家阿诺德·豪泽尔曾指出:“社会和文化因素不仅作为表达意识和意志的基础,而且本身作为能动的原则,参与历史过程的。”[③]文学艺术作为历史进程的一部分,文化因素自然也参与其中。换句话说,任何文学艺术的产生,都离不开一定的条件,都会受到各种因素的影响,而文化因素就是其中很重要的部分。“文化是艺术创造

① 梁庭望、农学冠编:《壮族文学概要》,广西民族出版社1991年版,第126页。

② 文中所涉及的壮族民间长诗作品均不对其内容进行介绍,详情请参见周作秋、欧阳若修、黄绍清等:《壮族文学发展史》(上、中、下册),广西人民出版社2007年版。

③ 阿诺德·豪泽尔:《艺术社会学》,居延安译编,学林出版社1987年版,第47—48页。

和自然人消失的根据，人们是在文化的范围内、根据文化的规范来进行有意识的创作活动的。甚至最原始、最具有自发性的民间艺术也不再是'自然的'了；尽管它受到自然条件的制约，但它仍然是为了适应文化需要而兴起的。"[①]这是在一般意义上说的。具体到一个民族的文学，也是如此。"一个民族的文学，不能不是一个民族文化沃土上的产物。它的产生（构思、创作）与发展（接受、传播），无论如何脱离不开一定民族的文化背景，并最终反转过来，汇入民族文化的巨川，去冲积新的平原，去浇灌新的良田，去孕育新的生命。"[②]壮族民间长诗自然也有其产生的文化沃土、文化背景。壮族的歌咏习俗、稻作文化、师麽文化以及其他文化因素，周边民族文化（尤其是汉族文化）等，一起构成了壮族民间长诗产生的文化沃土。而作为壮族文化的组成部分，壮族民间长诗自然是在壮族文化的历史进程中发展演变的，壮族文化的历史进程就是壮族民间长诗发展演变的文化背景。因之，考察壮族民间长诗走向繁荣的原因及文化内涵，就必须要将壮族民间文学及其特征置于壮族整个发展的历史长河当中。

民族史研究表明，大抵在西周晚期或春秋战国初期，岭南地区壮族先民的原始社会开始解体，逐步进入阶级社会，而秦始皇派大军征服岭南后，壮族地区便成为中央封建王朝版图的一部分，壮族社会开始进入新的发展时期。[③] 从此，壮族文化结束了自主发展、自由创造的历史时期，进入了由汉文化统摄下发展的历史阶段。在民族文化自律与汉文化他律张力作用下，壮族文化 2000 余年的发展演变，成为壮族文化历史进程中极为重要的组成部分，深刻影响着壮族民间长诗的创作和发

① 阿诺德·豪泽尔：《艺术社会学》，居延安译编，学林出版社 1987 年版，第 212 页。

② 陈继会：《文化视界中的文学》，河南人民出版社 1994 年版，第 3 页。

③ 张声震主编：《壮族通史》（上），民族出版社 1997 年版，第 256 页。

展。这种深刻影响首先表现在壮汉文化交融方面,其次表现在壮汉文化冲突方面。我们先来看前者。

汉族是我国的主体民族,汉文化对少数民族文化产生了巨大的影响。壮族就是受汉文化影响最大的民族之一,两者都是农业民族,有着相似的农业耕种生活,这种相似的经济生活必然造成相近的民族心理,因而易于进行文化间的互动和交流。[①] 需要指出的是,在壮汉文化交流的过程中,二者间的相互吸收和借鉴是不平衡的,主要是壮族文化吸收、学习先进的汉文化。壮族文化吸收融合汉文化,表现在物质文化、制度文化、精神文化等各个方面。与壮族民间长诗关系最为密切的莫过于在精神文化方面的交融了。

汉族的思想观念、伦理道德、文学作品等都不同程度地被壮族吸收,融合在壮族的文化之内,并渗透于壮族民间长诗的创作之中。壮族民间师公教是壮族先民的越巫信仰融合道教、儒家等思想文化观念而形成的,因此前述创世史诗《布洛陀经诗》作为其文化经典,自然也是壮汉文化长期交流的结晶。壮族道德伦理长诗《传扬歌》,则是壮族本土伦理道德观念与汉族儒家思想和封建礼教等意识观念交汇的成果。正如《壮族伦理道德长诗〈传扬歌〉译注·前言》所言:"《传扬歌》把读书提到与勤劳同等重要的地位,诗中认为'耕种和读书,两条路最美','谁是聪明人,用心读书文','男儿入学堂,家中出贵才','读书或赶圩,与同伴并排'。"[②]显然是受汉文化教育观念影响的结果。而大量取材于汉族文学作品,根据壮族的文化观念和审美习惯进行再创作的民间长诗,像《唱英台》《马骨胡之歌》《孟姜女》《蔡伯喈》《朱买臣》《孔雀

---

① 梁庭望:《壮族文化概论》,广西教育出版社2000年版,第557页。

② 梁庭望、罗宾译注:《壮族伦理道德长诗〈传扬歌〉译注》,广西民族出版社2005年版,第37页。

东南飞》《梅良玉》《李旦与凤姣》《天仙配》《陈世美》《文龙与肖尼》《毛洪与玉音》等，则是壮汉文化交融在壮族民间长诗中最集中、最出色的表现。

“古壮字”或“方块壮字”作为壮汉文化交融的重要产物之一，其产生和发展，对壮族民间长诗的蓬勃发展所产生的作用更是不容忽视。尽管学术界对古壮字的产生时间和造字方式持有各种各样的看法，但是大家都承认古壮字的产生和发展深受汉字的影响。[①] 可以说，古壮字的产生和发展归根结底是壮汉文化长期交流的结果，而土俗字的广泛使用，又有力地促进了壮汉文化的交流。研究表明，古壮字在唐代开始产生，到了宋代已经较为流行，明清时期则进入盛行期，“流行区域遍及壮族的各个聚居地方”[②]。

古壮字的产生和发展对壮族民间长诗的创作和发展产生了很大的影响。作为民间文学中的长篇韵文作品，民间长诗并非像短篇歌谣那样脱口而出，其创作和流传往往需要借助文字才能实现。唐代以前，壮族民间长诗数量很少。随着唐、宋、元时期壮汉文化交流的深入，古壮字的创制以及使用日益广泛，壮族民间长诗的创作明显增多。而到了明清时期，古壮字进入盛行期，更是有力地促进了壮族民间长诗的发展。明清时期壮族民间长诗出现繁荣景象，与这一时期古壮字在壮族民间的盛行是分不开的。

古壮字的产生和发展不但促进了壮族民间长诗的创作、发展乃至繁荣，而且在民间长诗的传播和保存方面也起到了重要的作用。我们现在看到的大部分壮族史诗如《乜洛甲》《布洛陀经诗》《布伯》《莫一大王》和民间长诗如《嘹歌》《欢木岸》《传扬歌》《文龙与肖尼》《唱英

① 欧阳秋婕：“古壮字历史沿革及演变趋势初探”，广西大学2006年硕士学位论文。

② 欧阳秋婕：“古壮字历史沿革及演变趋势初探”，广西大学2006年硕士学位论文。

台》《董永》《达稳之歌》《达备之歌》《特华之歌》等，都是通过古壮字手抄本保存下来的。当然，在壮族民间长诗创作的过程中，古壮字也在不断增殖，其在一定程度上促进了古壮字的创制和发展。二者在发展的过程中是一种相互促进的关系。

再来看后者，壮汉文化互动与交流的过程中也存在着对立和冲突。这种对立冲突，既体现在壮族族群命运的生存上（如前述的英雄史诗《莫一大王》），也体现在壮族个体生命的成长上。下面试以壮族婚恋题材的民间长诗为例，探讨壮汉文化的对立冲突对壮族个体命运产生的影响。

我们知道，壮族本土文化传统中，男女青年到了婚恋年龄，以歌为媒，自由恋爱，属于典型的依歌择配婚恋形式。《串寨调》讲述的就是壮族青年男女“会面”“挑兴”“试探”“赞美”“定情”“相好”“告别”“送行”的故事，他们以歌为媒串寨，进行自由交往和恋爱。《锦衣缘》中王淮尚的母亲让他出去寻找对象，后与中意的姑娘方碧荷结为夫妻，故事充满自由的气息。《甫娅》讲述了一对青年男女一见钟情，两人对歌相知相爱，且有情人终成眷属的美满婚姻故事。诗中虽有娅（老婆婆）牵线搭桥，但与封建婚姻媒妁之言有着本质上的不同。这些长诗“在一定程度上体现了当时壮族社会的历史生活和民族性格，也是古代壮族依歌择配、恋爱自由、婚姻自主的真实写照”①。壮族男女自由恋爱以及自主婚姻的婚恋形式并非壮族人民的想象，而是在壮族人民生活中确实存在过的。

然而，随着汉文化中的封建礼教与婚姻制度在壮族地区的蔓延，“昔日的恋爱自由虽然依旧，但婚姻自主则已经成为历史而不复存在。这样，恋爱比较自由与婚姻不能自主两者之间就构成了一对不可调和

① 罗汉田：《中国南方民族文学关系史》（下），民族出版社2001年版，第166页。

的社会矛盾，成为一种相当普遍的社会现象”[1]。汉文化中的封建礼教和婚姻制度与壮族依歌择配的婚恋传统在本质上是对立的，二者难以相融；而汉文化的封建礼教势力强大，壮族文化的婚恋传统则根深蒂固，二者一时又难分高下。冲突对峙的结果，就是壮族普遍存在的婚前恋爱自由与婚姻是“父母之命，媒妁之言”这两种前后断裂的婚恋文化状况的共存和撕裂。

《七姑》《八姑》《鸳鸯岩》《幽骚》《唱秀英》《达妍与日驾》《逃到远方做夫妻》《苦相思》《情恨》等就是自由恋爱与封建婚姻桎梏两种文化对立冲突的表现。《七姑》《八姑》分别讲述了七姑与六丘、八姑与韦特高这两对青年男女勇敢地与封建婚姻制度做斗争终于获得美满婚姻的故事；《达妍与日驾》讲述了财主女儿达妍与长工日驾克服种种困难，终于赢得美满结合的故事；《逃到远方做夫妻》则是一对已婚但都对自己的婚姻不满的男女相爱并远走他乡的故事；《幽骚》描述了一对自由相爱的男女青年反抗官家抢婚，私奔成婚后遭残酷迫害双双殉情的悲惨故事；《唱秀英》讲述了与黄三从小青梅竹马的秀英，遭地主毒手，被害死父母和情人，被迫嫁给地主刘正才的傻儿子刘茂芳后顽强反抗的故事；《鸳鸯岩》是壮族后生六甲与壮族姑娘韦达春遭受封建婚姻制度迫害的悲苦歌；《苦相思》和《情恨》则抒发了因“父母之命，媒妁之言”的封建礼教导致与心爱的人“相恋不能相连”的悲苦之情。无论是叙述悲情故事还是抒发悲苦情怀，均是因为自由恋爱之追求遭受封建婚姻制度之桎梏和戕害而产生。封建婚姻制度在壮族地区的蔓延对壮族自由婚恋文化造成了巨大的冲击，但自由婚恋之文化追求并未消失，于是两种婚恋文化的对立冲突便愈演愈烈，上述众多婚恋题材的民间长

---

① 罗汉田：《中国南方民族文学关系史》（下），民族出版社 2001 年版，第 166 页。

诗就是这种文化状况的反映。

这种断裂的、非整合的婚恋文化对壮族妇女造成的伤害最大，在《达稳之歌》《达备之歌》《为欺妻重妾》《妹然之歌》《弃妇恨》等壮族悲歌中表现得最为充分。《达稳之歌》中的韦达稳被父母按照封建婚姻礼俗嫁给智障者舅表兄覃如有，逃婚失败后上吊自杀，以反抗不如意的婚姻。《达备之歌》中的蒙达备、《妹然之歌》中的妹然、《弃妇恨》中的达姣等女主人公，勤俭持家，任劳任怨，却遭婆家诬蔑虐待，像牲畜一样被婆家卖掉。《为欺妻重妾》则是女主人公对丈夫娶小老婆后自己遭受冷落的愤恨和孤苦情怀的抒发。《妹然之歌》书写了丧夫失子的寡妇妹然受婆家族人刁难，既不准她为女儿招婿上门，又不让她招夫进门，致使她生活孤苦无所依靠的悲剧。“在每一个人的人生旅途中，婚姻可能是最重要的转折点或分叉点。婚姻的顺利与否决定了它以后所续演的人生戏剧是悲或喜。”①众多壮族妇女的人生悲剧正是封建婚姻制度与壮族自由婚恋传统矛盾冲突的结果。

另外，像《唱英台》《唱文龙》《毛红歌》《蔡伯喈》《朱买臣》《李旦与凤姣》等由汉族戏剧、故事或传说改编而成的长诗，也都是以婚姻爱情为主题的。在这些民间长诗中，梁山伯与祝英台、文龙与肖尼、何文秀与黄兰英、李旦与凤姣等人忠贞于爱情的事迹，受到人们的赞扬；玉音的父亲张尚书、朱买臣之妻窦女、蔡伯喈等人的嫌贫爱富遭到人们的鞭挞与批判。壮族人民通过这些民间长诗，表达着他们对幸福、美好婚姻的向往之情。然而，人们极力赞美的，往往是现实生活中缺少的；人们极力鞭挞的，往往是生活中常见的。汉族这类婚恋题材的故事之所以受到壮族人民的喜爱并编成长诗加以广泛传唱，

① 杨民康：《中国民歌与乡土社会》，吉林教育出版社1992年版，第165页。

正是因为它们道出了壮族人民的心声，能够满足壮族人民在婚姻悲剧多有发生下的心理需求。

有研究者在研究民歌中的婚恋情歌时，结合婚恋习俗进行阐释，并将婚恋习俗分为三种类型：开放型婚恋习俗、中间型婚恋习俗和封闭型婚恋习俗。开放型婚恋习俗主要是在少数民族中曾经存在的对歌寻偶、比较自由的婚恋方式；封闭型婚恋习俗是汉族传统的强调“父母之命，媒妁之言”的封建包办婚姻方式；介于二者之间的就是中间型婚恋习俗，主要存在于“一些在靠近我国内地区域聚居或与汉族杂居的少数民族”中，这些民族“由于长期以来一直在有着各种民族和地域特征的不同文化圈层接缘部位生存，在保持本民族一些传统婚恋和歌唱习俗的同时，也受到来自汉族传统文化中婚姻与家庭观念的影响，而使这些民族或地区的婚恋习俗、民歌风格等呈现出多层次的社会文化特征”。“一般而言，这些地区的婚恋与歌唱习俗往往是婚前比较自由开放，甚至不禁择偶和恋爱行为，但婚期和婚后则受到封建包办婚姻和礼教思想的禁锢和规范，婚前婚后恍若两个世界。”[①]这样就造成了众多有情人难成眷属的婚姻悲剧。本质上，这是一种断裂的婚恋文化类型，即恋爱与婚姻的断裂。壮族此一时期的婚恋形式无疑是属于中间型婚恋习俗类型。这种断裂的、非整合的婚恋习俗正是壮族众多婚恋悲剧发生的文化根源。壮族众多婚恋题材的叙事、抒情长诗在审美创造中深刻地揭示了这一文化根源。

被纳入中央封建王朝的统治版图后，壮族人民与中央封建王朝之间存在着矛盾。为民族生存，壮族人民多次发起反抗封建统治者的起义和斗争。但是，壮族人民在反抗封建统治者的同时，同样履行着维护

① 胡晓明：《中国诗学之精神》，江西人民出版社2001年版，第183—184页。

国家主权和领土完整的神圣职责。正如韦苏文所言:“随着土司制度的日臻完善,无论是从客籍汉人转化而来的壮人,或是臣服王化的土著壮人,都自然而然地把自己看作是封建统一国家的一个成员,封建皇帝是至高无上的权力象征,分裂割据被视为大逆不道。当国家的统一与领土的完整受到威胁时他们以民族大义为重,团结苗、汉、瑶等民族,抵御外来入侵,为保卫祖国边疆安宁起了重大的作用。”[①]无疑,当第三种文化势力——外国敌对势力——入侵时,壮族和封建王朝之间的矛盾成为次要矛盾,壮汉文化面临共同的生存挑战,壮族人民义无反顾地投入到反抗侵略者的斗争之中,表现出了深切的民族大义与中华民族认同意识。

壮族人民参与的中国历史上各种历史事件及其中所蕴含的民族大义精神和中华民族认同意识,不仅深深地影响着壮族人民,同时也反映在壮族相关题材的民间长诗中。流传在广西壮族自治区百色市田阳区一带的民间长诗《瓦氏夫人》,记述了田州土司岑猛之妻瓦氏,在丈夫因扩张势力而遭朝廷围剿丧命后,掌管州政,励精图治。当时倭寇侵扰我国东部沿海,朝廷出兵连打败仗,后接受平定过田州土司岑猛的张经的奏请,皇上下令征调善战的壮家兵抗倭。瓦氏夫人深明大义,不计家仇,以国难为重,不顾年迈,说服众人,请缨上抗倭前线杀敌,之后协助各路军队,取得了抗倭的第一次大捷,为抗击倭寇做出了重要贡献。但是因奸臣当道,忠良受诬陷,瓦氏“请书到皇上,班师回故里!”“抗倭过两年,苍苍白发添;活到五十九,病故入黄泉!”但是,瓦氏却永远活在壮族人民的心中:“瓦氏长辞去,功德留人间;英名垂青史,世代永流传!”长诗赞扬抗倭女英雄瓦氏夫人的爱国壮举,痛斥“豺狼来挡道,黑

---

① 韦苏文:《壮族女性与文化》,广西民族出版社1993年版,第28页。

白尽颠倒;邪恶得称霸,忠良难伸腰”的黑暗现实,表现出了爱憎分明的历史正义感。历史题材长诗《明朝至民国史歌》就对中法战争的历史事件有所论述,而更集中地记述中法战争的民间长诗,是流传于壮族聚居区的宁明、凭祥和龙津一带的《中法战争史歌》。长诗概述了中法战争的始末,记叙了中法战争的有关历史事实。它揭露了法帝国主义对越南和我国进行侵略的野蛮行径,赞颂了刘永福、冯子材等卫国救民、英勇抗敌的爱国主义精神,同时也揭露了清王朝的昏庸腐败,痛斥了李鸿章的卖国罪行。不难看出,在外敌入侵时,壮族人民顾全大局,爱憎分明,御敌卫国,表现出深切的民族大义与中华认同。这种观念不仅表现在具体的历史行动中,也表现在壮族人民对历史的集体表达上,并渗透进民间长诗的创作中。

二、民间口头韵文创作在艺术形式上的民族性

壮族民间口头韵文创作在艺术形式上具有如下鲜明的特点:

第一,各地民间歌谣没有统一的名称。壮语中对民间口头韵文创作的作品大体上有“欢”“西”“嘎”“比”“伦”“囡”等不同的称呼。这些名称中的任何一个,都可以意译为“民间歌谣”“民歌”或“山歌”。这是因为:其一,壮族历史上只有自己的语言而没有形成全民族通用的发达文字,加上经济、文化欠发达,影响到了民族语言的发展和统一,划分为南、北两大方言,而北部方言又分为桂北土语区、柳江土语区、红水河土语区、邕北土语区、右江土语区、桂边土语区等七个土语区,南部方言也分为邕南土语区、左江土语区、德靖土语区、砚广土语区、文麻土语区等五个土语区。其二,各地的歌谣因唱法不同而导致名称不同。如“欢”主要流传于北部方言地区,有五言、七言、五七言嵌句和杂言等,

句数有四句、十二句和不定句等，其特点是押腰脚韵；“西”主要流传于南部方言区，为双句式，并以六、八或十二句为一段，押脚韵，有些地方也押腰脚韵；“嘎”流传于广西扶绥县，基本形式为七言四句，只押脚韵，并可用壮、汉双语吟唱；“比”流传于广西东兰县、凤山县一带，形式类于“欢”却格式比较自由，不限于押腰脚韵，有五言、七言两种；“伦”的格式多为五言、七言加衬句，句数不定；“囡”流传于广西那坡县一带，有一定的曲调和唱法，却没有一定的字数、句数和押韵规则，是一种类似于汉族自由体诗的歌谣。

第二，不同地区的歌谣，每一首在句数上相差较大，有奇数、偶数和不定句之分，且每句的字数也不一。从目前掌握的资料看，偶数句歌谣，有二、四、六、八、十、十二、十八、二十四句等；奇数句歌谣，有三、七、九、十一句等；还有一种不分章、节的不定句作品，称为“排歌”，主要流传在桂西田东、田阳、百色、凌云、田林以及桂南靖西、德保等地，句数不限，可以成排成排地唱下去，以唱完一段完整的内容为止，有时长达上百行。在字数上，北部方言区的歌谣以五言四句为基本形制，南部方言区则以七言为主并以七言两句和七言四句为基本形制。此外，各地还有五三五式、七三七式、十言、十五言等形式。特别是“喃”，采用了五三七式，没有定格。

第三，壮族民间口头韵文创作最突出的特点表现在押韵上，其押韵方式有脚韵、头脚韵、腰脚韵三种，其中腰脚韵是壮族民间歌谣特有的押韵方式，而头脚韵的歌谣在汉族及其他民族中似也不多见。

押腰脚韵的壮族歌谣又有五言四句、七言四句和嵌句等主要歌式。如五言四句式（用壮语唱，汉译后基本保留了其腰脚韵特点）：

Hwnz ninz cungj mbouj nbaek ●,（夜睡不着觉 ●）

Lumj miz maet con sim;（像跳蚤钻心）
●　○　●
Baez fonj gongz sam sing,（一翻三呻吟）
○　○
Niemh saugim nanz gvaq.（念娋金[1]难过）
○　○

这是一首反映男女相思的情歌，其最大的特点是押腰脚韵。所谓“腰”，指的是歌句中间第二、三或第四个字，以第二或第三个字为常见。在这首歌例中，第二句的 maet（腰部）和第一句的 nbaek（脚部）相押韵，第四句的 saugim（腰部）和第三句的 sing（脚部）相押韵。

又如七言四句（用汉语桂柳方言唱）：

衣袖摇摇去哪块，
●
两手摆摆去哪村。
●　○
妹去哪村妹就讲，
○　■
哥带干粮后面跟。
■　○

再如嵌句式（用壮语唱，汉译后无法保留其押韵特点）：

Daeng ngoenz bo beix diemj daeng,（日落西山哥点灯）
●
Mbat mbit laeng,（一转身）
●

① 娋金：壮语音译，姑娘的美称。

Raen ngaeuz nuengx ngaenz youq doiqnaj;(看见妹妹在跟前)

Mbeh beix ndaep bae gangx gvax,(哥忙起步把手牵)

Mbouj raen naj,(没见脸)

Daih laix ngaeuz beix gvaq din ciengz.(原是妹影现墙边)

至于押头脚韵的壮族歌谣,则大多在腰脚韵的长歌中,当遇到用韵困难时才偶尔使用,所以并不常见,但也不乏其例。如(用壮语唱,汉译后基本保留其押韵特点):

Miz duz roeg neng gaet,(有只黄尾鸟)

Haethamh douh gwnz dongh,(早晚站树梢)

Seizcin mbouj caux rongz,(春天不筑巢)

Daengz doeng yiengh lawz gvaq.(到冬天怎么过)

第四,壮族民间口头韵文创作具有独特的复唱方式,称为"勒脚欢",又叫"马蹄勒",意思是像马走路一样,后蹄踏着前蹄的脚印走。如(用壮语唱):

① Naengh youq goek go raeu,(坐在枫树下)

② Gaeu heu song boux duengq;(青藤两人攀)

③ Lumj song duz gaengj saeng,(如同双杠桑)

④ Doeng baengh gvaq dah haij.(伴游过大江)

⑤ Lix cix youq caemh caez,(生同在一起)
⑥ Dai bae cix caemh raeuz;(死连在阴间)
① Naengh youq goek go raeu,(坐在枫树下)
② Gaeu heu song boux duengq.(青藤两人攀)

⑦ Daj dingh raemx dumh mbwn,(即使水漫天)
⑧ Fwngz gaem fwngz mbouj cuengq;(手牵手不放)
③ Lumj song duz gaengj saeng,(如同双杠桑)
④ Doeng baengh gvaq dah haij.(伴游过大江)

这首五言十二句的"勒脚欢",共三个小节,每个小节两联四句。其中,第一小节第一联(第①、②句)、第二联(第③、④句)分别"勒"于第二小节第一联(第⑤、⑥句)和第三小节第一联(第⑦、⑧句)的"脚"下。这种十二句的"勒脚欢",由于具有反复回唱的特点,韵律迂回缠绵,适于充分抒发情怀,吟唱起来,旋律优美,委婉动听,因此被称为壮族的"十二行抒情诗"。

第三节　歌咏习俗与壮族口头韵文创作的繁盛

壮族口头韵文创作不仅数量大,而且内容丰富、形式多样,这与壮族歌咏习俗的孕育有着不可分割的联系。丹纳说:"自然界有它的气候,气候的变化决定这种那种植物的出现,精神方面也有它的气候,它的变化决定这种那种艺术的出现。"[①]歌咏习俗就是壮族口头韵文创作的精神气候之一。壮族歌咏习俗孕育了大量的民间歌谣及其多样的表现形式，为民间长诗的产生和发展打下了坚实的基础；壮族歌咏习俗造就了众多的歌手、歌师、歌王，为壮族口头韵文创作提供了创作者和传唱者；壮族歌咏习俗形成了众多规模或大或小的歌圩、歌会，为壮族口头韵文创作的传唱提供了空间和舞台。总之，一方面，壮族口头韵文创作在发达的歌咏习俗中孕育产生并走向繁荣。另一方面，壮族口头韵文创作本身又是歌咏习俗的组成部分，它的发达繁荣，也是壮族歌咏习俗繁荣的一个标志、一面镜子，是歌咏习俗的大演练和大总结，是歌咏习俗发展的一个高峰。

一、歌咏习俗孕育和产生了壮族口头韵文创作作品

首先，壮族歌咏习俗产生了大量的歌谣与多样的表现形式，从而为壮族民间长诗提供了资源基础和技术条件。

广西山清水秀，人杰地灵，生活在这里的多个民族有一个共同的特点，那就是大家都酷爱歌谣，都有喜爱唱歌的传统。因此，广西素有"歌海"之美誉。作为广西主体民族之一的壮族，更是喜歌善唱的民族。无论在生产劳动中，还是在寻亲访友、过年过节时，抑或在婚丧嫁娶的过程中，壮族人民都有歌声相伴。壮族以歌代言的非凡歌唱才能和技艺备受赞誉。壮族聚居的各地均有传统的歌圩，为人们赛歌赛诗提供了平台，优秀的歌手会受到相当的尊敬，依歌择配的婚恋习俗更彰

① 丹纳：《艺术哲学》，傅雷译，人民文学出版社1983年版，第9页。

显着歌唱对于人生之重要:“喜唱歌者,能博得全社会一般民众的尊誉”,“善唱歌者,能博得妇女之欢心,可借此为媒介,而达到最美满的恋爱;并可以由此等范围之内,而实验抉择各个恋爱者之谁为惬意,进而达到美满结婚之目的”,“无论男女,皆认唱歌为其人生观上之主要问题。人而不能唱歌,在社会上即孤寂寡欢,即缺乏恋爱求偶之可能性,即不能号为通今博古,而为一蠢然如豕之顽民”。[①] 唱歌如此重要,以至于壮族人从小即习歌,“父教子,母传女”,老年人传授给年轻人,年轻人传授给小孩,“教者倾其所能,兢兢业业,学者诚心诚意,全力以赴”[②],整个社会都洋溢着歌的气息。在这样的环境中,壮人“迭歌相和,含情凄惋……皆临机自撰,不肯蹈袭,其间乃有绝佳者”[③]。优秀的歌谣不断地被创作出来并广为传唱,正如一首壮歌所唱的:“你歌哪有我歌多?我有十万八千箩。只因那年发大水,五湖四海都是歌。”壮族歌谣不仅数量巨大,而且内容广泛:既有种田种地、伐木放排、开山采石、下水打鱼、砍柴放牛、时令节气等生产劳动歌谣,反映人民生活和斗争的长工苦歌、征兵歌、鳏寡歌、劝世歌;也有迎来送往、婚丧嫁娶、建房等活动中的风俗礼仪歌;还有被称为“海中之海”的大量情歌,以及儿童歌谣;等等。壮族如此丰富的短篇歌谣,是壮族民间长诗的资源宝库。就拿壮族“歌谣文化的经典”——《嘹歌》中的《三月歌》来说,从二、三月唱起,按月序唱到腊月之后,以正月为尾歌结束,由结伴、采花、打陀螺、采撷、播种、三月三、送肥、蝉鸣、春困、春情、借犁、育秧、插秧、耘田、祭祀、秋收、腊月、正月等歌组成[④],就是壮族关于节令和农事活

---

① 刘锡蕃:《岭表纪蛮》,商务印书馆 1934 年版,第 156 页。

② 覃德清:《壮族文化的传统特征与现代建构》,广西人民出版社 2006 年版,第 115 页。

③ 周去非:《岭外代答校注》卷二,杨武泉注解,中华书局 1999 年版,第 158 页。

④ 张声震主编:《壮族民歌古籍集成 情歌(一)嘹歌》,广西民族出版社 1993 年版,第 839 页。

动的众多歌谣的汇集。而一些有相对固定套路的长歌像《欢木岸》《串寨调》《壮族排歌》等更是如此。众多的歌谣“在群体性的长期歌唱和传抄过程中，得到不断创造、提炼、补充、扩展，使其精华部分一代代地传承、联结，自然地汇成长篇巨著”①。也就是说，歌咏习俗孕育产生的丰富多彩的歌谣为壮族民间长诗的产生准备了充足的资源。正如壮族著名诗人黄勇刹所说，“历代的人民歌谣，是一切诗歌之母，这是中外古今文学史上的事实”，“壮族的民间长诗，是在大量的短歌式的基础上发展起来的”。②

另外，壮族歌咏习俗还形成了丰富多彩的表现形式。壮族歌谣的表现形式，从称谓上看有欢、诗、加、比、伦等几种，从句型上看，“现已查明确定的形式就有五言四句、六句、八句的，七言二句、三句、四句、六句、八句、十二句的，还有七言中夹着五言句或五言句中夹着三言句的‘吊脚’歌（又称嵌脚歌）、勒脚歌等三十多种”③。多种多样的表现形式为创作民间长诗提供了可选择的技术手段。美国著名人类学家博厄斯曾经指出：“艺术的开端出现在技术问题完全解决之后。”④壮族民间长诗表现形式的丰富多彩就是壮族歌咏习俗形成的多种技术运用于长诗创作的结晶：壮族三大悲歌《特华之歌》《达稳之歌》和《达备之歌》，还有《控告土官歌》《马骨胡之歌》《为欺妻重妾》《东兰革命史歌》《十二行抒情诗》《传扬歌》等等，就是用具有一咏三叹、层层深化和加强感染的勒脚歌艺术形式写成的；《乜洛甲》《布洛陀经诗》《布伯》《莫一大王》《唱英台》《毛红歌》等则是用师公调一唱到底；《世间万物从哪来》

---

① 潘春见：“歌圩源流——壮族歌圩与其他民族歌场之比较（一）”，《广西民族研究》1995年第4期。

② 黄勇刹：《壮族歌谣概论》，广西民族出版社1983年版，第93、208页。

③ 中国民间文学集成全国编辑委员会、中国歌谣集成广西卷编辑委员会编纂：《中国歌谣集成·广西卷》，中国社会科学出版社1992年版，第7页。

④ 弗朗兹·博厄斯：《原始艺术》，金辉译，上海文艺出版社1989年版，第58页。

《戳太阳》《布洛陀造米》《瓦氏夫人》《婚源歌》等则是五言欢体；还有用排歌自由体的《壮族排歌》《中法战争史歌》《反征兵歌》《甫娅》《庭艳山》，七言山歌体的《歌仙刘三姐》，男女对唱的《嘹歌·唱离乱》；等等。壮族民间长诗的多种实践及其丰富成果无疑得益于歌咏习俗所形成的丰富多彩的形式技巧。

其次，壮族歌咏习俗造就了众多歌手、歌师、歌王，为民间长诗提供了创作者和传唱者。

数量众多的歌谣和丰富多彩的形式技巧，都是壮族歌手们在歌咏习俗活动中所创造的。同时，也正是壮族发达的歌咏习俗造就了众多的歌手、歌师、歌王。不难想象，在歌的海洋中，日常生活中以歌相伴，歌海之总体氛围几乎使人人是歌手。而壮族歌咏习俗的重要组成部分——被称为"壮族人民歌唱才能的'大教场''大考场'，也是壮族民间诗歌的'大宝库'"①的——歌圩，更是对锻炼歌手才能，培育优秀的歌师、歌王起到了重要的促进作用。正像欧阳若修等编著的《壮族文学史》中指出的那样："歌圩好像一座民间的艺术大熔炉，它不但铸造出了许许多多优秀的歌篇，而且从它产生的时候起，就不断地造就出千千万万的民间歌手和诗人。"②对于壮族的这些歌唱能手，黄勇刹先生是"非常敬佩他们诗化生活、歌化生活的才力的"③。

正是这些令人折服的成长于歌咏习俗之中又以自己的丰富才华滋养着自己文化母体的民间创作能手，以其丰富的创作经验和驾驭材料的高超技艺，把神话传说、历史事件以及生活中的故事等，编成民间长

---

① 欧阳若修、周作秋、黄绍清等编著：《壮族文学史》第一册，广西人民出版社1986年版，第235页。

② 欧阳若修、周作秋、黄绍清等编著：《壮族文学史》第一册，广西人民出版社1986年版，第250页。

③ 黄勇刹：《壮族歌谣概论》，广西民族出版社1983年版，第41、92页。

诗加以歌咏、传唱。

最后，壮族歌咏习俗形成的众多歌圩和歌会[①]，为壮族民间长诗提供了传唱、充实、提高的空间和舞台。

壮族地区众多的歌圩和歌会也是壮族歌咏习俗的重要组成部分。上面提到歌圩主要是为了说明其对产生优秀民间歌手的促进作用。其实，在那个作用之外，歌圩还有一个重要的作用，那就是为传唱、充实以及提高壮族民间长诗提供了空间和舞台。正如潘其旭指出的，歌圩是"壮族最富有特色、最有影响的文学作品即民间诗歌的自然载体"[②]。旧历二月十九田东县思林镇养岩歌圩和旧历二月十七平果莫圩，就是以壮族民间长诗《嘹歌》为主要歌唱内容的；而广西百色田阳区的敢壮，每年都有数以万计的民众参与春晓岩歌圩，对唱情歌之前都要先唱布洛陀创世古歌。歌圩固然是传唱和丰富壮族民间长诗的重要阵地，但是日常生活中遇到婚丧嫁娶、红白喜事或者祭祀节日等情况而形成的小范围的歌会，"也有通过师公或歌手演唱民间长诗的频繁活动"[③]。比如，广西巴马等地壮族每逢结婚，男方到女方家接亲的那个晚上，男方接亲的人要在女方家唱《布洛陀经诗》中的"造婚姻""造风俗""造

---

① 关于歌会，1986 年出版的《壮族文学史》中认为在婚嫁、贺新居、吃满月酒或劳动场合（插秧、收割）形成的临时性歌会，严格来说不属于传统歌圩的范畴；潘其旭在其《壮族歌圩研究》一书中将这种临时性的会唱活动命名为"临时性歌圩"，认为它是一种广义的歌圩；而陈雨帆认为，歌会是壮族民歌活动的一种体制，是壮族人民用来反映变革社会、变革生活的斗争现实的一种口头文学活动方式，是壮族时政歌谣、生活歌谣（狭义的）赖以大量产生的母体，并认为歌会起源于韦拔群以歌发动群众的活动方式。不难看出，陈雨帆所言的歌会带有较多的社会政治色彩。我们这里所用的歌会概念，基本赞同《壮族文学史》中的看法，指的是壮族民众在生活中临时会聚时进行的歌咏习俗活动，以区别于有着固定时间、地点的歌圩上的歌咏习俗活动。关于陈雨帆的论述，参见陈雨帆："壮族歌会——壮民族文化的'雏凤'"，载农冠品、过伟、罗秀兴等主编：《岭南文化与百越民风》，广西教育出版社 1992 年版。

② 潘其旭：《壮族歌圩研究》，广西人民出版社 1991 年版，第 234 页。

③ 黄勇刹：《壮族歌谣概论》，广西民族出版社 1983 年版，第 41、92 页。

礼仪”等内容，从而显示男方这一家人懂历史、懂古训、有教养、有知识，让女方家放心[①]；而巴马、东兰一带，家里死了父母，为表示对父母过世的哀悼和对父母恩德的颂扬，以及对子孙的规劝和教导，都要请有名的歌手唱“东灵”（《唱东灵》是一首勒脚体的古老哀歌）；农历四月初八壮族牛节（又称“脱轭节”）时演唱《牛歌》；东巴凤因蚂拐节形成的歌会上演唱《蚂拐歌》；云南文山壮族聚居区壮族青年男女串寨交往会聚时常唱优美动人的长篇“套歌”《串寨调》[②]；等等。这些歌会同样为民间长诗的传唱和丰富提供了机会。

总之，歌圩和歌会一起为壮族民间长诗的传唱、充实和提高提供了空间和舞台。

二、壮族民间长诗的繁荣是壮族歌咏习俗繁荣的标志

壮族民间长诗是在壮族歌咏习俗这一精神气候的孕育和滋养下产生的，并在明清时期出现繁荣景象。壮族民间长诗，和无数的歌谣、众多的歌手以及遍布壮乡的歌圩、歌会一样，都是壮族歌咏习俗的重要组成部分。如前所述，壮族民间长诗数量大，内容广泛，形式多样，有《布洛陀经诗》《乜洛甲》《布伯》等创世史诗；《莫一大王》等英雄史诗；《中法战争史歌》《明朝至民国史歌》《从光绪到民国》《唱中国历史》《长毛破城歌》《东兰革命史歌》《龙胜壮族历史传说歌》《刘二打番鬼歌》《粤

① 陈建宪、林继富：《中国民俗通志·民间文学志》（下），齐涛主编，山东教育出版社 2005 年版，第 390 页。

② 欧阳若修、周作秋、黄绍清等编著：《壮族文学史》第一册，广西人民出版社 1986 年版，第 78—94、191—199 页。

军作乱歌》等历史题材的长诗；也有《七姑》《八姑》《幽骚》《唱秀英》《达妍与日驾》《逃到远方做夫妻》《歌仙刘三姐》《妲娌》《甫娅》《达伦与达架》《鸳鸯岩》《蛇郎歌》等传说故事诗；有《达稳之歌》《达备之歌》《特华之歌》《妹然之歌》《弃妇吟》《特丈冤魂歌》《盲人怨》《苦相思》《情恨》《十二月般郎歌》等几十部抒情长诗；还有《传扬歌》《二十四孝书》《木头娘》《姆梭与勒梭》等说理长诗；更有改编汉族作品而成的《唱英台》《蔡伯喈》《唐王歌》《董永和七仙女》《朱买臣》《文龙与肖尼》《马骨胡之歌》等多部长诗；而长达两万行的《嘹歌》更是歌咏习俗的经典之作。壮族民间长诗内容上的丰富多彩无疑是壮族歌咏习俗发达繁荣的一种表现。另外，正像上文已经论述的那样，如五言欢体、七言山歌、排歌自由体、一咏三叹的勒脚歌式以及师公调等，壮族民间长诗多样化的表现形式也是壮族歌咏习俗繁荣发达的一种说明。覃德清在研究壮族悲歌时指出："壮族悲歌篇幅宏大，内容丰富，意蕴深邃，艺术品位颇高，是壮族人民歌咏天赋的充分展示。"[①]如果说壮族几十部悲歌是壮族人民歌咏天赋的充分展示的话，那么，我们可以说整个壮族民间长诗的繁荣景象更是壮族歌咏习俗的大演练和大总结，是壮族歌咏习俗发展到高峰的一个标志。

① 覃德清：《壮族文化的传统特征与现代建构》，广西人民出版社 2006 年版，第 96 页。

第三章
稻作文化与壮族民间文学

本章着重探讨壮族作为最早种植水稻的民族之一,其民间文学特别是口头散文叙事的稻作文化内涵与特质。

第一节 壮族传统社会的稻作文化表征

壮侗语族包括了三个语支,即属于壮傣语支的壮族、傣族、布依族,侗水语支的侗族、水族、毛南族、仫佬族,黎语支的黎族等。从历史源流看,壮侗语族各民族与我国古代南方的最大一个族群百越有着密切的关系。越人因其支系繁多、各有种姓,在战国、秦汉时期被称为百越。其中,较大的支系有于越、扬越、南越、闽越、骆越、东瓯、山越、滇越、西瓯等。之后,由于民族迁徙与分化融合,居住在不同地区的越人产生了不同的族名,过去曾普遍使用的"越"这个族称也渐渐不见于史籍,不同时期、不同地区的越人后裔有了不同的族称,至宋明时期,逐渐形成了现在的壮侗语族各民族。[1] 一般认为,现代壮族是不同历史时期被

① 杨圣敏主编:《中国民族志》,中央民族大学出版社2003年版,第298页。

称为“西瓯”“骆越”“乌浒”“俚”“僚”“俍”“僮”等族群的后裔。[①]

有学者根据野生稻分布、语言材料、古籍记载及考古发现指出：“中国是世界上最早发明水稻人工栽培的国家；最早发明水稻人工栽培的是江南越人的先民，江南越人是当今江南汉族和华南、西南壮侗语诸族（壮族、侗族、布依族、傣族、黎族、仡佬族、水族、仫佬族、毛南族）的祖先，壮侗语诸族的先民对中国最早发明水稻人工栽培做出了重大贡献。”[②]此说甚有见地。

壮族先民发明水稻人工栽培后，“水稻种植初期，渔猎仍占主要地位，随着时代的演进，其分量逐步增加，到6000年前的顶狮山四期文化层，螺壳堆积没有了，说明壮族祖先的经济生活已经基本完成从渔猎向稻作农耕的转变。到春秋战国时期，稻作农耕已经占绝对优势。在广西花山崖画上，犬是狩猎经济向稻作经济转化的符号（神话中狗为人类偷得稻种），但数量已经很少；而代表稻作文化的符号蛙神像则占了绝对的优势。这说明先秦壮族的经济生活已为水稻所占据”[③]。经过漫长的稻作农耕实践，壮族社会形成了鲜明而富有特色的稻作文化特征。

一、冠以汉字“那”的地名现象

“那”（或“纳”）在壮、傣、布依等壮侗语族各民族语言中意为“水田”。在壮、傣、布依等民族聚居地区，有许多冠以“那”（或“纳”）字的

① 壮族简史编写组编：《壮族简史》，广西人民出版社1980年版。

② 梁庭望：“水稻人工栽培的发明与稻作文化”，《广西民族研究》2004年第4期。

③ 梁庭望：“壮族的稻作文化和社会发展探索”，《文山师范高等专科学校学报》2006年第3期。

地名。其特点是以各类田的俗称作为标志，采用类名加专名的办法，构成以“那”（或“纳”）起头的齐头式地名，如那坡、那马、那板、那龙等等。1982 年，广西开展地名普查，全自治区共搜集得到地名信息 23 万多条，其中少数民族语地名信息 7 万多条，而少数民族语地名信息则主要是壮语地名信息。1988 年出版的《广西壮语地名选集》[①]，共收录壮语地名信息 5500 条，占广西壮语地名信息总条数的 8%，其中含“那”（或“纳”）的地名信息有 872 条，占收录壮语地名信息总条数的 15.9%。今天，当我们打开亚洲地图就会看到，在珠江水系流经的区域分布着许多冠以“那”（或“纳”）字的地名，其中又以桂西的左右江和琶江流域最为密集。此外，“那”地名在云南也大量存在，在文山壮族苗族自治州就有 518 个之多。[②] 这种冠“那”字的地名现象自近代以来已引起国内外学者的注意。半个多世纪以前，我国著名的民族学家徐松石先生在《泰族僮族粤族考》中就写道：“广东台山有那扶墟，中山有那州村，番禺有都那，新会有那伏，清远有那落村，高要有那落墟，恩平有那吉墟，开平有那波朗，阳江有那兵，合浦有那浪，琼山有那环，防城有那良，广西柳江有那六，来宾有那研，武鸣有那白，宾阳有那村，百色有那崇，岂宁有那关，昭平有那更，平南有那历，天保有那吞，镇边有那坡。这那字地名，在两广汗牛充栋。”[③]有研究者在对“那”地名的分布进行调查后也指出，此类地名“分布地域连成一片，北界是云南宣威的那乐冲，北纬 26 度；南界是老挝沙湾省的那鲁，北纬 16 度；东界是广东珠海的那洲，东经 113.5 度；西界是缅甸掸邦的那龙，东经 97.5 度。这些地名的90%以上集中在北纬 21 度至 24 度，并且大多处于河谷平地。就广西

① 张声震主编：《广西壮语地名选集》（汉文版），广西民族出版社 1988 年版。

② 任勇：“文山州壮族占籍工作的汇报”，载《全国五省区壮族古籍整理协作会议文件汇编》，内部编印，1996 年版。

③ 徐松石：《徐松石民族学研究著作五种》，广东人民出版社 1993 年版，第 317 页。

而言,70%以上集中在左江、右江流域。这些地方的土壤、雨量、气温、日照等都宜于稻作"[①]。地名是人们在社会生活中,为地理实体、居民聚落和地域区划所取的名称,是一种特定的语言符号和人类活动的历史印记。它具有鲜明的地域性和民族性,又有顽强的延续性和稳定性。因此,"由'那'构成的地域性的地名文化景观,具有极为丰富而深层次的历史文化内涵,它在一定程度上保存了民族文化史尤其是稻作农业史的本来面目,是稻作农业起源的鲜明印记"[②]。

二、水稻种植为中心的生产格局

水稻种植在壮族传统社会活动中居于中心地位,一切生产活动均围绕这个中心来安排。在一年的粮食生产里,水稻种植为重中之重,压倒一切。从开春到晚稻收割,人们的心思主要都放在选种、育秧、插秧、耘田、保苗、防虫、防旱、防涝、防倒伏上,早晚必到田间查看,不敢稍有疏忽,所以壮族民间有谚语说:"Gyaez haeux cixcoenz naz, gyaezbaz cixcunz daiq."(爱米勤查田,疼妻勤探丈母娘。)人们只有在安排好水稻种植的前提下,才安排豆类、块根类、杂粮类生产,包括玉米种植(个别地方因缺水而被迫改种玉米另当别论),但很少有种植小麦。围绕水稻种植形成了一整套完整而独特的生产工具,如新石器时代的大石铲在广西70多个县都有出土,其中心地带在东江、西江与邕江汇合口的隆安、扶绥、邕宁、忻城等县,出土遗址多达100多个,其中仅隆安县内军坡遗址就出土了上万件,其形制为束腰长舌形,最长的达到60多厘

① 游汝杰:"从语言地理学和历史语言学试论亚洲栽培稻的起源和传播",《中央民族学院学报》1980年第3期。

② 覃乃昌:"'那'文化圈论",《广西民族研究》1999年第4期。

米，宽20厘米左右，加工精细，用于水田作业，为稻作民族独有。再如壮族现代生产活动中，人们习惯使用的农业生产工具也以适应水稻耕作为中心，计有犁耙锄镰等耕种工具16类20多种，水筒车、笕、龙骨车等灌溉工具10多种，打谷桶、打谷槽、碓、磨、水碾等稻谷加工工具10多种，牛车、扁担、箩筐、船等运输工具10多种，木仓、竹仓、缸等储藏工具10多种。副业生产也主要围绕稻作进行。牛马等畜类的饲养为的是翻耕水田，用作肉食的主要是猪、鸡、鸭、鹅等禽畜及鱼虾，其中猪、鸡、鸭、鹅等都是用剩饭或米糠拌菜饲养而成的，可视为稻米的转化物；鱼、虾主要养于池塘或烂泥田里，而塘用于防天旱，塘、田、鱼密不可分，有些地方将鱼苗放养于稻田中，鱼苗靠吃落在水里的禾花长大，称为“禾花鱼”。壮族人酷爱吃有叶子的青菜，菜园则多在水田旁边，或利用田埂种菜，便于浇水。总之，壮族社会形成了以水稻种植为中心的完整的生产格局，较好地满足了人们的生存需要。

三、稻米制品为主食的饮食结构

壮族一向以稻米类食品为主食，辅以红薯、木薯、芋头、饭豆、南瓜、玉米、三角麦、小米、麦面等制成的食品。稻米类食品花样繁多，形成了如下十大系列：(1)米饭系列——干饭、糯饭、豆饭、五色饭、竹筒饭、南瓜饭、菠萝饭等；(2)米粥系列——白粥、肉末茴香粥、螺蛳粥、大米玉米面粥、糖粥、鱼粥等；(3)米粉系列——榨粉、切粉、卷筒粉、螺蛳粉、鱼生粉、肉丝粉、酸粉、汤粉、炒粉等；(3)粽子系列——驼背粽、锥粽、牛角粽、黑粽、枕头粽、状元粽、马杆脚粽等；(4)糍粑系列——饼状糍粑、三角糍粑、艾叶糍粑、藤粑、褡裢粑、方糍粑、油团粑等；(5)米糕系列——沙糕、油堆、炸糕、素米糕、油团、五色糕、炸素糕等；(6)米花系列——爆米花、糖米花、米花糖、阴米等；(7)汤圆系列——汤圆、元宵、方元宵等；(8)米饼系列——各类月饼、米饼、食撒拉等；(9)米肉系列——酢肉、腌米粉肉、腌酸肉、米粉肉、龙棒、灌猪肚等；(10)饮料系列——米酒、甜酒、公鸡甜酒、蛤蚧酒、药酒等。据不完全统计，由稻米做成的食品有100多种，稻米在壮族饮食中占据着主导地位。肉副食主要有猪、鸡、鸭、鹅、淡水鱼等肉类，其中猪、鸡、鸭、鹅都是大米或米糠的转化物，淡水鱼一般放养于水田和池塘(少量捞于河沟)，而池塘与河沟有灌溉稻田和养鱼的双重功能，均和水稻有关。总之，壮族形成了以大米及大米转化物为主的饮食结构。乡村壮人一般不吃馒头等面食，但有的吃面条，或将面条煮熟后加肉、菜炒成一道菜。面食在壮人生活中可有可无，但不能没有米饭或米粥。

四、与稻作生计交融的传统节日

壮族传统节日的来源是多元的，按照节日的性质或类别，大致可分为稻作季节性节日、宗教性节日、纪念性节日三大类。首先是稻作季节性节日，占50多个传统节日的一半左右，包括一月的蚂拐节、二月的祭社节、三月的开耕节、四月的牛魂节和拜秧节、五月的农具节、六月的尝新节、八月的跳岭头节、九月的庆丰节等，主要是围绕春祈秋收等农事节奏来进行。这与壮族以稻作农业生产活动有着密切关系。其次是祭祖性节日，包括三月的扫墓节、布洛陀诞辰日，六月的莫一大王节、七月的迎祖送祖节等，而且每一个节日，都要在自家的厅堂祭祀祖先，反映了壮族浓厚的祖先崇拜观念与习俗。最后是祈求生产丰收(包括物质资料的生产和人类自身的生产与繁衍)的节日。壮族传统节日多数是男性的节日，也有女性主持的专门节日，即农历三月的花婆节(也称

“花王节”或“花王圣母节”，是祈求生育、保佑孩童的节日）。有的节日保留着浓厚的原始时代图腾崇拜的遗迹。无论是何种类型的节日，其核心都是为了祝祈生产丰收、生活富足、人丁繁衍、家业兴旺、平安幸福，且都与水稻结下了不解之缘。稻米在节日里有三个功能。一是敬神祭祖。举行祭祀时，祭品一定是大米饭及猪、鸡、鸭、鹅肉等稻米转化物，其他粮食在历史上是绝对不能用作祭品的，在绝大多数情况下，绝对禁止用马、牛、羊、狗肉敬神祭祖。而在稻米制品中，又以糯米制品最为高贵，重大节日多是用五色饭、粽子、糯饭、糍粑敬神。二是宴请宾客。直至今日，壮族人宴客依然以大米饭或糯米饭为最尊。三是馈赠亲友。以大米制品如粽子、糍粑、米饼、月饼、糯饭等馈赠亲友，拿玉米送礼不可想象。可以说，壮族的节日文化与稻作文化已近乎水乳交融。

五、受稻作观念浸染的人生礼仪

壮族民众从生到死，都离不开稻米，其人生礼仪深受稻作文化的浸染。婴儿出生，人们要以大米饭和猪、鸡、鸭肉敬祭祖先；三朝时外婆家和亲戚要送大米或大米食品，有的地方在头胎为男孩时，外婆来祝贺还要一路撒爆米花；长大了，举行成丁礼，旧俗要打掉一颗门牙，据说是源于乞求雷公下雨灌田；相亲时，要问婆家是“卖米的”还是“买米的”，人们用卖米表示比较富有，用买米表示贫寒；接亲时，礼品中一定要有大米、猪肉和鸡只；新娘离开娘家，有的要撒大米表示祝福；婚宴中一定得有大米饭，贵客绝对要以大米饭和白斩鸡招待，而且过去绝对不能用玉米粥、薯类待客；生病酬神，节日敬神，只能用大米饭及大米转化物，绝对禁止用牛、羊、马、驴、狗肉做祭品；人过五十，安个寿米缸，里面装大米，表示延寿，此后每逢生日要由子女在师公诵经声中往里面添新米，所以人们又把做寿称为"补粮",米缸里的米可以掏出一点熬粥补寿,但绝对不能掏空,否则意味着生命即将终结,不吉利;人去世了,棺材头小桌上供一碗大米饭,整个丧葬过程都不能撤;出殡时,有的地方要一路撒大米或爆米花,有的地方向坟坑里撒大米,有的地方还要以镰刀等种田农具做陪葬物,意为让逝者在冥界继续有种田工具。

六、稻作文化涵化的民间宗教

与其他民族一样,壮族也有自己多层次的民间宗教信仰,主要分为三个层次:(1)原始宗教;(2)原生型民间宗教;(3)创生型民间宗教。[①]壮族原始宗教表现为自然崇拜、鬼魂崇拜、图腾崇拜、生殖崇拜和祖先崇拜,其遗存形态在各地壮族民间都有反映,特别是鬼魂崇拜和祖先崇拜,既受到渔猎文化的涵化,也受到稻作文化的涵化,并被纳入稻作文化系统之中,例如壮族民间祭祀祖先的目的在于祈求人丁兴旺、老少康安、五谷丰登、禽畜繁衍,为达此目的,人们要用稻米制品及其转化物去祭祀鬼神和祖先。壮族原生型民间宗教主要包括师公教和麽公教,二者因其宗教职能者称为"师公"或"麽公"而得名。壮族创生型民间宗教主要是指壮化道教和壮化汉传佛教,二者分别受到壮族文化的涵化,实际上已由人为宗教降格为民间宗教,所以人们将其宗教职能者分别称为"道公"或"僧公"。无论是原生型民间宗教还是创生型民间宗教,其宗教职能者的基本职能归纳起来不外乎以下几种:(1)赎魂保命;(2)驱鬼祛灾;(3)架桥求花(嗣);(4)酬神还愿。所有这些祭祀活动,祭品中都必须有大米制品(米饭、粽子、糍粑、米糕等)及大米转化物

① 梁庭望主编:《壮族原生型民间宗教调查研究》,宗教文化出版社2009年版,第1—2页。

（鸡、鱼、鸭肉），其中又以糯米饭为贵。此外，《壮族麽经布洛陀影印译注》收录的 29 种经诗中，关于物的生产部分是以水稻为中心的，各部经诗唱述在造天地之后，便唱述造田、造菜园、造干栏、造牛、造泉水、造水车、造谷仓，跟着便先唱述招稻魂，然后唱述招牛马魂、招猪魂、招鸡鸭鹅魂，最后为招鱼魂，足见水稻种植的中心地位之明显。

诚然，由于稻作文化在壮族社会中就是人们的生活本身，故而并不止上述的六个方面，但是仅由此我们就已经深切地感受到壮族生活的方方面面都充盈着浓重的稻作文化氛围。也就是说，壮族社会生活的稻作文化的呈现是全方位的、多层次的，即从表层到深层都浸透着稻作文化。只有亲身发明水稻人工栽培的民族，才会创造出这样的文化奇观。

第二节　稻作文化与壮族口头韵文创作

壮族是中国少数民族中人口最多的民族，该民族突出的文化特点是歌文化。他们视歌咏活动为人生之重要大事，从历史上积淀下来的深厚的歌咏习俗深刻而自然地体现了壮族族群的文化品性。壮族是农业民族，很早就产生了稻作农业文化，并积累了许多宝贵经验。古越人（即壮族先民）所居之地，是我国最早进入农耕文明的地区之一。壮族地区“种稻似湖湘”，人民“皆耕田而食……水田低则称田，旱田高则称地。田皆种稻，地种杂粮，间有种草（旱）禾者”，“秋收后，烧山以除百毒，二月启蛰，焚草渍灰以肥土。耕用牛，溉用车，亦用戽”。[①] 这些记

① 钱元昌：《粤西诸蛮图记》，清光绪十六年（1890）补刻本。

载反映了当时的稻作农业生产情况。

在壮族地区，稻作农业生产是人们维持生存的主要方式，也是人们生活的重心，农民对待稻作农业生产的态度是虔诚的，这样一种感情自然会贯穿在整个农业生产中。农耕生活给壮族民众提供了较为安定的集体活动空间，“较为安定的农耕生活，有利于群体歌唱（包括劳动、祭祀、娱乐、婚恋等活动中的群体歌唱）的开展”①，与稻作农业生产相关的歌谣不仅丰富，而且多样。壮族人民特别喜欢对歌竞唱，而集体农业劳动为歌手提供了合适的群聚场合，他们在从事农事活动时，用山歌抒发不同心情，或悲或喜，或怨或达，既自娱自乐，又交流感情。

总而言之，壮族地区的稻作农耕文化有深厚的基础，因而伴随着稻作农业文化而产生的稻作农事歌谣也就非常丰富了。当然，这里所说的农事歌谣，其范围应该是较为宽泛的。从时空上来看，既包括在田间劳动时唱的，也包括在田间休息时唱的，还包括围绕农业生产主题唱的歌；从内容来看，除劳动号子外，还有描绘农事劳动情景、传授农业生产经验、祈求获得丰收等生活内容，以及反映男女爱情的歌谣等。具体而言，可分为以下三大类。

一、传授稻作生产知识和经验的歌谣

壮族的民间歌谣以实用为目的，当地有以歌代言的传统。民间以歌谣的形式来传授知识，告知生产经验，歌手发挥了稻作农业科技员的作用。这类歌有十二月歌、二十四节气歌、四季歌等节令歌，高度概括了一年四季里需要安排的稻作农业生产事项。有一首《壮族季节鸟

---

① 樊祖荫：“论壮侗语族诸民族的多声部民歌”，《中央音乐学院学报》1994 年第 1 期。

歌》，以候鸟为起兴，将一年四季的节气变化与农业生产劳动紧密结合起来，编成歌谣，真实地反映当时稻作农业生产劳动的蓬勃生机，从中可以看到壮族农民春耕、夏耘、秋收、冬藏的忙碌情景：

正月东风习习吹，燕子双双把巢垒；
花木吐艳立春了，犁田耕地闹纷飞。
二月八哥成双对，寻找马蹄不知累；
春分还防倒春寒，老牛小牛精心喂。
三月大地春色翠，鹧鸪声声求偶配；
清明风光无限好，带上晌午[①]扫墓碑。
四月秧泥特别肥，斑鸠徘徊偷谷胚；
立夏耕田团团转，阿妹裤脚污泥水。
…………[②]

这首歌有浓郁的泥土气息和壮乡风味。类似的还有广西天峨县的《十二月田歌》："正月家家贺新年，初一十五大团圆，嘴里吃的旧年饭，心里想着新年粮。二月初二二月间，坡旁地边起火烟，田边看见哥挑粪，妹也无心来偷闲……"这首歌谣不仅写出了一年四季的农事活动，还喻示了农忙季节男女之间不能谈情说爱，要把所有精力都放在生产上。

还有更为简短的广西天等县的《种稻谣》：

正月犁耙田，二月修田基，三月播谷秧，四月播秧时，五月祭田

① 晌午：此处指午餐。
② 韦建明搜集："壮族季节鸟歌"，黄革译，《广西日报》1980年11月15日。

> 魂，六月耘田去，七月禾怀胎，八月穗出齐，九月早开镰，十月湿谷到屋里，十一月干谷进了仓。

这些歌谣轻快活泼，优美动听，表现了人们从事农业生产时的欢悦心情，说明壮族人民已基本掌握了自然界变化的规律，能根据各个季节的特点来安排适当的农事活动。

壮族是较早接受汉文化的民族，有的农事歌谣就是根据汉族的二十四节气和本地的农事安排进行创制的。如流传在广西横县地区的《二十四节气歌》：

> 正月立春又雨水，扛锹去堵田头洞，还有一个元宵节，到处舞狮又舞龙。二月惊蛰春风节，家家播秧在峒中，花生玉米也要种，床底芋头爆苗红。……

现代新编的农事歌谣《春光一刻值千金》也是遵从二十四节气来安排生产的：

> 自然规律须遵照，农事季节要记牢；
> 生产跟着季节走，五谷丰登产量高。
> 春雨惊春清谷天，不误农时闹田园；
> 玉米花生须除草，早稻抢种莫迟延。
> 夏满芒夏暑相连，田间管理要周全；
> 防涝防虫抓双抢，插完晚稻在秋前。
> 秋处露秋寒霜降，追肥管好晚稻田；
> 红薯杂粮应多种，秋植糖蔗为来年。

冬雪雪冬小大寒，森林火灾要提防，
冬种蔬菜效益好，要为明年翻两番。[①]

这类节令歌是最普遍地传授农业生产经验的歌谣。还有关于劳动常识的，如“蚕吃桑叶角对角，妹插秧田边对边”，告诉我们插秧需要规整，保证秧苗均衡生长；“粒粒饱满粒粒大，原来耘田过几遍；耘田耘过四五次，浮萍稗草全除完”，告诉我们耘田不能偷懒，杂草要除干净，辛勤劳动才能得到好收成。

正是凭借这些朗朗上口、通俗易懂、好学易记的歌谣，那些没有受过现代学校教育，缺乏现代农业科技文化的农民按部就班地进行一年四季的农事生产，从田地里获取自己生存的粮食。在那些缺乏农业科学技术教育的年代里，这些歌谣具有传授农业技术和安排农业生产的作用和地位。

二、抒发稻作劳动情绪的歌谣

本文把在劳动时唱的抒情歌谣都列为抒发劳动情绪的歌谣，不管直接还是间接跟劳动动作、劳动对象有关，只要在劳动场合中唱的歌谣都包括在农事歌谣内。

鼓舞劳动情绪的歌以号子为主，以与劳动动作相配合的强烈节奏和直接促进劳动的功用为其基本特征。它伴随着劳动节奏歌唱，与劳动行为相结合，具有协调动作、指挥劳动、鼓舞情绪等特殊功能。在农业劳动中，这类歌谣主要在开田、垦荒和薅秧、车水等时候唱。流行在

① 潘琦主编：《农村百事歌谣》，广西人民出版社2001年版。

广西鹿寨县的开田打硪歌(号子)是这样唱的:

合:一、二、三!

领:打下边啊,哼——哟!

合:哼——哟! 哼——哟!

领:打成田啊。

合:哼——哟!

领:抬上来呀。

合:哼——哟!

领:一硪一挪步嘛。

合:哼——哟!

领:拉好绳呀。

合:哼——哟!

领:一层新泥土嘛。

合:哼——哟!

领:同出力呀。

合:哼——哟!

……

首先是大家合唱,其后是由领唱唱简单的歌词,众人合“哼——哟”。领唱者每唱一句,大家就不断重复“哼——哟”。这样就起到配合劳动动作、组织和指挥劳动的作用。其传唱方式基本上体现了一般劳动号子的特点,采用“领”“合”形式。其演唱的速度根据劳动强度而定,轻则快,重则慢,曲调重叠。紧张繁重的劳动号子,往往是配合动作单调而紧张的劳动呼声,此时音乐的节奏性较强,而旋律则较弱,更多地发挥了号子指挥劳动的实用性功能。

除了号子，另外一些配合劳动动作而唱的歌谣，也能起到鼓舞和调节情绪的作用。从内容看，它不局限于协调和配合劳动动作等与劳动生产有直接联系的事物，还包括各种叙事的、诙谐的内容，常常是见景生情地抒发和联想。这类歌谣涵盖了广泛的生活题材，生动地即兴歌唱正是为了引起劳动者的兴趣，减轻劳动者的疲劳，起到鼓舞劳动情绪和调剂精神的作用。这类歌谣起讫自由、速度舒缓、随兴而歌，时而也根据歌唱者的嗓音特点加以发挥，唱词随意性强，涉及面广。如流传在广西柳江市柳江区的《锄地咚呀咚》："放火烧光了岭上的草，大伙上山来锄地；这里就是我们的田园，锄它来种粮食。锄地咚呀咚，腰伸不得直，人家吃饭又吃肉，我们只好煨红薯。锄地腾呀腾，锄好了地种下芋头红薯；红薯长得像瓦罐那么大，薯藤像脚趾那么粗……"过去，山区的农民是靠锄地种粮食维持生活的。每年春天，穷人通过互相换工，集中劳力，给各家各户轮流锄地开荒。锄地时，由一人敲锣指挥领唱此歌，借以激发热情，鼓起干劲，活跃气氛，寄托愿望。歌的内容多为触景生情，随兴编唱，节与节之间不太讲究连贯性。雨水对于稻作农业生产有着重要影响，许多地方还流传着对于旱灾的记忆和祈雨习俗，以及相应的关于喜雨和苦旱的歌。如广西巴马镇的《苦旱歌》(节选)：

二月来惊蛰，旱上太阳逼；田无水来耙，地更不能犁；
秧田干枯死，晒台可拆除；今年无收成，人人心眼急。
…………
九月近霜降，收成无希望；今年天旱久，袖手空惆怅；
全年天无水，稻禾怎能长？老天不成天，害人心性慌。
十月立冬到，颗粒不进仓；天旱禾枯死，晒楼全拆光；

今年无收成，锅头挂屋梁；东家逼租紧，人人心发慌。

有对旱情的担忧和苦恼，就有对雨水的盼望和祈求，以及对下雨的喜悦心情。人们把雨水当作好年成的有力保障来歌唱，如巴马地区流传的《喜雨歌》唱道：

正月二十几，搭桥来祈雨，
诚心来求拜，不愁没有雨，
只要雷公响，就是雨来时。
…………
九月是重阳，田野收割忙，
家家吃新米，粮食收进仓，
感谢老天爷，降雨来相帮。[①]

除了向神灵求雨，壮族人民还积极发挥自己的主观能动性，借助人力来解决稻田的灌溉问题，如《戽水谣》：

竹篾织成戽水斗，绳索缚紧四角头。
两人隔沟相对站，齐心合力展身手。
俯首斑鸠拜天地，伸腰拉戽扯龙头。
戽斗沉甸甸，田水哗哗流。
禾苗张嘴开笑脸，欢天喜地望丰收。[②]

---

① 中国民间文学集成全国编辑委员会、中国歌谣集成广西卷编辑委员会编纂：《中国歌谣集成·广西卷》（上），中国社会科学出版社 1992 年版。

② 韦苏文：《壮族悲文化》，广西人民出版社 1994 年版，第 8 页。

这里描写了戽水抗旱的劳动场景,既赞美了劳动,也传授了戽水的经验,还寄托着丰收的愿望。在干旱面前,农人以积极的办法来对付,表现了壮族农人在自然灾害面前从容不迫的自信心和乐观精神。

除了集体劳动时唱的号子,个体劳动时为了消乏解闷,也常常唱一些比较抒情的歌谣。如果说开山、车水和薅秧时唱的号子有领唱和合唱的,那么抒发劳动情绪的则更多是独唱的,如《播小米歌》,流传于广西东兰县一带,人们习惯在播种小米时边播边唱此歌:“小米呀小米,农家最爱你;五种谷米八种豆,算你最懂礼。不嫌山顶寒,七月撒下地;不嫌山地瘦,扎根石缝里。只有一把灰,送你做家底;只送一首歌,表表我心意。河里数虾子最小,五谷数小米最细;繁殖最多是虾子,结粒最多是小米。虾子味最香,小米最甜蜜……”祝愿小米“新苗快快起,根也扎得稳,苗也长得齐”“看你长出狗尾穗,看你结出鱼蛋米”。这首拟人化的歌谣,既表达了农人企望丰收的希望和农业生产的经验,又有对小米的赞美。

《选苗歌》是壮族农民在选苗时对弱苗所抒发的情感:

手掌心是肉,手背也是肉,
你知我也知,无奈少地土,
今日拔掉你,痛心又痛骨。
县官还分家,皇帝还移位,
思想世间事,莫论主人非,
请你快离座,同我把家回。[①]

① 韦其麟:《壮族民间文学概观》,广西人民出版社1988年版,第185—186页。

这首歌谣,同样运用了拟人化手法,通过对劳动生产时的情景和心情的描写,表达了壮族独特的思维方式和对禾苗的朴素感情。

这类歌谣篇幅有长篇大论的,也有短小精悍只是简单的逗乐、打趣、抒情、状景,直接描写某个季节或某项农事活动的,如流传在广西鹿寨县的两首歌谣唱道,“八月秋,二苗谷子正勾头,修得风车修箩篓,扫净谷坪扫门楼”,“四月里来种油麻,油麻颗小手难拿,大颗小颗撒下地,铲得芒草等开花”,还有如“赶快收割赶快翻,多心欢,秋收做完种冬禾”,“催牛声声震山坡,要协作,你犁北田我耕南”。这些歌表达了农人劳动时的喜悦心情和团结精神。

劳动场所的民歌歌唱很多都是男女对歌,换言之,劳动中的男女青年对唱的情歌或请歌手歌唱的带有私情内容的民歌占有相当比重。集体劳动场合是青年男女相聚对歌、谈情说爱的机会,他们在共同的劳动中交流感情,结识意中人;同时也以情歌来调侃取笑,驱除劳作的疲劳。有关劳动协作的,如“对面青山流清泉,引水过来灌农田;哥破竹子妹架笕,清清流水照同年”。在劳动时唱的情歌很多跟从事的农业劳动没有关系,可以归并到情歌的类别。

三、稻作农业祭祀歌谣

壮族是典型的稻作农业民族,他们长期以稻谷、玉米等农作物为生,因此,获得相应的生产丰收成为他们最大的期待和目标。围绕水稻耕作进行的祈求风调雨顺、五谷丰登几乎是一切重大祭祀活动的中心。

在广西东兰县一带,每年播秧时,稻农先在田坎上插青,用红糯米饭和彩蛋祭谷神,念诵《播秧谣》,然后才将谷种撒下田去,祈祷和祝愿秧苗长得好。歌谣唱道:

谷种谷种，嫁你下田，
红蛋送你身边，红饭送你面前。
你要先吃饱，你要吃得甜，
你要争口气，你要绿满田。
青似芭蕉叶，壮似甘蔗秆，
铺到山顶，连到天边。[①]

壮族农人在播种之后，用茅草扎成茅草人立于田地以防鸟兽时吟诵《茅郎歌》，有明显的诀术歌的特征：

茅郎[②]茅郎，你守地中央，
眼看六路，耳听八方，
哪个不自量，折断它翅膀，
剥掉它毛皮，挖掉它心脏。

壮族农民对于与农业生产密切相关的对象，也要进行相应的祭祀，并有相应的歌谣。壮族每年四月初八"牛王节"都要祭祀牛魂，家长牵一头年岁最大的牛绕着桌子来回转，边绕边唱："牛——我的财咯，稔子花开了，阳雀鸟叫了，春水弹琴了，禾苗封峒了，四月八到了，脱轭节到了，我把你来敬，我把牛轭脱，让你歇歇脚，吃口好料子，听我唱牛歌。"唱到这里，塞一团五色糯饭和一块腊肉给它吃。接着唱牛的来历，并唱"牛歌"："样样经过你肩膀，人们吃早饭午餐，都靠你出力，犁

① 中国民间文学集成全国编辑委员会、中国歌谣集成广西卷编辑委员会编纂：《中国歌谣集成·广西卷》，中国社会科学出版社1992年版。

② 茅郎：稻草人。

地黄牛犁，耙田水牛干，下雨你也去，刮风你也走，我们永远不忘你的功劳，牛！”[①]表现了壮族人民珍爱劳动助手、不忘劳动伙伴的情感。唱牛的歌谣，其实也是为了稻作农业生产的丰收。

祭祀类歌谣是相信语言的魔力而用祭祀祷告的语言施加巫术，打动神灵，以获得需要的结果。这类歌谣多数时候以念颂为主，音乐比较简单，曲调起伏较小，吟诵性强，篇幅或短或长。因此，其主要价值在于仪式作用。上面列举了壮族进行稻作生产时进行相应的祭祀活动，以歌谣的形式表达祈求，带有浓厚的原始宗教信仰和巫术观念。在汉族地区较少这样的祭祀歌谣，因为汉族较为现代的思想观念影响了其农耕文化，也影响了相应的歌谣创作和流传。

四、稻作农事歌谣的衰微与保护

从上可知，壮族地区的农事歌谣内容不仅有关于农事劳动的，还有关于祭祀、占卜、节令、娱乐、收成等等的。它们是生产经验的总结，也是传授农业技术的载体。壮族地区是农业社会，传统农业文明有着悠久的历史，积累了丰富的生产经验，传唱这些歌谣对农业生产技术的传承起着重要作用，这些歌谣也就成了重要的文化财富。但是，时至今日，随着社会的变革和时代的变迁，这些歌谣越来越少有人唱，面临着被遗忘或失传的境地。

在我国，农事歌谣曾经的繁盛跟当地的农业风俗分不开。广西各民族具有诗性精神、爱歌传统，以歌代言的风尚古已有之，农业生产中对唱情歌更是普遍现象。广西许多壮族地区雇人插田时，习惯请歌手

---

① 覃承勤搜集整理：“茅郎歌”，《民间文学》1982 年第 4 期。

来唱歌助兴,以提高劳动效率。《岭外代答》记述:“广西诸郡,人多能合乐……虽耕田亦必口乐相之。”编纂于清朝光绪年间的《广西省镇安府志》记载:“插秧获稻时,男女互相唱歌。”正如山歌唱道“田插完来秧已尽,独有山歌唱不完”,真实地反映了插秧时唱歌的风俗。从农耕文化中农民对农业生产丰收的祈求来看,许多民族都有在农事活动中安排男女婚恋活动的习惯,以对歌欢会的象征意义来达到祈求农业繁荣的目的,试图通过模拟巫术行为,达到自身生存和发展的需求。如壮族在春三月举行的歌节,本是插秧之前举行的一个择偶节日,其目的一方面是为了人类自身的繁衍,另一方面是祈望田里的秧苗模拟人类的生殖行为,多多繁衍,获得丰收。在这个节日里,男女欢会对歌是天经地义的事,也是关系到整个壮族社会农业丰收的事。[①] 20世纪中期,广西德保县钦迷乡一带流行“竖时”[②]的习俗,要求所有水田在一天或一天半全部插完秧,因为同时插秧,他们往往要请外村的妇女前来帮忙。她们通常都是擅长编唱歌谣的,所以往往一边插秧,一边和守在田边的男子对歌。[③] 而在有的壮族地区,每年七八月间给豆苗除草也是对歌活动的重要场合。各家为畲地除草准备种上豆类时,一些人家会以劳动的名义请外村一些会唱歌的姑娘来到村里帮助除草,大家在地里一起劳动,举行对歌活动。[④] 这些都说明农事活动与歌谣活动的一致性,人们认为人的生产与农作物的生产两种生产可以互相影响、互相促进。今天,人们更多相信科学技术,关于农业祭祀的歌谣以及生产中的男女对歌求欢活动也就慢慢消失了。

---

① 潘其旭:《壮族歌圩研究》,广西人民出版社1991年版,第91页。

② 竖时:一种插秧仪式。

③ 广西壮族自治区民间文学研究会编:《广西各地歌圩情况》,内部资料,1980年版,第40页。

④ 陆晓芹:“乡土中的歌唱传统——广西西部德靖一带壮族社会的‘吟诗’与‘暖’”,北京师范大学2006年博士学位论文。

另外，劳动歌谣的不再兴盛也与其生产劳动中的娱乐放松作用消失相关。传统农业社会里，“好音乐，少愁苦”是劳动者的生活态度和生活智慧。劳动者的乐天精神和苦中作乐的生活态度使他们有唱歌的需要和爱好，借此得到精神上的满足，消解体力上的疲乏。农民常说，“不唱不笑一天望不到”，“唱歌为了散精神”，“唱支山歌解劳累，挑粪就像燕子飞”。繁重的农业劳动是单调枯燥而艰苦的，人们边干活边唱山歌，就可以把注意力转移到歌谣上，从而消减心灵的疲乏寂寞。可见，唱歌对于农民是现实需要，不光是审美需要。现在随着机械化和电气化农业工具的普及，乡村里的农业劳动强度大大降低，过去需要大量人力手工完成的农业劳动，如犁田、收割、打谷等，大都可以用机械迅速完成。因此，以往唱歌以提高劳动效率和减轻劳动疲乏感的用途大大衰减了。

劳动歌谣的兴衰也与整个社会的唱歌风气有关。在广西壮族地区，唱歌曾是生活中必备的技艺。据有人记载：“（此地）无论男女，皆认唱歌为其人生观上之主要问题。人而不能唱歌，在社会上即枯寂寡欢，即缺乏恋爱求偶之可能性，即不能号为通今博古，而为一蠢然如豕之顽民。”[①]在那个时候，歌唱无论对于恋爱求偶还是个体的生命价值，都有着重要的意义，因而全社会“皆认唱歌为其人生观上之主要问题”，可见当时唱歌风气之盛行。但是现在强调的是学校教育的重要意义，会不会唱歌已经不重要了。年轻人外出上学和打工，随着倚歌择配婚恋习俗的改变，歌谣在生活中的功能逐渐消失，这导致民歌的日趋衰微。

广西壮族的歌谣传统在面临着失传危机的同时，也有着更新的机

① 刘锡蕃：《岭表纪蛮》，商务印书馆1934年版，第156页。

制和措施。近年来举办的南宁国际民歌节，唱响到东南亚许多地区，而各地不断恢复的歌圩和各种对民歌的产业开发也重新唤起了人们对传统歌谣的重视和喜爱。但对于劳动歌谣，用新瓶装旧酒的形式未必可以使它得到有效的保护，除了记录保存之外，如何使之得到传承延续，需要我们努力思考和研究。

人们通常认为抢救性记录保存是保护非物质文化遗产的主要方式，其次大概是恢复和保护文化空间，也就是尽量保护传统文化生存的土壤。但是我们无力阻挡时代潮流向前，也无权限制人们对新生活形式的追求，也许更为关键的还是需要唤起人们对民间歌谣的热情和兴趣。传统社会里唱歌的功能消失了，我们应该制造新的功能使之更新。壮族的对歌常常就是赛诗，是知识经验和聪明才智的竞赛，这种歌赛目前在农村较为兴盛，政府和社会应给予支持和鼓励，这可能是将来延续民歌文化传统的新方式。

第三节　稻作文化与壮族民间散文叙事

从广义来看，稻作文化是指“包括由于稻作生产发生出来的社会生活的一切方面”，它不仅指有关谷物主体的产生、发展及其生产的一系列问题，而且包括由于稻作生产影响所及的民间生活方式和生产中的种种习俗与仪轨，以及稻作民族所特有的性格、爱好与文化心理等。[①] 毋庸置疑，壮族人民在漫长的以稻作为中心的农业生产实践中

① 姜彬主编：《稻作文化与江南民俗》，上海文艺出版社1996年版。

创造了灿烂的稻作文化，因而稻作文化构成了孕育壮族民间文学的又一文化场空间系统，以稻谷生产为丰富内涵和鲜明特征的民间叙事文学也成了壮族特定的稻作文化发展的一个重要标志。作为壮族民间文学的一部分，散文体的民间叙事文学在有"歌海"之称的壮族地区，可能没有口头韵文创作那样强大的影响力，但它本真生动、情节完整、信息丰富的独特优势也是以情为主的韵文体文学所无法代替的。

现在学术界通常把民间散文体叙事文学划分为神话、传说和民间传说故事。换句话说，学术界创造了三个概念来指代全部的民间散文体叙事文学作品。由于神话、传说和民间传说故事这三个理论概念在一定程度上反映了民间散文体叙事文学的事实，所以它们使得我们更加容易地掌握了民间散文体叙事文学的内容。本节便是围绕着壮族稻作农业生产这个核心，来讲述壮族社会里的民间神话、传说和故事。在此需要指出的是，人类语言的概念是有一定限制的，尽管我们在这里使用了神话、传说和民间故事对壮族民间散文体叙事文学进行了分类，但也只是程度上的，而不是本质上的。事实上，很多时候我们很难在它们之间清晰地给予界定，正像列维-斯特劳斯所说："没有任何严肃的理由把故事与神话分离开来；尽管许多社会从主观上察觉到这两者之间的区别，尽管这区别用区分这两个类型的特殊术语从客观上做了表述；最后，尽管指令与禁令有时与一个而不是另一个相关联（在某些时间或只能在某个季节叙述神话，而故事因其'世俗的'性质，则可在任何时候叙述）。"[①]这也同样适用于传说。因此，本文对壮族民间散文体叙事文学的分类也不是绝对的，只是为了

① 列维-斯特劳斯：《结构人类学：巫术·宗教·艺术·神话》，陆晓禾等译，文化艺术出版社1989年版，第126页。

便于理解，按实际需要所做的一个大体分类而已。

一、有关壮族稻作起源的生成性神话

关于稻谷种子的来源，壮族民间有一则《谷种和狗尾巴》的神话传说。在古老的时候，人间还没有谷米，人们饿了就拿野果来充饥。后来，人越来越多了，能吃的东西渐渐少了，大家常挨饥受饿。那时候天上已经有了谷子，地上还没有。天上的人害怕地上的人有谷米吃了，繁殖得太多，会打到天上去，占领他们的地方，就一直不让一粒米、一颗谷种落到地上来。地上人哀求天上人借一些谷种来种，天上人总是不给。没办法，地上人就派了一只九尾狗到天上去借谷种。

九尾狗来到天上，看见天上的人在天宫门前晒谷子，便弯下九根尾巴（据说那时的狗有九根尾巴），悄悄地向晒谷场走去。狗尾巴上密绒绒的细毛，碰着晒谷场上的谷子，谷粒就牢牢地被黏住了。

九尾狗用九根尾巴黏满谷子，掉头就跑，不料，刚跑了几步，就被看守谷子的人发觉了。他们一边呐喊，一边追赶，一边挥着斧钺乱砍。九尾狗的尾巴，一根一根地被砍断了，鲜血不断地流下来，但它还是忍着剧痛，使劲地往前奔跑。当第八根尾巴被砍下来的时候，它已经逃出了天门，越过天界，回到人间来了。九根尾巴还剩下一根，一根尾巴带来了几粒谷种。人们很感激狗，拿尾巴上的谷种去种，人间从此才有了谷种。[①]

这是人们在科学知识十分贫乏的情况下，不能解释稻谷的来源，只能把稻谷看作天上的东西，而且把谷种的获得与狗联系在一起，狗成为

① “谷种和狗尾巴”，《广西文艺》1964 年第 10 期。

为人们带来谷种的英雄。

关于狗给人们带来谷种的传说，在壮族民间还保留有遗俗，如在壮族一些地方，每年农历七八月过尝新节时，人们把狗叫到神龛前，舀一大勺新米饭，再加上主家过节准备享用的菜肴，每样给一点，让狗吃饱后，家人才能围坐进餐。传说这是为了感谢狗给人类带来谷种的功劳。①

在壮族神话中，还传说人们原来已经种植了稻谷，但遇上一次大洪水，天下大部分地区都被淹没了，谷种快没有了，靠布洛陀的指点和帮助，人们找回了谷种，又过上了好日子。

神话讲述，在大水灾中，到处都被水淹没了，只有案州那个地方还没有被淹，郎老山和坡敖山还露出水面，郎汉的房子还没有着水。谷米和青菜都跑到他那里去躲水灾去了。蛇和蚯蚓也都跑到那里去住。人们纷纷逃难，种谷米的事也就这样中断了。

布洛陀带领人们开了红水河消除水患，从那以后，山变，水变，人也变了。人有 360 种，有善有恶，有穷有富，有聪明的也有蠢笨的。但有一点大家都一样，谁都没有米吃。大家拿山上的瓜果当饭，拿地里的草根当餐。这种东西吃久了，人们也受不了。小孩吃了不长大，孤儿吃了长不白，姑娘吃了脸不红，头人的儿子吃了就瘦死。人们听说案州那边有米谷，谷子就长在郎老山上，黄熟在坡敖山边，粮就堆在郎汉的屋子里。人们为了再种稻谷，就撑着竹筏，漂洋过海去要谷种，但总是一去不回。他们不是被海浪吞没，就是被海鱼吃掉。怎么办？大家去找布洛陀，布洛陀出了这样的主意，派斑鸠和山鸡飞过天上，派老鼠游过大海，两路同时出发，谷种一定要得回来。

斑鸠和山鸡飞了 21 天 21 夜，老鼠游了 27 天 27 夜。它们到了案

① 潘其旭、覃乃昌主编：《壮族百科辞典》，广西人民出版社 1993 年版，第 361 页。

州一看，果然郎老山上稻禾勾头，坡敖山上谷黄熟，郎汉的屋子里堆满谷米，心中高兴极了，斑鸠和山鸡飞落稻穗上，拼命地啄吃。老鼠把稻秆咬断，把谷子吃到肚子里去。斑鸠和山鸡吃够了，就到树上去筑巢；老鼠啃够了，就到林里去做窝。它们再也不想回去了。它们白天吃，晚上到窝里睡觉；吃完了郎老山的，又去吃坡敖山的；山上的稻米吃完了，又去偷吃郎汉屋里的。

斑鸠、山鸡、老鼠把案州的稻谷都吃光了也不回来，饥饿的人们左顾右盼，没有办法，就去问布洛陀，布洛陀自告奋勇地答应去把谷种找回来。他排除重重困难，跨过千山万水，来到案州，却看到遍地狼藉，稻谷已经没有了。他设圈布网，把老鼠、斑鸠、山鸡们全部抓住，问它们把谷子藏在什么地方，它们说全部吃到肚子里去了。布洛陀叫它们把谷子吐出来，斑鸠、山鸡不吐，把嘴合得紧紧的，老鼠胆小吐了，但吐出的只是稻秆。

布洛陀很恼火，一脚踩住它们的下巴尖，用手扳开它们的嘴，发现里面还有前年的陈谷和去年的新谷。布洛陀把斑鸠和山鸡的嗉囊全翻出来了，但只有三颗旱谷和四颗稻谷能做种子。布洛陀拿了谷种，骑上蛟龙，漂洋过海回到壮乡。有了谷种，人们欢天喜地。他们选了吉祥的日子，把谷种撒到田垌里，3 天后便发了芽。20 天后，便可以拔到整好的田里去插。谷子七月抽穗，八月就黄熟了。[①]

与壮族同源的布依族、傣族等民族也有相类似的神话传说。例如布依族有一则神话：

远古时候，世间没有五谷，人们吃的是兽肉、野果、树皮。那时人们都知道在很远很远的西边天脚处有一个神洞，洞中藏着许多谷种，但必

① 谷德明编：《中国少数民族神话选》，西北民族学院研究所编印，1984 年版，第 90—94 页。

须要有一个聪明勇敢的人克服千难万险才能得到。布依后生茫耶自告奋勇承担这个任务。茫耶一连走了7昼夜，翻过99座大坡，爬过99座峻岭，后来在一位白胡子老人的指点和帮助下，又艰苦跋涉了10余天，渡过了恶浪滔滔的红水河，越过了烈焰冲天的火焰山，终于找到了藏谷种的神洞。他在洞内与洞神、妖魔、神鹰、神虎等激烈搏斗后，在小狗的帮助下，最终取回了谷种。从此，人们开始了播种耕耘，世间有了五谷。[①]

傣族关于谷物起源的神话《麻雀救谷种》是这样说的：

天神创造人类后，便把谷种撒到大地上，人类很快就学会了种植谷物。可是，过了一段时间，洪水泛滥，人和万物都被洪水冲走，只有会飞的麻雀飞在天上。一天，麻雀看见几个人被围困在山顶，哇哇地哭啼，便上前问道："人呀，你们为何哭泣得这样伤心？"人说："洪水把我们的谷种冲走了，我们没法过日子啦！"麻雀说："我有本领将你们的谷种抢回来，但你们给什么报答呢？"人说："如果你真的把谷种抢回来，我们就让你在我们的房檐下筑窝，种出的谷子也给你享用。"麻雀听了很高兴，立刻飞到洪水上空，衔了一穗漂在水面上的谷种，带回来交给人。人有了谷种，洪水退后，便又可以种植谷子了，人也没有忘记自己的诺言。从此，麻雀便在人的房檐下做窝、安家，人种出来的谷子也要分麻雀享用，让它们飞到田里来吃谷子。[②]

傣族民间还有另一则稻谷起源神话《向鼠王找谷种》：

古时候，人们采野果、野菜维生，后来野果、野菜也少了，有一位叫桑木底的青年人决心找到一种能长期养活人的食物。有人告诉他，有一种叫"麻波提赛栽"（养人心之果）的食物可以长期养活人，但只有勐

① "茫耶寻谷种"，载《中国各民族宗教与神话大词典》编审委员会编：《中国各民族宗教与神话大词典》，学苑出版社1990年版，第44页。

② "茫耶寻谷种"，载《中国各民族宗教与神话大词典》编审委员会编：《中国各民族宗教与神话大词典》，学苑出版社1990年版，第84页。

神才知道它在什么地方。勐神告诉他,这养人的果实就是谷种,只有鼠王居住的地方才有,而鼠国离人居住的地方很远,很难找到。勐神答应桑木底的请求,变成一只大鹏鸟,让桑木底骑在他的背上飞到鼠国找"麻波提赛栽"。

桑木底刚从大鹏鸟身上跳下来,便被千万只老鼠团团围住。这些老鼠比人还高大,从没见过人,以为桑木底是个怪物,围过来要把桑木底咬死。桑木底懂得法术,有神的智慧,他用定身法战胜了鼠群,并向鼠王说明来意,要求鼠王给予人类一颗"麻波提赛栽"谷种。鼠王见桑木底本领高强,不想再战,取出一颗"麻波提赛栽"谷种给了他。

勐神变成的大鹏鸟早已飞回,桑木底得到谷种后,只得走路回家。他走了 12 年,分别经过鼠、麒麟、虎、兔、龙、蛇、马、羊、猴、鸡、狗、象 12 种动物居住的地方,才回到人类定居的地方,将谷种种在田里。从此,人类便学会了种植谷物。因桑木底回来时经过 12 种动物的居处,这 12 种动物就合成了傣族的 12 属相。①

以上壮侗语民族关于稻谷种子来源的神话有几个共同点:一是稻谷种子原来都在人类居住地以外的地方,而且都是虚无缥缈的神仙之地,如天上、郎老山、坡敖山等;二是都要跨洋过海,经过千难万险才能到达,而且都要借助神力(布洛陀、勐神等)、动物(狗、老鼠、山鸡、斑鸠、麻雀等)才能完成取稻种的任务;三是所得的谷种都很少很少,都是一粒、几粒,十分宝贵,后来经过繁殖,发展出很多稻谷来。所有这些都反映了远古社会里,社会生产力十分低下的情况下,人们对稻谷的来源缺乏认识所做的推测和设想。由于壮族、布依族、傣族是同源民族,因而他们的远古神话具有一定程度的共同之处。

① 《中国各民族宗教与神话大词典》编审委员会编:《中国各民族宗教与神话大词典》,学苑出版社 1990 年版,第 84 页。

在壮族神话《布洛陀》中说到过去的谷粒像柚子那样大：

那时候的谷粒像柚子一样大，谷穗像马尾一样长，禾刀不容易割断，扁担也不好挑回来。这么大的谷粒，三个人吃一粒就饱，七个人吃一穗就够了。布洛陀从案州带回的谷种种下后，长出了稻谷，但是颗粒仍很大，很不好吃。结的谷粒仍然像柚子那样大，结得又很少。后来人们用木槌去敲，用杵子去舂。谷粒被敲裂了，米粒被杵碎了。他们拿到山坡上去撒，什么地方都撒遍。谷粒再没有以前那样大了，每穗的粒很多。人们收回来都不给哪个人吃，全留来做种子。[①]

傣族的神话中也有稻谷颗粒很大的描述。傣族神话《一颗萝卜大的谷子》讲述了先民远古时代驯化野生稻并进行栽培的过程：

从前，傣族祖先主要靠打猎和捕鱼过日子。有一天，正在打猎的人们忽然闻到一股香风，于是跟踪寻找，结果在山坳的水塘里看到许多又高又密的野草上结着无数萝卜那样大的果子，剥开一看，里面长着白生生的果肉，用嘴一舔，又香又甜，大家吃了起来并给它取了个名字叫"香稻米"。从此以后，人们饿了就来摘香稻米吃。日子一长，人越来越多，香稻米一天天少了下去。这时一个聪明的人就教大家："你们看，落在土里的那些香稻米长出来了，我们为什么不学着种一些在田里呢？将来一颗结几百颗，我们就吃不完了。"于是人们开始摘一些香稻米种在田里，小心培育，施肥灌溉，香稻米不仅长出来，而且比野生的还要壮实。[②]

傣族神话《会飞的谷子》中说，谷子像人一样，有心有魂，会说话会走路，成熟时能自动生出一双金色的翅膀，谁勤劳就飞往谁的家。一位懒女人打断了谷子的翅膀，人们恨她，想把她赶走，首领却护着她，却使

---

① 谷德明编：《中国少数民族神话选》，西北民族学院研究所编印，1984 年版，第 90—94 页。

② 毛艳："论稻作民族的传统生态观"，载任兆胜、李云峰主编：《稻作与祭仪——第二届中日民俗文化国际学术研讨会论文集》，云南人民出版社 2003 年版，第 224 页。

她变得更懒。有一天,她对首领说:“谷子一大颗一大颗的,糯米有鸭蛋大,饭米有鸡蛋大,太难吃了,牙齿都嚼酸了还吃不饱,要是吃饭不用牙齿嚼该多好呀。”首领回答说:“这好办,我把谷子舂细就是了。”说着,便用石头把谷子舂成小颗小颗的。从此,谷子不仅不会飞,还变小了,收到家后还必须用碓舂,才能煮吃。①

壮族神话《布洛陀经诗》中记叙了壮族先民们耕种水田的情景,其中反映了人们对农时的准确认识和利用。

壮族的祖先通过生产劳动慢慢懂得了挖塘养鱼、造田种地、播种五谷,摸清了老天爷的脾气和作物的种植规律。每年到了三四月间阳雀叫唤的时候,他们就耕田种地,那个时节,春暖花开,蝴蝶飞舞,到处流水潺潺。田里的水满了,地里的土湿润了,耕种正是合适。那时的人们是这样种田的:上块做秧田,下块做本田。在秧田里播下糯谷和粳谷种。25 天后,人们就去拔秧,第 26 天就拿到本田里去插。这样,七月初,谷子就抽穗,八月黄熟,九月就收割,用扁担去挑回来。

《布洛陀经诗》中记载,壮族先民们在长期的生产实践中形成了严密科学的稻田耕作制度:第二年春天到了,二三月这个时候,所有的人都早早起来,有的犁田,有的运粪肥。把谷种浸泡三天后,第四天晾干,然后赶上好天气就拿到田里去播,一播就播很多块田。这回的谷种真不错,撒到泥里就生,播到水里就长。播下 25 天后,女人就去拔秧,拔了扎成把,又捆成摞,由男人拿到田里去插。插了的田块,远远看去,斑斑点点,整个田垌就像一幅美丽的图画,既整齐又好看。插下 3 天后,禾苗就转青,第 5 天就可以耘田了。农活一项接一项,工序一环扣一环。那时正是雷雨季节,天上雷公叫不停,雨从天上纷纷落下。这些雨

① 《中国各民族宗教与神话大词典》编审委员会编:《中国各民族宗教与神话大词典》,学苑出版社 1990 年版,第 84 页。

有时下三四天，有时候连下八九天。山上的水都流到田里去，田里满了，水又往外流去。有些稻田被水淹了，大人就去开沟，小孩就跟随在后面清渠。这样就把禾苗挽救了。到了七月份，稻谷就扬花抽穗，八月可以指望大丰收了。可是，秋分到，寒露也过去了，田里的禾苗不是长不出穗，就是抽穗不结粒。有的旱谷甚至一扬花就枯死，有的稻苗没有扬花就枯萎，有的长成了恶苗。结果种的多收的少，差一点连谷种也得不回来，大家不知如何是好，去问布洛陀，布洛陀告诉他们："长棵不抽穗的，是地瘦粪肥少，撒上骨头灰，穗多粒饱满；苦楝叶泡田，病虫不敢闹。"大家记住了，第二年按布洛陀说的去种，果然得了大丰收，大家欢天喜地。①

壮族神话是壮族远古的梦和文化的根。之所以说它是远古的梦，是因为它以一种幼稚的、夸张的、幻想的方式去认识自然、解释自然，把握日月运行、寒来暑往、水旱灾害等现象的奥秘；之所以说它是文化的根，是因为它用语言的形式，以一个又一个或隐约或逼真的画面，显现了这个时期人类生产力发展的状况及人类社会生活变迁的情景。比如说我们这里要讲到的壮族稻作文化的起源问题，也是壮族文化最为根本的问题。

谈到壮族稻作的发展，我们首先会考虑最初的稻种源自何处的问题。壮族神话里寻找谷种的作品带有较多的神秘色彩，如把谷种的来源归于神所有、神的恩赐等，这无疑有天神崇拜思想的影响，但透过神的面纱我们仍可以从中找出谷种起源的原始故事，从中推测寻找谷种起源的原始情景。

有一些神话把谷种的起源与某种动物联系起来，如前文所述《谷种

---

① 谷德明编：《中国少数民族神话选》，西北民族学院研究所编印，1984 年版，第 90—94 页。

和狗尾巴》的故事，提到九尾狗为了地上的人到天上去找谷种，被天上的人用斧钺砍去八条尾巴，仅剩最后一条尾巴为人间带回谷种，人们为了报答狗，便把它养在家里，而谷种长出来的谷穗，根根都像狗尾巴。这则幼稚的神话是壮族先民对稻作起源的最初解释，动物在此是绝对的主角。

随着人类历史的不断发展，人们适应和改造自然的能力不断提高，其思想意识也在逐渐更新和进步，对自身群体的识别和崇拜也慢慢地成为人们关注的中心。然而，由于生产力水平欠发达及生产、生活经验积累的有限性，人们在面对神秘莫测的宇宙和变化无常的大自然时仍有着手足无措的惶惑，他们渴望自身足够强大，去主宰自己的生产生活，于是便依照自己的形象，塑造出一个性情温和、通晓他们所思所想所需且无所不能的布洛陀大神取代动物去为人们取得稻种。此时壮族的谷种起源神话发展到了一个新的阶段。流传于都安、巴马、东兰一带的神话《布洛陀和乜洛甲》[①]讲：最初谷种是布洛陀叫九尾狗到天上偷来的（九尾狗偷稻种的过程与最初动物起源说是一致的），后来洪水将庄稼淹死，连种子都没有留下来，又是布洛陀派斑鸠和老鼠去找寻，结果斑鸠、老鼠将粮食偷吃精光，布洛陀便从斑鸠的嗉子里把种子翻出来给人们去种。而到了《谷米和衣服是怎样来的》[②]神话中，布洛陀的角色又被换成一位处处为人间着想的仙化之人刘锦先生，讲的是盘古教人开荒开田，却没有东西可种。刘锦先生便带着狗去天上仙府求谷种，仙家不给，小狗便趁刘锦先生同仙家说话之机在晒谷场上打滚，沾满一身谷粒回来了。由于跑得太急，路边的草擦着身子，只剩下狗尾巴上的谷子没有掉，刘锦先生拿下来给盘古耕种，人们这才吃上了白米饭。

---

① 蓝鸿恩搜集整理：《神弓宝剑》，中国民间文艺出版社 1985 年版。

② 广西壮族自治区科学工作委员会、壮族文学史编辑室编印：《壮族民间故事资料》第 2 集，内部编印，1959 年版。

现在我们可能没有办法拿出绝对充足的证据去证明三个神话到底谁更靠前、谁较靠后，但谷种起源神话的主角由动物到神再到类人的发展脉络似乎更符合人类社会发展、生产力提高、人类自我意识和自主意识不断提升的思维规律。

另外需要指出的是，像其他民族的稻种起源神话一样，壮族的稻种起源神话几乎无一例外地提到了动物。且不说以动物为绝对主角的传说，即便是由神或类人作为主导的传说，动物携来型的情节也会以巧妙的方式被糅合进去，且这种动物以狗居多。究其原因，有学者认为，狗在数千年前已被驯养且生性好动，整天在山间、河谷中游荡，出没于树林草丛。野生谷(稻)因有芒刺黏附在狗毛上，被带回主家。野生稻为稻谷生产提供了第一批种子。[①] 在动物的协作下，壮族先民以自身的智慧和毅力，经过若干世的奋斗，终于驯化了野生稻，栽培出稻谷，并且有了固定且相对充裕的收获，进入了一个崭新的阶段。但是，他们很快发现，这种小小植物在他们的呵护下似乎变得过于脆弱了，尤其是干旱、洪水等自然灾害往往会造成毁灭性的后果。于是，作为壮族稻种起源神话的延续，以抵抗天灾、保护稻作农业新生物为目的的神话在壮族民间散文体叙事文学中也占有了重要的一席。像《侯野射太阳》《特康射太阳》《郎正射太阳》等[②]说到：古时候天上有12个火辣辣的太阳，晒得大地像被火烧一样，禾苗枯萎，人们无法生活。侯野(特康或郎正)血气方刚，力大无穷，用强弓劲弩射掉了11个太阳，仅留一个晒谷子、暖人间，这样地上的人们才过上了正常的生活。而《布伯》《雷公换世》《洪水淹天的传说》《伏羲兄妹》等[③]则是同质不同名，内容大同小异，皆

---

① 王国祥："论傣族和布朗族的稻作祭祀及稻谷神话"，《中央民族大学学报》(哲学社会科学版)2000年第6期。

② 农冠品、曹廷伟编：《壮族民间故事选》第1集，广西人民出版社1982年版。

③ 农冠品、曹廷伟编：《壮族民间故事选》第1集，广西人民出版社1982年版。

言及:从前,雨水由天上的雷公掌管。初时,雷公还按时播放雨水,后来由于这样那样的原因,雷公便把天塘、天河封起来要旱死地上的生灵。布伯(或是一个比较聪明的人)设计擒住雷公并用鸡罩罩住他,雷公仍不肯下雨而被布伯(或是一个比较聪明的人)决定杀掉,雷公利用布伯(或是一个比较聪明的人)赶圩买东西的机会多方哄骗布伯(或是一个比较聪明的人)的两个孩子(兄妹两个)得到一点泔水来喝,从而恢复力气挣脱牢笼重返天上,并倾播大雨,造成滔天洪水,使人类遭受一场灭顶之灾。洪水过后,事先得到雷公指引而躲入葫芦中幸免于难的两兄妹结婚,人类才又繁衍起来。

这两个主题的神话都与农业的关键因素雨水有关,这无疑是壮族进入农耕社会以后,因对时旱时涝的自然现象的无法理解而创作的,反映了壮族先民对风调雨顺的祈求。同时,作为远古时期的神话故事,它与种子起源神话在时间上有紧密的连接关系,内容上一脉相承,性质上当是一样的,即都是关于稻作农业起源的完整过程的神话想象。从野生稻培育种植成驯化稻,然后是对变幻莫测的大自然种种考验的克服,人们小心翼翼地使得水稻生产渐渐稳定并形成规模,而不必再时刻为稻种断绝而担心。

稻种起源神话与抵抗天灾神话,用一种虚实相生的手法向我们呈现出了作为壮族文化之根的稻作农业从无到有,再到稳定、正常发展的完整过程;而大量神话的出现和流传也从侧面反映了稻作农业在远古时期就已经成为壮族先民们赖以生存的根本。

二、有关壮族稻作农业的解释性传说

严格说来,传说与神话之间很难做出绝对的区分,相同的人物、相同的情节既可以出现在神话中，又可以出现在传说中：民族始祖常常进入神话世界，获得神的庇护；神灵也常常闯进人类社会，干涉人类历史活动的进程。另外，神话和传说都有被讲述者和听众认为是真实历史的特点，只是二者被认为真实的原因有所不同。神话被相信的原因，是它被人们认作是权威经典、教理的化身、各种仪式的说教；而传说被认为是真实的原因，是它所讲述的故事被认为是生活中真实发生过的事情。[①] 我国学界一般认为，传说中的主人公大多都有名有姓，而且不少还是历史上的著名人物，他们的活动常被关联到某些自然物、人工物和社会风习上面，所以它包含了历史的现实因素而常常被视为一种带有解释性特点的文学形式。壮族民间文学也遵循这个一般性的原则。在早期，它们继承并发扬神话的想象和幻想的传统，同时又沿着现实主义的道路发展，但是它们都有一个稳定的中心点，即具有空间的稳定性，在壮族民间口耳相传，世代传承；同时也具有明显的历史性，因为这些传说都与壮族的历史及壮民们的生活感情尤其是壮族的生存大计紧密相连。为了了解的方便，我们将其分为三个部分：

1. 有关壮族历史（人物、史事）的解释性稻作传说。历史传说包括历史故事传说和人物传说。壮族历史传说将自己古老的历史予以演绎，其中一大种类是反抗传说：或是反抗本族统治阶级的民族与阶级压迫，或是反抗封建帝王，或是反抗外来侵略者对自己家园的侵占。

农民阶级和地主阶级的矛盾在以稻为本的壮族社会里同样是最根本、最主要的矛盾。封建王朝势力与当地大小爪牙官吏们相互勾结，对广大农民压榨剥削，使得阶级矛盾在壮族千百年历史中不断激化。因此，一次又一次的反抗，一个又一个的英雄，成为壮族民间百姓们代代

---

① 《大英百科全书》，转引自孟慧英："少数民族传说概貌"，《民族文学研究》1993 年第 4 期。

相传的动人的传说素材，如《侬智高的故事》[1]、《韦银豹的传说》[2]、《班氏女的故事》[3]等都是官逼民反的典型代表，其中《侬智高的故事》是在壮族民间广泛流传的一个传说故事，讲述北宋时期壮族地区最大规模反宋起义的著名领袖侬智高的故事。此故事在桂南地区流行得更为普遍。流传在宁明、扶绥一带的故事内容是这样的：侬智高幼时家贫，父亲早死，跟被财主夺为小老婆的母亲过着悲惨的日子，他长大后得知真相杀死财主，携母逃走。有一年天大旱，农民失收，但地方官吏仍下乡追缴田赋，对百姓作威作福。侬智高愤而杀吏，并号召群众抗缴租税，一时响应的人很多，侬智高干脆就树起义旗大反宋王朝。他率领义军杀暴吏，诛豪绅，斩财主；对人民则秋毫无犯，还把夺来的粮食、银钱分给穷人，老百姓纷纷要求参加他的起义军。后来，他在跟宋将狄青作战时因寡不敌众而大败。这类传说以一种历史再现的方法向人们揭露了封建统治者的狰狞嘴脸和丑恶本性，歌颂了壮族劳动人民不屈的反抗精神，生动解释了"官逼民反""有压迫的地方就有反抗"的革命斗争现象。

太平天国运动起于广西，广大壮族劳动人民曾把太平天国运动看成自己挣脱苦难获得幸福生活的希望。因此，壮族民间流传的关于太平军的稻米传说也很多，如《翼王做寿》[4]、《青丝苔馍粑》[5]、《火

---

① 欧阳若修、周作秋、黄绍清等编著：《壮族文学史》第一册，广西人民出版社1986年版，第280页。

② 农冠品、过伟主编：《女神·歌仙·英雄——壮族民间故事新选》，广西民族出版社1992年版。

③ 欧阳若修、周作秋、黄绍清等编著：《壮族文学史》第一册，广西人民出版社1986年版，第286页。

④ 欧阳若修、周作秋、黄绍清等编著：《壮族文学史》第三册，广西人民出版社1986年版，第763页。

⑤ 欧阳若修、周作秋、黄绍清等编著：《壮族文学史》第三册，广西人民出版社1986年版，第766页。

烧百匾》[1]、《红香粳米》[2]等。《红香粳米》主要叙述的是“红香粳米”不平凡的来历，故事讲述财主派人强割穷人的谷子，太平军小头人何大山领着几十个农民展开护谷斗争。何大山不幸被曾与之较量过两次的团练头子刘塌鼻用短枪击倒，鲜血染红了身边的谷子。贫苦农民梁八站在护谷斗争的最前列，誓与杀害何大山及众乡亲的仇人同归于尽，在滚落岩壁幸存后，拼尽生命护出了红香稻谷。于是圣塘山和雷山脚下，农民世代相传，年年播种红香稻谷。这则《红香粳米》的传说没有用萧朝贵、石达开等领袖人物做主角，而是塑造了何大山和梁八这两个普通人物形象，红香稻谷是太平军与农民的鲜血和生命的结晶，象征着生死情谊，象征着革命的种子定会发芽成长。

中法战争是我国历史上的一件大事，壮族地区是中法战争的主要战场，壮族人民直接参加了这次保卫祖国、保卫民族利益的斗争。流传在广西凭祥隘口一带的《猛大杀老番》[3]生动地反映了当时人民抗法斗争的史实。传说清光绪年间，凭祥隘口蒙家寨有一穷后生蒙大，因生性勇猛，力大无穷，故被人称为“猛大”。猛大家原有六七亩地，后因父母去世向地主借债，无力偿还而用以抵债。地主将地租给猛大去种，从中收租获利，但田租、官粮仍由猛大负担。有一年粮食歉收，猛大无力交租。地主勾结土官，告猛大抗粮，猛大以大力将前来抓他的官差吓走。后来，老番来打南关，冯子材领导军民在隘口一带抵抗番兵，并请猛大参加打老番。猛大建议冯子材联合军民共同抗敌，并在战场上与敌人

---

① 广西壮族自治区民间文学研究会编：《广西民间故事资料》第1集，内部编印，1980年版，第221页。

② 欧阳若修、周作秋、黄绍清等编著：《壮族文学史》第三册，广西人民出版社1986年版，第747页。

③ 欧阳若修、周作秋、黄绍清等编著：《壮族文学史》第三册，广西人民出版社1986年版，第813页。

短兵相接,助冯子材大破番军。冯子材封他为恩士,退兵离关时,送他很多银两,叫他买回几亩地,安居乐业。

以上这类反映历史的传说,都紧紧围绕壮族稻作农业活动。壮族人民抓住每个历史事件、历史人物的关键环节,运用自己的聪明智慧,生动而有机地将稻作与历史事件结合起来,既反映了历史,也表达了壮族人民爱憎分明的心声

2. 关于地方山水风物的解释性稻作传说。壮乡地处低纬度地区,北回归线横贯其中部,此地气候温暖,雨量充沛,山川秀丽,是世界闻名的旅游胜地。祖祖辈辈的壮民们对自己的家乡有着深深的喜爱与眷恋,面对醉人身心的山山水水,他们精心地为它们命名,并创作一个又一个优美的传说来解释它们的来历,其中关于稻作农业的山水传说,也为这些美景添加了浓浓的稻香。

横贯广西壮族地区的红水河被当地百姓视为母亲河,关于她的来历有许多动人的传说。其中《红水河的传说》①说红水河的流水原来是清的,后来州官在两岸村寨征收粮税,人们的日子一年比一年艰难。有位老人和他的五个儿子,不堪官家的压榨,领导人们起来反抗,把州官运粮的船只全都打翻,沉入河里。州官出兵镇压,把老人的五个儿子杀了抛到河里,五兄弟的鲜血从此就把河水染红了。这则传说赞颂了老人和他的儿子们的反抗精神,也指出了红水河的水为老人儿子们的鲜血所染红。解释虽不科学,却合乎情理。

劳动人民抗击官府的斗争总曾有过,红水河的水是红的也是事实,传说把两者融合在一起,浑然一体。流传在宁明、爱店的《饭包岭的传

---

① 韦其麟:《壮族民间文学概观》,广西人民出版社 1988 年版,第 82 页。

说》[①]则是说由宁明到峙浪、爱店一带，必须经过一座又高又大的山岭，这个岭由五个“饭包”组成，中间的一个“饭包”最大。这几个石岩一个接一个，转来转去，相互重叠在一起，很是奇怪。传说马伏波平南时把饭包留在这里，军队就去打仗了。后来，这些饭包都变成了石头，等马伏波的军队打完仗回来，饭包不见了，他们又十分口渴，马伏波便两脚一踏，山岩中便出现了一条至今尚存的溪流，并且在溪流里能够看到一对脚印。

以上两则是关于壮族地区河流、山川来历的传说。在壮族社会里还流传有一些人们关于山水的幻想型传说，像《倒流洞的传说》[②]、《金银洞传说》[③]、《陇阿洞传说》[④]，它们所讲的内容大都一样：某地有一山洞，洞里有很多的金银和粮食，当地的人们去那里借粮食（多是谷子）。刚开始，大家都是借多少还多少，并且保证到期还清，可是后来却有人在还谷子时掺入一些米糠，有人数量不够，有人过期才还。后来，洞就慢慢变小了，并且也没有粮食了。这则传说虽说可信度远远低于前两者，但却从另一角度告诉人们千百年来壮民们对求得自己生存和生活的稻米的愿望，是多么如饥似渴，由此幻想出这么一座山、一个洞能无限制地供给人们稻谷，使他们能够饱腹度日，安居乐业；同时也警告人们不要贪小失大，时刻记得要诚信做事这些朴素而又永不过时的优秀传统。

---

① 广西壮族自治区科学工作委员会、壮族文学史编辑室编印：《壮族民间故事资料》第2集，内部编印，1959年版，第61页。

② 广西壮族自治区科学工作委员会、壮族文学史编辑室编印：《壮族民间故事资料》第2集，内部编印，1959年版，第54页。

③ 广西壮族自治区科学工作委员会、壮族文学史编辑室编印：《壮族民间故事资料》第2集，内部编印，1959年版，第55页。

④ 广西壮族自治区科学工作委员会、壮族文学史编辑室编印：《壮族民间故事资料》第2集，内部编印，1959年版，第55—56页。

当然，壮族地区遍布山山水水，关于它们的传说也丰富多彩，其中很多都是劳动人民根据自己的稻作生活创作的，他们将自己对家乡的热爱，用事关自己生计的稻作来编制一个个美丽的传说，去向人们解释这些山山水水存在的原因和相关的内容，这成为壮族民间散文体叙事文学中绝不可少的重要组成部分。

3. 关于壮族社会习俗的解释性稻作传说。每个民族在自己发展的历史中，都形成并保留一些节日和习俗，这些节日和习俗的形成，和整个民族的社会实践有关，往往是一种永久的社会纪念形式。社会习俗传说，紧紧联系着整个民族或人民所珍视的历史事件和人物，是人们对逝去过往的追忆。有数千年稻作生产历史的壮族，伴随着漫长的稻作生产，关于稻作风俗的解释性传说也开始流传。

壮族社会里有四月初八吃乌饭、五色饭的习俗，传说是祖上有位老妇人为维护壮家人利益，被官府抓入牢中，子孙送饭皆被牢卒没收。人们便将枫叶捣烂浸糯米饭送去，牢卒一看，以为是污秽物，未加阻拦，老妇人因此才得以活命。[①] 而对壮族来说最具代表性的蚂拐节，壮地关于它的传说更是精彩，流传于广西天峨县云榜村的蚂拐后生的传说有着浓郁的地方特色。传说一位无儿无女的孤寡老人正月初一在河边祈福时，一只小蚂拐跳入他怀中，老人便以蚂拐为儿子。七七四十九天后小蚂拐变成一位披着蚂拐皮的英俊后生，所到之处风调雨顺，禾苗无灾，他深受壮民爱戴。后来，国家有难，蚂拐后生为国出征，立下大功，被招为驸马，却为皇后所害。蚂拐后生死后，举国哀悼，民间百姓特设蚂拐节来纪念蚂拐后生。[②]

---

① 潘其旭、覃乃昌主编：《壮族百科辞典》，广西人民出版社 1993 年版，第 358 页。

② 罗仁德、顾乐真："广西天峨县壮族埋蚂蜗节仪式"，《河池学院学报》（哲学社会科学版）2005 年第 1 期。

很多人认为壮族是一个几乎没有自己特色的民族，事实上，只要我们能够详细地了解一下壮族一年中大大小小的节日，像蚂拐节、铜鼓节、牛王节、谷子节、五谷庙节、送雷公节等，就会深刻感受到一种浓郁而独特的民族文化氛围。生活中的每一个节日都被壮民根据自己时代的生活习惯、人情世故、信仰心理和愿望等精心创作出一个个动人的传说故事，来解释它们的来历或节日习俗仪式。节日是他们自己的节日，传说是他们自己的创作，因此，这些传说就更容易被传播和继承，为壮族稻作民众所喜闻乐见。

三、有关壮族稻作农业的讲述性故事

如果说神话倾向于稻作生成的起源，传说侧重于稻作社会现象的解释，那么我们更愿意把壮族故事看成是稻民们对事关自己生存大计的稻作农业进行的全面性讲述。它通常以通称的人物、广泛的背景、完整的情节来表现生活，除动物故事中有些解释动物的习性特征外，一般没有神话和传说所具有的那种说明性和解释性。在壮族民间散文体叙事文学中，民间传说故事是最为庞大的一种，题材广泛，内容丰富，涉及稻作民众日常生活的方方面面。其中比较普遍的有以下几类：

1. 传授稻作生产经验、知识技能的讲述性稻作故事。旧时，壮族没有自己的民族文字，学校教育在很长时间内对广大百姓来说也是一种奢侈品，因此，壮族稻作农民世代积累的丰富经验和知识技能，大都靠种田老手通过民间稻谷故事，口口相传而继承下来。流传在达江乡、阳圩乡等地的《布包死崖下》通过公公“百事通”布包与儿媳妇做事的不同态度和所得不同结果，间接地告诉人们“开春下种”“春雨后种小米，过了惊蛰，就只得秕粒狗尾穗了”“三月间苗”“六月收获”的农事安排;而在《孤儿》[①]中,当孤儿希望可以很快地收到谷子,却因谷子长得太慢而以为他的禾不会结谷子时,又借助神仙之口告诉他,同时也是告诉后人"禾,是春种夏收,一年只能收两季,必须按季节"的稻作规律。

2. 传颂壮族优良传统的讲述性稻作故事。正如我们前面谈到稻作文化孕育壮族民间散文体叙事文学的背景条件中提到的那样,在很长一段只有民族语言而无民族文字的时期,壮族民间传说故事除了传授生产经验、知识技能外,还承担了对下一代良好品质的塑造和传承民族传统美德的任务。

在壮族稻作地区流传广泛、影响较大的《老头子的遗言》[②]中讲道:老头子有两个儿子,让他们去种田,两人只会把地皮的泥打碎就下种,所以没有收成。后来,老头子在临死前告诉儿子自己有罐金子埋在地里,约有二尺多深,让他们自己去找。老头子死后,两个儿子就去挖金子,但整块地都挖去了二尺多深,还是见不着金子,他们索性就在地上种粮,结果获得了丰收,两儿子顿悟"原来深耕就能出金罐子"。这则故事一方面向人们传授了稻作经验和技巧,另一方面就是教育人们要戒懒戒惰,只有付出辛勤的劳动才能过上幸福的日子。在故事《小吉》[③]中同样的情节也有出现。

勤俭节约、珍惜粮食是以农立国的中华民族的传统美德,这在壮族稻区同样被奉为至理名言。《不怕你富有,只怕你老来穷》[④]中说一个

---

① 广西壮族自治区科学工作委员会、壮族文学史编辑室编印:《壮族民间故事资料》第2集,内部编印,1959年版,第171—173页。

② 广西壮族自治区科学工作委员会、壮族文学史编辑室编印:《壮族民间故事资料》第2集,内部编印,1959年版,第229—230页。

③ 广西壮族自治区科学工作委员会、壮族文学史编辑室编印:《壮族民间故事资料》第2集,内部编印,1959年版,第161页。

④ 广西壮族自治区民间文学研究会编:《广西民间故事资料》第1集,内部编印,1980年版,第96—99页。

大富翁有金银财宝还有粮食不计其数，吃穿用度极为奢侈浪费。他家附近的一座寺庙里一位年过半百的老和尚每天都去捞他扔掉的饭和菜，然后洗得干干净净拿来食用，多余的便做成干粮储存起来，不到几年光景就装满好几缸。后来，地方大旱，农民抢了富翁的财产，一无所有的富翁夫妇来到寺庙，老和尚用饭菜招待他们并告诉他们真相，两人又羞又气地死去了。“珍惜粮食，不奢侈浪费”的主题跃然而出，寓意深刻，令人深思。

与人为善在民间传说故事中应该是最普遍的主题，就像爱是人类永恒的主题一样。稻作民众在口头创作中，以爱憎分明的立场告诉人们善恶必有报的朴素道理。如《白花蛇》①、《兄弟与珍珠》②、《两媳妇》③、《两姊妹》④等都具有极强的代表性，稻民们将自己惩恶扬善的美好心愿，利用稻米故事通过普通人之间的矛盾反映出来。《两姊妹》是说姊妹两人，姊穷妹富。一年大旱，姐去妹家借米，而妹以让姐帮捉净头上的虱子为条件，并施计使姐借米不成。姐在回去路上遇仙人帮助并从此过上幸福的生活。后来妹一无所有，去向姐求助，姐宽容待之，但是妹妹拿走的金银一出姐姐家门就变成泥巴，不久就饿死了。

3. 赞扬壮族稻民聪明机智的讲述性稻作故事。这类故事的主角是被压迫、被剥削的壮族劳动人民的代表人物。他们常常为百姓仗义执言、打抱不平，对土司、官吏、财主等人民的剥削者进行针锋相对的斗

① 广西壮族自治区民间文学研究会编：《广西民间故事资料》第1集，内部编印，1980年版，第91—93页。

② 农冠品、过伟主编：《女神·歌仙·英雄——壮族民间故事新选》，广西民族出版社1992年版，第279—282页。

③ 农冠品、过伟主编：《女神·歌仙·英雄——壮族民间故事新选》，广西民族出版社1992年版，第202—204页。

④ 农冠品、过伟主编：《女神·歌仙·英雄——壮族民间故事新选》，广西民族出版社1992年版，第201—202页。

争。可以说,广大稻作民众口头创作的这类故事是劳动人民对自身力量充满自信和乐观的表现,也是在那个时代劳动人民意志和愿望的真实反映。

在广西马山民间广泛流传的《老爷怕风》[①],是关于农奴出身的机智人物公颇的故事。土司要坐轿巡视自己的辖区,看哪里土地肥沃,收成丰足,就增加粮税。土司老婆关照家奴公颇说:"老爷怕风,容易伤风感冒,有风就放下轿帘,停轿要停在没风的地方。"公颇利用土司的昏庸和怕病的弱点,加上桂西"凡是平坝地方风都很大,只有山沟弄场风才很小"的有利地形条件,一路上给土司看到的都是贫瘠的土地,土司就不增收租税了。这是稻民们勇于反抗、善于斗争的突出体现。而流传于桂西南关于佬巧的《不是龙地》[②]的故事,则是这类人物见义勇为、富有正义感的代表。穷人的田和财主的田相连,财主想要霸占穷人的田,就诬说穷人犁田断了他这块地的龙脉,限七天要三百斤酒肉祭田赔罪。七天后,佬巧在财主田间闻来闻去,说财主的田有臭气而不是龙田,财主中计闻过后说自己的田一点都不臭,正中佬巧之计"地不臭就是龙没死,哪有龙死了七天还不臭呢?"财主无言以对,只好认输。用这种方式去维护自己乡亲的利益,不同于那些轰轰烈烈的农民起义或是拔刀相助的英雄好汉,相对来说,这种以智取胜的方式更符合广大稻民的心愿:求稳、求安、求全、求和,能够风调雨顺地进行稻作生产以维持生计,在那个年代是广大稻民的共同心理。

另外,在壮族民间歌颂劳动人民聪明机智类的稻作故事中,还有一部分被称为"巧媳妇"类型的故事,这类故事中有的是在家庭范围内通

① 胡仲实:《壮族文学概论》,广西民族出版社1982年版。

② 韦其麟:《壮族民间文学概观》,广西人民出版社1988年版。

过当家处事来表现媳妇的聪明才智的，如《聪明的媳妇》[①]；有的则是通过在与人斗智的过程中赢得胜利表现出来，如题目同样是《聪明的媳妇》[②]中，县官要霸占公公的田地，下令公公编一草灰绳交去，否则就没收田地，媳妇便用草搓了一条绳子，放在盆里烧了，交给公公拿给县官，帮助公公渡过了难关。

4. 幻想类的、与动物相关的讲述性稻作故事。“生产活动决定了人们的视野，也决定了艺术活动的范围。”[③]动物从稻种的起源神话开始似乎就不曾离开壮民们口头创作的范围：他们把动物看作是稻种起源的功臣，用动物与稻作的联系去解释壮族民俗，还把动物幻想出具有人的感情去讲述一个个美丽的稻作故事。在动物故事里，一方面表现动物本来的生活，反映它们具有的某种习性和特点；另一方面根据它们某方面的特点进行人格化，赋予它们人的思想感情或某种社会意识，从而曲折地反映出人们现实的社会生活。

当然，这类作品还是以牛、蛙等这些与稻作生产密切相关的动物为主角的居多。

《牛是如何为人耕地犁田的》[④]是流传在达江、阳圩等壮族地区的故事。从前，任何动物都一样吃青草，但人比其他动物聪明又灵活，所以其他动物都没办法与人竞争。当平地上的草被人吃光，山地上的草又因爬不上去而吃不着时，牛便去找布洛陀，布洛陀安排它帮人耕田，人吃米饭，青草全归牛，牛便同意了，天天为人耕田犁地。这是人们对

---

① 《中国民间文学三套集成广西卷资料·百色故事集》，内部编印，1991 年版，第 347 页。

② 韦其麟：《壮族民间文学概观》，广西人民出版社 1988 年版，第 156 页。

③ 姜彬：“中国民间故事初探”，载《姜彬文集》第 2 卷，上海文艺出版社 1981 年版，第 248 页。

④ 《中国民间文学三套集成广西卷资料·百色故事集》，内部编印，1991 年版，第 316 页。

自己能驾驭牛这个庞然大物的幻想性讲述，也是对自身力量及智慧的肯定与自信，当然，字里行间对牛这种稻耕必需劳力的动物也溢满赞赏之情。

蛙在壮族社会里一直被视为掌管天上雨水的雷王之子，而雨水对水稻的作用又是举足轻重的，因此，人们常把生活中常见的蛙纳为自己口头创作的重要题材，大量关于蛙的故事在壮族民间广泛流传。《东林郎的故事》[①]讲的是壮族后生东林郎因为母亲去世极为悲伤，而蚂拐不停鸣叫使其烦躁不已，便用开水把蚂拐浇死了，不想却引来天下大旱。人们按照布洛陀的指示，找到蚂拐尸体来吊孝，隆重安葬，这才打雷下雨。由此，人们也就定例年年敬蚂拐，以求风调雨顺。这是人们对稻耕中天旱无雨绝望之时"蚂拐叫，雷雨到"的渴望与期盼，也是为保护蚂拐这种稻作吉祥物而创作以警示人们蚂拐之不可伤害性。而《七小姐和蚂拐郎》[②]、《青蛙姑娘》[③]等故事是人们对蚂拐给人们带来丰收的感激之情的表达，为青蛙赋予人的性格与感情，将青蛙视为自己的保护者来讲述，反映了壮族民众对稻作农业的高度重视。

从以上我们所提到的壮族民间散文体叙事文学，我们可以真切地感受到壮族稻作民众对稻作的浓浓深情及"食乃民天"思想在他们心目中根深蒂固的地位；也可以理解在无民族文字的时代背景中，人们依靠民间文学便可以使稻作农业的传承和发展毫无障碍地进行，只是源于他们真正做到了文学源于生活，并将其再次融入生活。稻作文化在这片沃土上孕育了丰富多彩的壮族民间散文体叙事文学的奇葩，我们

① 丘振声："蛙·图腾·美"，《民族艺术》1987年第3期。

② 廖明君：《壮族自然崇拜文化》，广西人民出版社2002年版，第377页。

③ 农冠品、过伟主编：《女神·歌仙·英雄——壮族民间故事新选》，广西民族出版社1992年版，第175—180页。

看到稻作农业在人们生活中无可取代的重要地位,影响着人们口头创作了一则又一则稻作民间传说故事并代代传承,而在每则故事里,也寄寓了壮族稻民们的喜怒哀乐,蕴含着丰富的稻作文化内涵。

第四节 稻作文化与壮族麽公手抄经书

以《麽经布洛陀》为代表的壮族麽公手抄唱本,是壮族麽公教经文,是麽公教神职人员麽公在做法事时念诵的经诗,也是壮族民间文学别样的组成部分。在壮语中,麽经叫"司麽","司"即书,这里指经诗、经文。麽经是沟通神灵的符号,喃诵麽经成为麽公沟通神灵的手段。麽公教法事中大凡消灾解难赐福和超度亡灵时,麽公都要请出布洛陀、乜洛甲来指点、引路,愿望才能实现。因此,这一类的麽经都属于布洛陀麽经,按壮语习惯就叫"麽经布洛陀"。《麽经布洛陀》全部用古壮字抄写,以壮族民歌中最常见的五言排歌为基本形式,偶尔插有七言或九言句式,上、下句互押腰脚韵或头脚韵。由于历史上壮族没有自己的民族文字加以记录,历代汉族典籍也没有任何记载,再加上壮族麽公教过早衰落等原因,唯有历代壮族麽公传承保存下来的麽经手抄本,还可以作为麽公教存在的历史证明和后人进行研究的文献资料。从已收集到的麽经看,抄写年代最早的是清嘉庆十八年(1813),最晚的有 20 世纪 80 年代重抄的。1991 年,广西少数民族古籍整理办公室整理出版《布洛陀经诗译注》,为选辑本。2004 年,"壮学丛书"编委会翻译整理出版了 29 个版本的《壮族麽经布洛陀影印译注》(共 8 卷),以原始风貌保留了这份宝贵的民族文化遗产。《麽经布洛陀》中布洛陀带领人们创造万事万物，其中包括创造了稻作农业，对研究壮族的稻作农业具有重要的参考价值。

一、寻找谷种、驯化野生稻与稻作的起源

稻作农业史研究中最引人注目的问题是稻作农业的起源问题，即稻作农业在什么时候、什么地方产生，然后以何种方式向其他地方传播的问题，这是一个世界性的重大学术课题。而稻作起源的过程，实质上就是把野生稻驯化为栽培稻的过程。稻作起源必须具备两个条件：一是野生稻的存在，二是具有把野生稻驯化成栽培稻的能力的人。由于华南珠江流域是目前世界上发现的野生稻分布最密集的地区，而且考古发现，这一地区的新石器时代人类已经使用了大量与稻作农业有关的生产工具，因此许多学者认为这一地区是世界稻作农业的起源地之一，而壮族则是最早发明人工栽培稻的民族之一。在《麽经布洛陀》中，有许多关于稻谷种子起源的记述可与上一节中的稻作起源神话相互印证，对了解壮族稻作农业的起源具有重要的意义。

关于稻谷种子的起源，《麽经布洛陀》的《麽收魂厚》篇这样唱述，远古时候有一年发生水灾，洪水滔天，淹没天下，只有“郎老山”“坡敖山”和“岩州眉”三个地方没有被淹，上面有稻种：

古时水淹天，古时水泡云，没有哪座山不被淹，没有哪座山坳是干的，只有郎老山，只有坡敖山，只有郎汉家，还有岩州眉，全部的谷菜都堆积到那个地方，所有的动物都跑到那个地方。淹得三个月，淹了九十天，水自退成潭，水自退成河。

后来，混沌、盘古、老君造天地、造人、造村、造府县、造田造地，但人没有米饭吃：

混沌懂造天，老君懂造地，天下有子民，天下有百姓，有人没有米，吃茅草当早饭，吃牛草当晚饭，吃山坡上的野草粗糙，吃茅草也厌，孩子吃了长不大，孤儿吃了脸不白净，姑娘吃了脸不红润，土官的儿子吃了瘦死。逊王[①]懂虽懂，盘古造虽造，造成稻谷养天下，造在香炉[②]那边，稻谷在坡敖山，稻谷在郎汉家，稻谷在岩州眉，船去接不来，竹筏去接不得，叫村老来打算，和地方的长老来合计，有一位长老嘴巴伶俐地说，给鸟飞去叮啄，给老鼠去咬，呼啦跨海去，呼噜过江河。

鸟和老鼠去叮啄得稻米后，各自吞吃下嗉囊和肚里。见它们很久不回来，王越想越不对，便去问布洛陀、乜洛甲。布洛陀教他们做三个圈和七十个套，拿去装在山口上。王遵照祖公布洛陀的教导去做，把鸟套装在窄的地方，装在田峒口，老鼠一回来就被捉，鸟一回来就被抓，王的儿子很机灵，用脚踏老鼠的下颚，用手撬开它的上颚，取出四粒稻谷，拿去养天下的百姓：

拿去壅做种子，拿去浸做种子，申日拿去撒，拿去撒在田峒中，拿去旱地里种，七月就抽穗，吉时稻谷就结粒。[③]

---

① 逊王，即岑逊王，壮族神话中的英雄神。

② 香炉：地名。

③ 张声震主编：《壮族麽经布洛陀影印译注》第 1 卷，广西民族出版社 2004 年版，第 261 页。

《麽经布洛陀》中的《赎魂厚麽》也唱述了人们寻找稻种并把它驯化为栽培稻的过程：

> 前代没有稻谷，要芭芒籽来种，要稗草籽来种，长出芭芒籽和稗草籽。吃稗草籽不成，吃芭芒籽变浮肿，女孩子吃了不白净，孙子吃了脸不红润，人们肚子饿肚子空，不知如何才对，不知如何是好。骆（山谷）鬼来捉魂，路上遇见布洛陀，布洛陀就讲，乜洛甲就说，怨什么呀孩子，哭怨命怨魂，王才讲喋喋，王才讲真话。

布洛陀告诉他们，稻谷在神农那个地方，稻谷在那个叫洞历的地方，要越过一片海，要走过一片宽广的山岭。那里有三种旱稻种子，有四种水稻种子。于是王派老鼠、鸟跨山过海去取回稻谷，但它们把稻谷吃掉了，布洛陀又教大家用网和夹的办法，从老鼠的肚里和鸟的嗉囊中夺回谷种。于是他们开始培育这些稻谷种子：

> 二三月往前，四五月往后，上方那块田做秧田，下方那块田做大田。播得二十六天，妇女扯秧成把，男子捆秧成束，插去下方三峒田，插去上方五峒田，插完十条骆（山谷）的九峒田。三天早上秧下面长出根须，五天早上秧苗青幽幽。[①]

但是长出的禾蔸大得像鱼篓和芭蕉树，谷粒大得像柚子。后来经过布洛陀的指点，种的稻谷才成粒，人们过上了幸福的生活。

这一段经文的前面部分是说人们寻找和认识野生稻的过程，野生

① 张声震主编：《壮族麽经布洛陀影印译注》第4卷，广西民族出版社2004年版，第1391—1393页。

稻形状很像芭芒，也很像稗草。在布洛陀的指点下，人们终于找到了稻种，但种出来的稻谷大得像柚子，经过培育后才长成颗粒状的稻谷。这里揭示了两个内容：一是把野生稻种培育成栽培稻的过程；二是人们经历了由采集野果走向水稻栽培的过程。这是人们对远古时代稻作农业产生过程的朦胧记忆。

在《唱占杀牛祭祖宗》中，又有关于向天上的仙人要稻谷种子的唱述：

> 仙农去前方见那位仙人，去天上见稻谷果粒，向那位仙人要一筒，那位仙人一筒给一掬，他夹在腰间就下来，他倾倒在身上就下来。带回山坡山弄里面，就要柴刀去砍，就要锄头去挖，就要脚犁去开垦，就要大水牛去（拉）犁，犁做四块畲地，犁做四方水田……撒一半（谷种）在中间，田峒就长成稻米。[①]

以上壮族麽经关于稻谷种子来源的记述特征与前述的壮族稻谷种子起源神话的特征相同：一是稻谷种子来源于虚无缥缈的神仙之地；二是需要借助神力、动物跨洋过海，经过千难万险才能到达；三是取得的谷种都是一粒或几粒，量十分少。

在《麽经布洛陀》的《麽魂厚》中，记述了像柚子一样大的谷粒：

> 七月稻谷就抽穗，吉时稻谷就饱满，谷粒像柚子颗，怎样挑也挑不起，两夫妻相骂，两婆媳相争吵，要木槌来捶打，要舂杵来敲

① 张声震主编：《壮族麽经布洛陀影印译注》第4卷，广西民族出版社2004年版，第2071—2072页。

打，谷粒散得远远的，谷粒飞溅沙沙响。[①]

这样的记述与壮族神话《布洛陀经诗》[②]的说法如出一辙。

华南珠江流域属亚热带，气候温热，光照充足，雨量充沛。这里江河溪流纵横，水源丰富，在河流和山地之间，分布着许多小平原或盆地，这里野生稻分布密集，适宜水稻栽培。同时，这里又有大量的野生动植物。从考古发现看，最早在这里生活的壮侗语族先民的采集经济十分发达。他们很早就把野生稻驯化为栽培稻，但在采集农业资源十分丰富而稻田耕作比较艰难的情况下，人们很难从长期依赖的采集经济中退去，稻作农业也只能是很缓慢地发展起来。同样，相对于细小的谷粒而言，隐留在人们头脑中的大型野果类食物的记忆也很难抹去，在先民们朦胧的记忆中，稻谷还是像柚子一样大小。

在壮族麽经《麽经布洛陀》的《布洛陀造方[③]唱本》第二章中记叙了在原始社会，人类繁衍，人口增多，人们开始造田造地、种植谷粮的情况。在尚未有稻种的时候，布洛陀叫人们到山上、沟边去找野生稻谷，拿到田里去播，施放粪肥，使野生稻变成了栽培稻。经诗中唱道：

造田很顺利，造地也完成；没有种子播，想来想去没办法，只好坐在路上哭，只好去路的尽头喊，恰好遇上布洛陀，恰好遇到乜洛甲，布洛陀就问：为什么到大路上哭？为什么到路的尽头喊？子民就回答：我们造了田，我们造了地，没有种子播，我们出生来天下，什么也没有，吃什么养命？我们无奈就出来，到大路上哭，到路尽

① 张声震主编：《壮族麽经布洛陀影印译注》第6卷，广西民族出版社2004年版。
② 谷德明编：《中国少数民族神话选》，西北民族学院研究所编印，1984年版。
③ 这里“造”即创造，“方”指天地，即四方万事万物。

> 头喊。布洛陀就答，乜洛甲就说：你们莫用哭，无奈也不用喊，你们去巡走山边，你们去巡走坡岭，有一种野生稻谷，你们拿它来栽种，分种四方田，拿粪肥去秧田撒，拿火灰去苗根壅，到五月中旬，你们就去田中间仔细看，你们就到墙脚去仔细瞧，禾苗根部得吸几个月火灰，田里的秧苗就变成禾稻。

但稻谷长得很大，像只柚子那么大，怎样也挑不起，为此夫妻俩相骂，婆媳俩相争，要用槌来槌，用舂杆来打，谷粒裂开岔：

> 拿去田峒中播，拿去播田中，一粒落在野外，变成芭芒谷，一粒落在园子里，变成了牛谷，一粒落在寨脚，变成了玉米，一粒落在墙脚，变成了稗谷，一粒落在畲地，变成了小米，一粒落在田峒中，变成了籼谷，变成了黄牛肉谷，变成大糯谷，变成黑糯谷，变成粳糯谷，变成晚粳谷。小粒变成籼谷，大粒变成粳谷，旱谷种坡顶，黑糯谷种斜坡边。①

王派老鼠和鸟到坡敖山和岩州眉去取的谷种可能是野生谷种。谷种经过培育后，繁殖出各种亚型稻谷，其中包括籼谷、粳谷，粳谷中又有晚粳，糯谷中又有大糯、粳糯、黑糯，这些都符合珠江流域稻的亚种分类情况。此外，麽经中提到的芭芒谷，在珠江流域的沼泽中及河塘水边都有生长，是一种类似水稻，秆叶似芭芒、有谷穗的植物。稗，即稻稗，杂生在水稻中，叶秆似稻，谷穗像粟，也是珠江流域稻田中常见的植物。玉米是明清之际才传入珠江流域的，由于壮族麽经原为口头流传，古壮

---

① 张声震主编：《壮族麽经布洛陀影印译注》第6卷，广西民族出版社2004年版，第2282页。

字抄写成文的年代据目前所发现最早在清嘉庆十八年(1813),关于稻种变成玉米等可能是后人在记录麽经时加上去的。通过这段描述,我们可以大致了解到远古时代这一地区壮侗语民族先民把野生稻驯化成栽培稻的大致情况。这些稻的亚型种是华南珠江流域自古以来就种植的。此外还提到稻衍化为芭芒、稗谷以及稻谷,小粒是籼谷,大粒是粳谷,旱谷种坡上,黑糯谷种斜坡边等,这些都是符合华南珠江流域稻的种植情况和特点的。

如前所述,关于栽培稻的发明,必须具备以下几个前提:一是要有栽培稻的野生祖先种——普通野生稻;二是要有适合栽培稻生长发育的自然地理环境和气候;三是该地要有以栽培稻为主要食品并具有将野生稻驯化为栽培稻能力的古人类以及相应的稻作农业工具。具体说,该地区必须有被考古学证明为在文化上具有承袭关系的从石器时代到现代的各个时期的人类遗址和其他遗物,以表明居住在这一地区的人类没有出现大规模迁徙,而保持发展上的连续性。野生稻的存在,是发明水稻栽培最主要的物质条件,只有在野生稻分布的地区,野生稻驯化为栽培稻才成为可能。根据农业科研部门的调查,华南珠江流域是野生稻特别是普通野生稻分布比较密集的地区。[①] 华南珠江流域地处北回归线附近,属中亚热带与南亚热带气候区,年平均气温 12℃—22℃,年降雨量在 1250—1750 毫米之间,约为全国年平均降雨量的 2 倍,长夏无冬,春秋相连,热量资源十分丰富,有利于水稻的生长繁殖。如前文所述,华南珠江流域有从旧石器时代到新石器时代早、中、晚期并直到现代的各个时期的人类遗址和其他遗物,说明这一地区人类没有发生过大规模的迁徙而保持了发展上的连续性。此外,华南珠

① 吴妙燊:"广西野生稻资源考察报告",载《野生稻资源研究论文选编》,中国科学技术出版社 1990 年版,第 17—21 页。

江流域居民一直以来以稻米为主食，玉米是明清之际才传入这一地区的，粟（小米）等其他作物从来没有成为这一地区的主要粮食作物。由此可以说明，华南珠江流域是稻作农业的起源地之一。《麽经布洛陀》中传递的关于原始社会华南珠江流域地区居民采集野生稻谷种子并将它们培育成栽培稻，从而发展稻作农业的信息，从考古学、民族学、人类学和遗传学等材料分析，其可能性是存在的，它印证了华南珠江流域是稻作农业的起源地之一，世世代代生活在这一地区的壮侗语族，是创造了稻作农业的民族，为人类文明做出了巨大的贡献。

二、"骆田"与稻作农业的发生与发展

《水经注》引《交州外域记》的记载："交趾昔未有郡县之时，土地有雒田，其田随潮水上下。民垦食其田，因名曰雒民。"[①]《广州记》也有相类似的记载："交趾有骆田，仰潮水上下，人食其田，因名为骆民。"[②]这里的交趾是指岭南广大地区。

《布洛陀造方唱本》中记述了布洛陀教人们造田地的情况：

> 天下这么多人，有人住在红红的天角，有人住在紫云边。有高处低处，低处才有水，鸭鹅水中游。造田就成田，造水车成水车。四月天下雨，水车转动水进田。水车架在山脚边，水不过高处，丢山留受旱。住在高处的人们，没有东西来养命，去问布洛陀，去问乜洛甲。布洛陀就说，乜洛甲就讲，子民莫用愁，不怄气操心，你们

① 郦道元：《水经注》，陈桥驿注，商务印书馆1985年版，第62页。

② 顾微：《广州记》，载杨伟群校点：《南越五主传及其他七种》，广东人民出版社1982年版。

用柴刀去砍，你们用锄头去挖，你们用脚犁去翻，你们用长刀去割，你们用锄头去铲，把泥土搞溶，要谷种去播。干处就播撒，三百种旱谷；低处就播放，四百种稻谷。①

壮族先民在长期采集野生稻谷的过程中，逐渐掌握了水稻的生长规律，“仰潮水上下”，垦殖“骆田”，栽培水稻。这里“骆”是壮语，指山麓岭坡之间的谷地，这些地方土质肥沃而松软，用原始的生产工具就可以开垦耕作。他们在长期的实践中，学会模仿沼泽地里野生稻谷自生自长，在天然低洼积水的“骆”的沼泽中，用原始的生产工具排除积水，然后直接撒播稻种，让其自生自长，待结实后用手去采摘，形成了最初的稻作农业。后来为了扩大生产和提高产量，先民们又在这种“骆”中，“用长刀去割”，“用锄头去铲”，等到天下雨潮水上涨时，蓄水垦田，或从高处把水引入田中，“把泥土搞溶”，使杂草沤烂，然后“要谷种去播”。而且学会了“干处就播撒，三百种旱谷；低处（有水的地方）就播放，四百种稻谷”，使稻作农业得到进一步发展。这或许可称为华南珠江流域的“骆田农业”。

三、“长石”与史前时期华南地区的犁耕

《麽经布洛陀》中记述了布洛陀为了造田耕地，教人们用 hinrei（长石）来犁田，用山石来犁地，但人拉犁一身疼痛，于是又造了黄牛、水牛，造了翘犁、九齿耙，用牛来耕田耕地。如《麽收魂厚》中讲道：

---

① 张声震主编：《壮族麽经布洛陀影印译注》第 6 卷，广西民族出版社 2004 年版，第 2282 页。

前世无水牛，要长石来犁田，要山上的石头来犁地，王[①]晚上浑身疼痛，王常有病在身。[②]

这里涉及用石头来犁田犁地和造牛来拉犁拉耙这两个史前农业发展史上的重大问题，虽是神话传说，但与广西的考古发现相吻合，对考古发现有印证作用。在迄今所知道的神话传说中，有关用石头来犁田犁地的神话传说这是第一例，因而具有重要的文化学意义。

20 世纪 70 年代，考古工作者在扶绥县境内金光农场同正分场新石器时代遗址发掘到石犁一件，用砂岩制成，两边略呈弧形，犁面光平，铧嘴锐圆，后部为凹弧形，经过打磨，残长 10 厘米，宽 13 厘米，厚 4.5 厘米。共同出土的除大量石铲外，还有石锄、石斧、石锛、石凿、穿孔石器、石祖等。[③] 1978 年又在今钦州市独料新石器时代晚期遗址发掘出石犁 2 件，器身略呈扁平三角形，平顶，犁口打制成尖状，长 13 厘米，顶宽 14.4 厘米，厚 4.2 厘米。[④] 1979 年在隆安县大龙潭新石器时代晚期遗址中除发现大量石铲外，还发掘出 14 件类似大石铲但与大石铲又有区别的石器半成品，石质坚硬厚重，有的无柄，少数腰弯如镰形。这些石器为交互打击而成，斧形极不规则，第二步加工仅限于石器边缘，都不经过磨制，器的一面修理较为平整，有的一面稍为隆起，似有意制造，

---

① 这里的王可能是指布洛陀管辖之下的氏族首领。

② 张声震主编：《壮族麽经布洛陀影印译注》第 4 卷，广西民族出版社 2004 年版，第 1376 页。

③ 广西壮族自治区文物考古训练班、广西壮族自治区文物工作队："广西南部地区的新石器时代晚期文化遗存"，载广西壮族自治区文物工作队编：《广西文物考古报告集（1950—1990）》，广西人民出版社 1993 年版，第 190 页。

④ 广西文物工作队、钦州县文化馆："广西钦州独料新石器时代遗址"，载广西壮族自治区文物工作队编：《广西文物考古报告集（1950—1990）》，广西人民出版社 1993 年版，第 219 页。

有学者认为这些可能是石犁。以上三处均为新石器时代晚期遗址，经碳-14年代测定，同正分场和大龙潭遗址为距今6500多年，钦州独料遗址为距今4500多年，前者是我国出土石犁最早的遗址之一。《麽经布洛陀》中所说的石犁，正是这一时期使用石犁的反映。

犁是用动力牵引的耕地农机具，也是农业生产中最重要的整地工具。从我国考古发现看，石犁一般用石板打制成三角形的犁铧，上面凿钻圆孔，以便固定在木柄即犁架上使用。但由于木质犁架易腐坏，难于保存下来，因此石器时代的犁架结构情况不清楚。[①] 从上述出土的石犁看，其中有一件根部有断裂的痕迹，可能带孔部分已崩裂无存。从石犁的刃部两边看，它的主要作用是起土和松土。从石犁本身强度不大，而所需的拉力却较大的情况看，它可能只在潮湿松软的土地上使用，或者只能把泥土搅烂，促使泥水混合。在使用时，前面有人拉，后面有人扶，水平前进，其效率比骨耜、石铲高得多。根据石犁本身的功能，它只能用于稻作农业。史前时代华南珠江流域的农业作物种植主要是水稻种植，因为小麦是在唐代，玉米是在明清之际才传入广西的，块根植物种植不仅数量少，而且都是山地作物，使用石犁的可能性不大。从《麽经布洛陀》的内容看，造犁也主要是耕田种水稻："要牛去开塘，王就得吃鱼，要牛去犁田，王得吃（稻）米饭"，"在上方（田）播秧，下方作大田（插秧的田）"。带有犁架的石犁已具备了动力、传动、工作三要素，远比其他农具复杂，可以算是最早的农机具。我国的铜犁、铁犁都是从石犁、木犁发展而来的，它们的出现在农具史上具有特别重要的意义。这一事实表明，华南珠江流域壮族先民犁耕农业源于原始社会晚期。同时它预示着，这时壮族地区的原始稻作农业已从耜耕农业进入了犁耕

① 陈文华编著：《中国农业考古图录》，江西科学技术出版社1994年版。

农业阶段。犁耕的出现，是岭南地区农业生产力发展到一定水平的重要标志。

四、造牛、驯化野牛、造犁与牛耕

《麽经布洛陀》中的王是布洛陀管辖下的小首领，可能是氏族部落的首领。麽经中记述王用石头犁田犁地，由于人工拉犁负载太重，因此全身疼痛，王把耕田的这种艰辛报告给布洛陀，于是布洛陀便教人们造牛和驯养野牛来耕田耕地。王按照布洛陀的指点，开始造水牛、黄牛：

造水牛在河边，两角朝向后；造黄牛在塘边，两角朝向前……要红泥做肉，要蜂窝做肚，要青藤做肠子，要鹅卵石做肝，要苏木做血，要龙眼果核做眼睛，要树丫做肋骨，要木宪木做角，要芦苇做尾巴。造黄牛在泥塘边，造水牛在山谷。壅水牛在平地，王过七早去探，王九早去瞧，成四蹄挣扎，成四腿弯曲，十个拉不走，九个拉不起。去问祖公布洛陀，去问乜洛甲。布洛陀就讲，乜洛甲就说，拿青麻来搓成绳，竹筒钻在前，麻绳穿在后，一人也能拉得动，一人也能牵得走。①

《唱占杀牛祭祖宗》中，也叙述了造牛的情况：

造成水牛在下面山谷，在那草堆的旁边，要五倍子树做犄角，要毛穗芦苇做尾巴，要无花果做奶头，要薯莨做肉，要马蜂窝来做

① 张声震主编：《壮族麽经布洛陀影印译注》第4卷，广西民族出版社2004年版，第1378—1380页。

> 肚子……才叫作“怀额”[1]，就成牛图额，叫作小公牛，就成头小牛。叫作小公水牛，它去把山坡都犁遍。开出一片海跨过红水河，就成海跨过红水河，喊作海宽宽，就成海宽宽，喊作红水河长长，就成红水河长长。[2]

用人工造出牛事实上是不可能的，这不过是在原始条件下人们对耕牛来源的一种解释。同样在《麽经布洛陀》的《麽造后（禳除）》中，我们看到了人们驯化野牛成为耕牛的痕迹：“有一个叫安乐的人造水牛，水牛去山坡顶撞主人，见哪个人它只管顶撞，婆王母造禳除，水牛就进来栏圈。”[3]这里说的水牛见人就顶撞，后来用禳除的办法驯服了水牛，水牛才进栏圈，可能就是人们驯化野牛的原始记忆。类似的记述在《麽经布洛陀》里还有不少。有了牛，人们还要造犁造耙来耕田耕地，于是人们又学会造犁耙：

> 前代人聪明，有人会造犁，有人会造耙，会造翘口的犁头，会造九齿耙。要牛去开塘，王就得吃鱼；要牛去犁田，王得吃稻米饭；要去迎娶媳妇，就种田种地。在上方的田播秧，下方作大田。要糯谷去播，要粳谷去撒。四月拿去种，九月收回家，十月谷进仓。小伙吃了脸就白，姑娘吃了脸红润。[4]

---

① 怀额，壮语音译，即图额牛。“图额”是壮族神话中的水神。

② 张声震主编：《壮族麽经布洛陀影印译注》第 6 卷，广西民族出版社 2004 年版，第 1962—1963 页。

③ 张声震主编：《壮族麽经布洛陀影印译注》第 3 卷，广西民族出版社 2004 年版，第 993—994 页。

④ 张声震主编：《壮族麽经布洛陀影印译注》第 4 卷，广西民族出版社 2004 年版，第 1380—1381 页。

现在壮族一些地区还有古代驯养野牛的传说。如在广西壮族自治区南宁市邕宁区壮族民间传说中就有:古时候在山林中生活着成群的野牛,人们设法捕来一头黄牛,驯之以耕地、拉车,以后又慢慢驯养水牛,用来耕田。[①] 这些牛一代一代繁衍,后来壮乡都有了耕牛。广东省连山壮族瑶族自治县民间也有驯野牛的传说:远古的时候,壮族先民在一次打猎时捕获一头野牛,回来悉心驯养,后来这头牛产下了一头牛犊,这便是耕牛的祖先。这头牛犊后来又繁衍了许多耕牛,帮人犁田耙田。从那时起农家才有了耕牛,不再用人拉犁拉耙了。[②] 牛在稻作农业生产中具有特别重要的地位,有了牛,人们可以免去劳作的许多艰辛,于是人们十分敬重牛,并形成了爱牛、敬牛、崇拜牛的习俗和观念。许多壮族地区在每年开始耕田的时候,举行祭牛栏活动,祈求新的一年牛平安,也祈求新的一年有好收成。到每年稻谷成熟收割时,又举行敬牛活动,有的用五色糯米饭喂牛,为牛赎魂,因此又有牛魂节。有的地方牛魂节十分隆重,除了举行祭祀活动外,各家各户还把牛牵到一个地方,对牛进行评比,赞颂牛对农业生产的贡献。在一些壮族地区,敬牛祭牛活动还逐步演变成“唱春牛”“舞春牛”的文化娱乐活动。

20 世纪 50 年代以来,广西地区史前时期的牛骨化石或牛骨骼已发现了 33 处,地点一般在岩洞或河旁贝丘遗址,其中可以确定 19 处为犀牛、11 处为水牛。[③] 从牛的体形特征看,广西历史上存在水牛、黄牛和犀牛三种。据学者考证,黄牛源于我国青藏高原上的牛及其祖先原牛,是古羌人在东征、西进、南下时扩散到全国的;犀牛是因自然地理环境和气候条件的变化等原因而自然消失的。从考古发现看,广西在旧、

① 黄润柏:“壮族‘舞春牛’习俗初探”,《广西民族研究》1997 年第 4 期。

② 叶春生:“牛王诞”,载南宁地区文联等编:《壮族风情录》,广西人民出版社 1991 年版,第 191—192 页。

③ 陈小波:“壮族牛崇拜出现时间的考古学考察”,《广西民族研究》1998 年第 4 期。

新石器时代就有野生水牛。由于气候温暖，雨量充沛，牧草茂盛，华南珠江流域十分适宜水牛繁殖生长。但是，这里古人类何时将野生水牛驯化为畜用水牛，则未见记载。但在冷水冲型和灵山型铜鼓纹饰中，都有水牛形象，其体形特征与现代华南地区的水牛相近，属小型种，为地方所驯养繁殖的水牛，说明壮族地区驯养水牛的历史久远，牛已成为人们文化观念的重要内容。《麽经布洛陀》叙述的十二氏族部落中，就有水牛部落（即以牛为图腾的部落），说明在氏族部落时代壮族先民中就有对水牛的崇拜，还有为牛赎魂的活动，并有专门在赎牛魂仪式上喃诵的经文。现代壮族的牛魂节等活动，其源头就是氏族部落时代壮族先民的赎牛魂祭祀仪式。

五、水稻种植时令及耕作制度

《吕氏春秋·审时》说："凡农之道，厚（候）之为宝。"[①]就是说，农业生产的诀窍在于掌握农时。农时就是进行各种农事活动的恰到好处的时节。农时可以通过一年春、夏、秋、冬四季来表示，也可以用一年12个月来表示，但最准确明了的反映方法是二十四节气。

在《麽经布洛陀》的《赎魂厚麽》[②]中，叙述了王在布洛陀的指引下，用"夹"和"套"的办法，从斑鸠、山鸡的嘴里夺回四粒稻种后，"拿去给黎民，拿去给百姓"，"播在田峒里，种在田峒中。七月禾含胎，谷粒饱满才收割"。经过不懈的驯化和培育，稻谷的品种越来越多，"造出三百六十种谷米"，有芭芒谷、牛口谷、大糯谷、红糯谷、粳谷（粒大）、粘谷

---

① 吕不韦：《吕氏春秋通诠》，王晓明注译，江西人民出版社2010年版。

② 张声震主编：《壮族麽经布洛陀影印译注》第4卷，广西民族出版社2004年版，第1386页。

（粒小）、红粘谷、早糙谷、晚糙谷、黑谷等等。接着描述人们耕田的情况，"父亲修水渠引水灌田，儿子挖水渠加宽水渠"。此外，还描述耕种的过程，"谷种浸三天，四天捞起来"，"妇女拔秧"，"男人整秧"，苗壮后，要"初耘又复耘"，稻谷才饱满，百姓才"丰衣又足食"，"余粮吃不完"。这里通过各种劳动工具、谷仓、谷桶、谷囤以及造田筑坝、引水灌溉、水牛耙田、驮谷等，把壮族先民在长期的生产实践中总结创造出的稻田耕作制度描绘得淋漓尽致。

麽经中对水稻种植时令及耕作制度也进行了记叙：

> 二三月交春，众人都起早；先听杜鹃啼，又听春蝉鸣。杜鹃叫耕田，茅蝉叫播秧，蝴蝶邀人们来运粪。天上响春雷，春雨落下地，下三天不停，下七天不断。父亲去疏通水渠引水灌田，儿子去开挖水渠的急水口。水跳过水口哗哗响，水进田哗哗。小水牛去学拉犁，公牛去犁田。要粳谷把来脱粒，要糯谷把来脱粒。浸水过三天，四天拿出潭。吉日拿去播，申日拿去撒。谷种撒下去就能成长，谷种撒下地就生长。秧播下土就长高，二十五天就扯秧，二十六天就插秧。妇女扯秧扎成把，男人把秧整成堆。秧插在田中像花纹图案，秧插在峒中像图案花纹。过三周[①]成苗，过五周耘田，初耘又复耘。七月稻抽穗，八月稻可收。[②]

在《布洛陀造方唱本》中，在描述养猪积肥时，也记录了当时耕作制度的一些情况。布洛陀告诉大家，种田没有粪肥是不行的，于是要

---

① 这里"周"表示一个周期。

② 张声震主编：《壮族麽经布洛陀影印译注》第1卷，广西民族出版社2004年版，第216页。

求大家:

> 你们去巡山边,你们去找岭坡边,山边有只羊,山边有头牛,这些牛羊不吃粮食,拿来栏圈养起来,未变成水牛叫,留它们帮产粪,早上拿去喂,晚上拿木来拦,十月到中旬,三齿耙下挖,二月布谷鸟来报春,睡到半夜我们就起床,报说三月时节种地,报说四月时节种田。我们要旱稻谷播种在山边,我们要水稻谷种播在田峒中间,高粱放山弄中间。用箩装粪去施,七月收畲地稻谷,布谷鸟下来说,八月收早熟的稻谷,要田峒中的稻谷,九月高粱花,花在田峒中间白茫茫。多亏有粪去栽种,多亏有糠去放,多谢布洛陀恩德,多谢乜洛甲恩德,住四方天脚,都有人热闹。[1]

这里除了反映人们已掌握了稻作种植的季节,掌握积肥和施肥的技术以外,还传递了这样的信息:布洛陀教人们从山边、岭边拿来圈养的羊和牛可能是野羊和野牛,这里就包含了对野羊和野牛的驯化,因为下文接着就有把凤凰驯养成鸡的描述:

> 布洛陀就答,乜洛甲就说:你们去巡山坡上方,你们去巡山坡下方,山坡上方有朵花,山坡下方有一只凤凰,你们拿它来家养,你们赶它回堂屋,要米糠来慢慢喂,住在堂屋门口久了,它的身体就慢慢变成鸡。[2]

---

① 张声震主编:《壮族麽经布洛陀影印译注》第6卷,广西民族出版社2004年版,第2359页。

② 张声震主编:《壮族麽经布洛陀影印译注》第6卷,广西民族出版社2004年版,第2363页。

关于水稻种植时令及耕作制度,在《麽经布洛陀》的许多篇章中都有描述。这种对农时和耕作制度的认识及利用以后在壮族地区仍沿袭和发展着,并被总结成类似于《月令》的口头文本流传。随着稻作农业的发展,人们过上了幸福美满的生活:从此,人们再也不吃野果、草根了。后来大家努力生产,粮食逐年增产,老米还没有吃完,新谷又成熟了。人们越来越富足了,吃米不用看谷仓,吃鱼不用吃鱼头。百姓平安,欢乐自在。每到过年过节的时候,人们都拿糯米做粽粑送给布洛陀,表示对他老人家的尊敬。布洛陀看到壮乡一片繁荣,心里感到非常高兴。[①]

六、赎稻魂、赎牛魂与禳解等稻作农业祭祀

在原始时代,稻作农业还处于初始阶段,还未形成围绕稻作农事各个阶段、各个环节的神灵祭祀和农事节日,但是,已普遍出现了为应对农业灾害而举行的各种赎魂和禳解仪式,其中最突出的是赎稻魂和赎牛魂仪式,这些在《麽经布洛陀》中反映得很普遍也很具体。

首先是赎稻魂。壮族是古老的稻作民族,基于万物有灵的原始观念,认为稻种从发芽、长成禾苗,到抽穗扬花、结成谷子,是一种生灵的生长还原过程,其中稻谷的魂魄起决定作用。故在壮族民间信俗中,尤为崇奉稻魂,从播种、插秧、护苗到收割、稻谷入仓的耕作和收获过程,都有一系列的仪式,还形成传统的稻魂节。在稻禾即将抽穗时,备一些糯米饭或糍粑到田头,随之拔几根禾青捎回家中,挂于神龛,意为迎接稻魂回家供祭,以求丰稔。若遇旱、涝、虫害等灾变,或禾苗长势不好,

① 谷德明编:《中国少数民族神话选》,西北民族学院研究所编印 1984 年版,第 90—94 页。

便认为是殃怪作祟,使稻魂逃散所致,便延请麽公来做法事,唱述麽经,意在把逃散的稻魂赎回来,祈求年景好转。

在《麽经布洛陀》的各种版本中,都有赎稻魂的内容,反映了远古时代人们的稻魂观念。这里列举从巴马瑶族自治县收集到的《赎魂厚麽》[①]中赎稻魂的内容。麽经中首先唱述了布洛陀教人们从山上采来稻种后,又嘱大家种好水稻和旱稻。但不幸的是一些人人心不足,居心不良,把稻谷种在缺水的地方,有的不犁地就种下,使稻禾生虫旱死,稻魂逃散,农业失收,人们生活困难,于是布洛陀又教大家赎稻魂:

> 王筹备赎魂,把米放到田里去赎,把鱼放到河里去赎。用老母鸭去赎,用大公鸡去赎。这样做才对,整修成这样才好,王酿酒才出酒,舂谷才得白米。王的家才富贵,王家的稻谷才满柜,王家的稻谷才满仓。造给天给地,让人们知道和牢记,让当今的人跟从。你我都述说,不讲遥远的过去,不讲是哪个宗姓,就讲那家人。讲那家主人的姓,稻谷不满柜,旱谷不满仓,今天准备招魂,今天就赎魂。用田里的谷来供,用溪里的鱼来赎,出了个土地神,土地神把稻魂放回来!土地神把话传回来!土地公公送稻魂回来!旱谷魂回到地里,稻谷魂回到田里。回到地里不许出灾厄,回到田里就让稻谷有好收成。回来跟我吧,稻魂!下来跟我吧,稻谷!就这个时候回来!回来跟我在一起,叫你回到茅屋里,找你回自己的家。来跟我就容易,让你走过布桥[②]来。过了这时若不来,明天不得供,后天不得祭。今天五符降临,不去下面三家,不去上面五家。上面

---

① 张声震主编:《壮族麽经布洛陀影印译注》第4卷,广西民族出版社2004年版,第1382页。

② 布桥:麽公在举行招魂法事时,从神坛展拉一块长布延至屋外,俗称"花桥",旨在为离散的魂灵搭桥,让其沿布桥返回家中。

家会喊你吃，下面家会讲坏话，独有这家心肠好，唯独这家待人最真诚。来和我在一起，我们一起走上花桥，带你走过布桥。上桥花来到，过布桥来朝。回来吧，魂！今天降临，给我来赎你！下来跟我吧，魂！回来吧，稻魂！回来和稻谷在一起！世世真自在，代代保安宁。善良得像官弃印，疼爱得哭出声。三元[①]常宽容，万众愿随同你。无灾又无害，永保得安宁！[②]

华南珠江流域赎稻魂宗教仪式原生于远古时代的巫，之后对稻魂的崇拜成为人们文化观念的重要组成部分，至今在壮族民间仍然有以祭祀稻谷魂为主要内容的节日活动，例如每年新谷成熟过尝新节时，家家户户都有用大甑蒸糯米饭，做丰盛的菜肴，妇女们清早就到田里割来绿稻叶供在神龛上，把准备好的饭菜、水果供上，并烧香，点上油灯，祭祀稻谷魂，以求来年丰收。[③] 广西隆安县壮族民间每年农历五月二十六日过谷子节，届时家家户户煮好米饭菜肴，拿到自家田埂祭谷魂，以求来年丰收。[④] 壮族许多地方名为“收镰节”“糍粑节”等庆丰收的节日活动都有此俗。在壮语中，这种庆贺一年好收成的节日叫“kin 昆厚”，这里“kin”是吃，“昆”是魂，“厚”是稻米、谷子，合起来意为“吃稻谷魂”，实际上就是祭稻谷魂，是远古时代赎谷魂的遗俗。

其次是赎牛魂。《麽经布洛陀·本麽叭》中关于赎牛魂是这样记述的：布洛陀教人们造成水牛以后，又教人们用竹筒套麻绳穿牛鼻子把

---

① 三元：壮族师公教的唐、葛、周三位主神。

② 张声震主编：《壮族麽经布洛陀影印译注》第 4 卷，广西民族出版社 2004 年版，第 1402—1406 页。

③ 潘其旭、覃乃昌主编：《壮族百科辞典》，广西人民出版社 1993 年版，第 361 页。

④ 潘其旭、覃乃昌主编：《壮族百科辞典》，广西人民出版社 1993 年版，第 360 页。

牛牵回来拴在晒台边。后来不小心，牛吃了王的禾苗，王十分痛苦，用三支箭去射，牛跑过两重山，箭也追过两重山，击中了水牛的头部。王的水牛死了，叫众人分割牛肉来吃，那些没有分得牛肉的人就争吵起来。从此没有水牛耕田，养公牛不会繁殖，养母牛也不成种畜。王去问布洛陀，布洛陀说，你的牛魂被吓散了，要举行仪式，把牛魂赎回来。于是人们便举行赎牛魂仪式，麽公唱道：

王在主家立神龛，王安神龛来禳解，要黑毛鸡去祷请，用司晨鸡去赎。做哪样魂才消退，都照前人的办法去做，不管出自哪方天和地，到这一代我们都采用。现在我来叙说，说牛魂消散，在坡尾的牛炼塘，用鸡来祭塘神，请放牛回来。用鸡来祭地神，赎要魂回家，回来吧，魂！下来吧，畜牲！魂的根在天上，架梯子要魂下来！魂的根在深洞，架梯子要魂上来！母牛魂在归德，公牛魂在归饶，阉牛魂在归顺，大水牛魂在隆安[①]，一起牵它们回来！在癸亥的魂要回来！在子午的魂也要回来！在丑未的魂也要回来！我们把你们来汇集，我拢你们在一起。回来吧，魂！下来吧，牲畜！过今天不回，你就变成猪被杀，变成马被人骑。过今天不回来，你就变成树梢上的乌鸦。魂别留在独田中，魂别留在合龙[②]。独田是鬼域，合龙是图额出没之地。回家住得自在，回家住在干栏下。生雌牛犊婷婷，生公牛仔威风凛凛。旧魂跟回来，新魂全回来，千万个魂都回来！追魂回来齐，一头大水牛和一头母牛，一头牛犊和一头公

---

① 归德、归饶、归顺、隆安：地名。归德，即归德州，治所在今广西平果县地；归饶，即功饶州，治所在今广西田东县地；归顺，即归顺州，治所在今广西靖西市地；隆安，一说在今广西隆安县，一说今广西百色市田阳区地，即《麽经布洛陀》中说的“安”（安圩）。

② 合龙：原指四周环山的弄场，因其地有溶洞通地下河，大雨水涨便成泽国，雨停后水消退流入地下河。传说这些地方常有水神“图额”出没。

牛，全部都追回来！[①]

这种赎牛魂活动一直影响到今天，壮族很多地方都有牛魂节，壮语叫“kin 昆怀”，这里“怀”是牛，意为“吃牛魂”，实际为“赎牛魂节”。据广东省《连山县志》记载：每年农历四月初八过牛魂节（连山县为壮族地区），这个节日“古为龙华会，时俗牛王诞。农家于是日以香茅草裹糯米为粽，约戚属聚饮，耕夫耕牛均休息一日”。这一天家家户户都让牛卧栏休息，在牛栏门口贴上红纸，插上柳枝、桃花、柚枝，供上酒肉，烧香点烛祭拜，还用香茅草、嫩竹叶、芒叶等青饲料和五色糯饭、糯米糍粑喂牛。[②] 在一些壮族地区，过牛魂节时，家家在屋外摆上酒肉、瓜果等供品，由家长牵着一头老牛绕着饭菜桌打转，边走边唱牛歌。这一天要先把牛喂饱，然后全家人才能就餐。[③] 在很多地方，牛魂节又叫“脱轭节”，其意思是今天耕牛可以脱轭休息了。民间传说这一天对牛要温柔和气，不能吆喝鞭打，好让它的灵魂安定。[④] 人们相信牛是有灵魂的，爱护耕牛就要尊敬、爱护它的灵魂。在广西隆安县民间，大年初一，人们在犁头、木耙等农具及牛轭上挂年粽，给每头牛喂一片年粽，意为让耕牛过年休息，犒赏牛一年的辛勤劳苦[⑤]，其内涵包括祭牛魂和赎牛魂，是古老的赎牛魂和祭牛魂仪式的一种演变。

在广西东兰、巴马、凤山等县，每年农历大年初一举行“请牛”活

---

① 张声震主编：《壮族麼经布洛陀影印译注》第 4 卷，广西民族出版社 2004 年版，第 1143—1240 页。

② 叶春生：“牛王诞”，载南宁地区文联等编：《壮族风情录》，广西人民出版社 1991 年版，第 191—192 页。

③ 潘其旭、覃乃昌主编：《壮族百科辞典》，广西人民出版社 1993 年版，第 359 页。

④ 覃承勤：“牛节”，载南宁师范学院广西民族民间文学研究室编：《广西少数民族风情录》，广西人民出版社 1984 年版，第 80 页。

⑤ 潘其旭、覃乃昌主编：《壮族百科辞典》，广西人民出版社 1993 年版，第 355 页。

动。清早，当地小孩即拿牛绳到河边，寻找有穿洞的石块，然后用牛绳拴上拉回家中的牛栏“供养”，意为“请牛”。在拴“石牛”时还唱“石牛歌”：

> 今天是最好的日子，现在是最吉祥的时候，求什么得什么，我来要牛。牛啊醒来吧，我专门来请你。有窿（洞）我穿鼻，无窿我绑角。不要睡野外，不要睡河滩。请你快快跟我去，去住我家大牛栏。我家牛栏有茅草盖，我家牛栏有稻草铺。你到里边住，风雨无碍得舒服。①

此俗与《麽经布洛陀》中造牛的神话有些相似，可能是造牛神话的遗俗。不管怎样，其中包含着对牛及牛魂的崇拜是无疑的。

壮族是稻作农耕民族，稻作农业对牛的依赖及牛对稻作农业的巨大作用，是形成壮族敬牛、祭牛和赎牛魂习俗的根本原因，这一点在《麽经布洛陀》中就得到了充分的反映。

最后是麽兵、麽甲、麽八（禳除、禳解）。壮族麽经内容丰富，但按其功能，可分为“麽兵”“麽甲”“麽八”三大类。“麽兵”是关于驱除生活中不吉利的事项、不祥之兆的经文，诸如母猪生独崽、母狗生七崽、鸡鸭上神台、母鸡打鸣、屋梁长木耳、牛栏长竹笋等，生活中这种不祥事象和征兆共计72种。“麽甲”是用于驱赶清除东南西北中各路冤鬼殃怪的经文，诸如老来求子、丢失钱财、牲畜失踪等，属生活中一些难以遂心之事。“麽八”是用于灾难发生后举行的驱赶剥离砍断的经文，诸如某些人家一再发生的某种灾难，如祖辈有人跌山身亡，今父辈又有人跌伤

---

① 潘其旭、覃乃昌主编：《壮族百科辞典》，广西人民出版社1993年版，第355页。

手脚；上辈有人死于“湿身”（难产），这辈又有人难产；等等。

在麽公的禳解仪式中，有大量的祈求禳除稻作生产中的殃怪的内容，对我们了解那个时代稻作农业情况具有重要的价值。例如在《麽经布洛陀》的《入请甲送甲》（意为把殃怪请进来，再送殃怪出去）中，列举了涉及稻作生产的殃怪事象：

> 塘田崩塌变成殃怪，稻田排水口塌陷变成殃怪，稻秧乱走上田埂，田中的稻谷爬去出水口，稻田分水口漏空如斗笠，田尾下陷如筛子……老虎踩水田变成殃怪，熊糟蹋畲地变成殃怪，水稻抽穗早变成殃怪，稻谷抽穗先变成殃怪……水牛去田峒抵撞稻田变成殃怪，水牛回家抵撞主人……米柜浸水平膝盖，新谷仓谷子结团卡出口，水车车水淹晒台变成殃怪，水牛犄角裂变成殃怪……若殃怪重新来到，若殃怪重新返回，进塘变成鱼，进水变成稻谷，进下面栏圈变成水牛。①

在《造兵仪规》（意为针对不祥之兆举行的法事仪式）中，叙述了先民们未懂得做“兵”仪规之前遭受一系列灾祸的痛苦，列举了引发灾祸的数十种不祥之兆。布洛陀、乜洛甲指点人们，陆何公、罗安太、大将军等神创造了“兵”仪规，按照这些仪规，涉及稻作生产的下列事象需要进行禳解：

> 田坝垮今晚我们禳除，田埂塌陷今晚我们禳除，田中间秧苗空缺今晚我们禳除，老虎糟蹋稻田今晚我们禳除，狗掉下田今晚我们

① 张声震主编：《壮族麽经布洛陀影印译注》第3卷，广西民族出版社2004年版，第1092—1030页。

> 禳除，猴子糟蹋畲地今晚我们禳除，稻秧散了今晚我们禳除，稻谷种子散去田坎我们禳除，稻谷秧苗成畦我们禳除，谷子在盘里跳我们也禳除，稻米在簸箕里也禳除。[①]

在《入请甲送甲》中说，从前不懂得造禳除，所以招来各种灾难，如秧苗乱走乱爬、虎熊踩稻田、稻谷抽穗过早、去田峒见大老虎等，所有的灾害都是殃怪造成的。所有的殃怪布洛陀都知道，要消除殃怪，就要把所有的殃怪请来，然后再把它们送出去。用当今的话说，就是先娱神酬神，然后再驱凶神。驱除殃怪离不开稻米。在《麽造兵》（意为造禳除）中叙述了在布洛陀的指点下，怎样进行禳解的：

> 布洛陀就说，乜洛甲就讲：你怎样立神龛禳除？你怎样设神龛禳除？主家你怎样搭神龛？你说搭神龛禳解，你准备一把稻米，你准备一把蒸糯饭，你准备楠竹叶包的粽子，你准备叶子包的饭，你准备水口的竹篱，你准备用竹片做口的钵头，你在下面村巷做禳解……鸡供公公一郎，猪供君二世，供到神社和神龛，供到火灶口的鬼，供到布洛陀，供到乜洛甲。[②]

在《麽兵一科》中唱道：

> 去年稻谷禾苗死，前年稻谷死谷穗，旧稻谷接不上新苗，我就说你稻米，为此我才求你谷子，留做明年的秧苗，留做新年的种子，

---

① 张声震主编：《壮族麽经布洛陀影印译注》第 1 卷，广西民族出版社 2004 年版，第 174—175 页。

② 张声震主编：《壮族麽经布洛陀影印译注》第 3 卷，广西民族出版社 2004 年版，第 961—980 页。

新年的稻谷产量多，养女儿脸白嫩，养姑娘脸粉红。土官吃了管天下，昨晚转谷子向上，孤儿没有吃，今早转谷子向上，儿终世有吃。[①]

从以上可以看出，《麽经布洛陀》中所反映的早期的禳解仪式概括起来有三种：一是对已经发生的灾难的禳解；二是发生灾难以后的禳解；三是预防可能发生的灾难的禳解。这三种作为一种信仰在民间一直延续下来，但很多内容已融入地方的民俗活动特别是民族民间传统节日之中。其中稻作农业过程中的各种禳解和祭祀活动则大量地融入了与稻作农耕有关的民俗活动特别是民族民间传统节日活动之中。其突出者如壮族的蚂拐节（上文已有论述）。[②] 广东省北部壮族地区有开耕节活动，其中就包含着丰富的农业祭祀的内容：广东连山壮族民间有一种传统节日开耕节，每年农历二月初二举行。届时，由家长穿上蓑衣，戴上竹笠，卷起裤腿，光着脚板，拿一碗“粑离”走到屋外，默念开耕顺利的诵词，如祈望不折犁、不死牛、不烂秧苗、鸟兽不侵害禾苗等。然后将一只“粑离”十字挟开，预兆吉祥，随后转回屋中与家人同吃，此日不请客，亦严禁外出就餐，相传此日谁家宴客谁家农作物就要遭到鸟兽的践踏。[③]

广西贺州市一些壮族地区有“烧香开耕”的习俗，一般在春节期间举行：除夕之夜，人们通宵守岁，进入子时后，就拿铁铲或翻锹到自家附近的田中去翻三块土，点三炷香、二支蜡烛，插于田中，用白纱纸搓成线，将一张红纸系于一根一米高的竹枝上，亦插田中，俗话称“利市

① 张声震主编：《壮族麽经布洛陀影印译注》第3卷，广西民族出版社2004年版，第936—937页。

② 覃乃昌：“红水河稻作文化”（上、下），《农业考古》2004年第1、3期。

③ 潘其旭、覃乃昌主编：《壮族百科辞典》，广西人民出版社1993年版，第368页。

纸”，最后放一串鞭炮，以求开耕大吉。很显然，这是由稻作农业祭祀演变而来的一种民俗活动，是早期稻作祭祀文化的一种积淀。又如广西南部壮族地区过去盛行的开耙节，也叫开秧节，每年农历四月初八举行，节日期间，人们必须请道公赶鬼后才能耙田插秧。[①] 在桂西一些壮族地区每年农历七月间要举行祭青苗活动，也叫祭青苗节。届时，以猪肉、米饭作为供品到村外田边祭祀，表示供禾苗神享用。接着开始路禁，以免惊扰禾苗神。同时全村男女老少集聚在一起，一边饮酒，一边高唱农事歌，预祝丰收。[②] 此类习俗在壮族地区还有很多，是由原始的稻作农业祭祀演变而来的一种民俗活动。

---

① 潘其旭、覃乃昌主编：《壮族百科辞典》，广西人民出版社1993年版，第359页。

② 潘其旭、覃乃昌主编：《壮族百科辞典》，广西人民出版社1993年版，第361页。

第四章
师麽传统与壮族民间文学

本章着重探讨产生于远古社会的壮族师麽文化传统对壮族民间文学特别是乡村仪式演剧的深刻影响。

第一节 壮族师麽信仰传统及其特点

宗教是原始社会高级阶段的产物,当人类进入旧石器时代晚期,思维产生了一次飞跃,原始宗教便产生了。随着人类社会的发展,宗教也在发生嬗变,由自发宗教形态演化为人为宗教形态,这是人类宗教发展、演化的两大阶段。人类社会发展的历史表明,世界上没有一个民族是没有宗教的。宗教是人类发展史上一定阶段的伴生物,是意识演化历程中一丛生长在“颠倒的世界观”基础上的无果之花,是人类文化的重要组成部分。与其他民族一样,壮族也有自己民族独特的宗教信仰,其中又以师麽信仰传统为主体。

一、壮族民间宗教的层次结构和师麽传统的性质

壮族不仅和其他民族一样拥有自己的宗教信仰，而且其宗教信仰形成了一个以师麽信仰为主体的多层次系统。[①] 壮族宗教信仰的结构层次如下：

第一，原始宗教。原始宗教是每个民族或每个部族都有的早期宗教信仰，表现为自然崇拜、鬼魂崇拜、生殖崇拜、图腾崇拜和祖先崇拜。在壮族乡间，这种宗教的遗存虽然已经不很完整，但还相当浓厚，随处都有反映。特别是鬼魂崇拜和祖先崇拜，在民间还相当浓厚。壮家人普遍在自家的厅堂正中立有祖先神龛和神案，神龛正壁上书写“某门堂上历代宗亲考妣之神位”，每逢节日（壮族每个月都有节日），祖先都首先享用香火礼牲；每年七月十四俗称“鬼节”，是壮族仅次于春节的重大节日，专门祭祀祖先。

第二，原生宗教。这里的原生，“不是人类活动未涉及的纯天然的自然状态，也不是人类原创文化的最初状态，而是当代人对现存原生文化现象本质特征的表述”，是“指族群内部最初创造的文化经过了漫长历史演进仍然能够保持其本质特征和基本状态。”[②]壮族原生宗教，当是在岭南古越巫（先秦时期壮族先民西瓯、骆越人的富有民族特色的自发宗教信仰）[③]的基础上演化而成的一种准宗教，也是由原始宗教到人为宗教之间的过渡性宗教。它包括流传于广西百色市、崇左市、河池

① 关于壮族师麽信仰传统的层次结构和性质，参见梁庭望主编《壮族原生型民间宗教调查研究》前言部分。

② 傅安辉：“论族群的原生性文化”，《吉首大学学报》（社会科学版）2012 年第 1 期。

③ 杨树喆：《师公·仪式·信仰——壮族民间师公教研究》，广西人民出版社 2007 年版，第 158 页。

市西部各县及云南文山壮族苗族自治州民间的麽公教和流传于红水河中下游、郁江沿岸、柳江流域壮族民间的师公教。它们都有半脱产的神职人员,有稳定的传承和相应的仪式,有大量用古壮字抄写的经诗。其中,麽公教的麽公一般分散从事宗教活动,师公教则有由5—20人左右组成的小型班子,由掌坛师公领班。几乎每个行政村都有一个师公班子,且这些师公班子独立活动,互不相属,没有统一的全民族组织。目前麽公教和师公教在壮族民间仍很活跃,按传统,民间丧葬活动必须请麽公或师公诵经追荐亡灵。从历史上看,麽公教和师公教一般不与官府部门交往,这一点与汉族历史上临时产生并成为农民起义或反政府组织思想核心的民间宗教是不同的。但这两种宗教在历史上一直得不到认可,只有清代的个别地方曾给师公发放从业证。改革开放以前,这两种宗教常常受到粗暴对待,但也始终无法使之泯灭。在广西壮族地区,常常看到一种奇怪的现象,即有的干部否认师公教的存在,但他在乡间的父母去世,还是不得不去请麽公或师公等来家一起做道场,否则在民间会被斥为不孝。总之,原生性宗教是壮族师麽信仰传统的主体。

第三,创生型宗教。所谓"创生",意为创造产生、生而成长。"创造一种存在形式,并赋予它意义,这就是创生。如果没有意义,创生便不成立。"壮族的创生型宗教主要是指壮化道教和壮化的汉传佛教。道教是作为汉文化的一部分传入壮族地区的,由于汉壮两个民族都是农业民族,在文化上比较容易沟通,所以道教容易为壮人所接受。道教传入壮族地区以后,受到壮族文化的涵化亦即壮化,加上传入的是正一道派,已无法保持原貌,变得与师公教面貌相类,实际上已降为民间宗教。其神职人员俗称"道公",与师公一样可以成家立业,平时务农,也无道观可出家,有法事活动时才是道公,无事时就是个农民。其经诗以汉文为主,常杂有壮族民歌格式的韵文。举行法事时常与师公同堂,各做各的法事,互不干扰。壮化道教也没有全民族的统一组织,而是以小团体的形式存在。但因为道教在全国得到历朝的认可,有时甚至在朝廷中有很高的地位,故而在壮族地区其境遇比师公教好。至于汉传佛教在壮族中的流传无法与道教相比,壮族民众基本不接受佛教的教义,极少有人知道佛祖,只接受观音,目的在求"观音送子";佛教主张绝尘修行,不杀生,这对于地处亚热带食物丰富的壮族民众来说,是难以接受的;佛教的色空观念,比较玄妙,壮族民众也难以理解。所以壮族地区鲜见佛寺,也极少有人出家为僧。少数地方有一些小型的花僧班子(因其长袍带花而得名,其神职人员俗称"僧公"),做一些佛事活动,其程序结构和活动方式也与师公教相类,也就是说已经壮化,由人为宗教降为民间宗教,且影响很小。

在壮族多层次的宗教信仰体系中,麽公教和师公教是从民族文化的土壤中,吸收内外的文化养料而成长起来的原生性民间宗教,最具代表性,堪称主体。它们具备比较完整的宗教元素:其一,有自己的从原始宗教到人为宗教的演化轨迹;其二,在壮族地区分布广泛,在民间有正常的宗教活动,尤其是师公教活动频繁;其三,有自己业余的神职人员麽公和师公,有比较严密的传承方式,其成员全是男性,大多数为农民,与常人一样成家立业、结婚生子,有法事出动,无法事务农;其四,其组织结构以小团体的形式存在,有自己的掌坛师父,各小团体之间互有交往,但互不从属,没有地区性和全民性组织和宗教领袖;其五,有比较完整的教义和比较严格的教规,如麽公和师公是绝对禁止吃蛇肉和狗肉的,他们言行谨慎,为人正直,不赌不嫖,不横行乡里和重利盘剥他人,少与官方往来,不制造政治事端,在乡间较有威望,受人尊重;其六,有神灵系统及通神手段,其神灵系统主要由民族土俗神和道教神组成,也吸收少数佛教神,多神和谐共处是麽公教和师公教神灵系统的特点;

其七，有用古壮字书写的经诗唱本，其中师公教的经诗数量最大；其八，有相应的服饰、成套的法器和众多的神像；其九，其法事类型较多，不少法事程序相当复杂，内容也十分丰富，有浓厚的民族特点。由此可见，麽公教和师公教已经具备了人为宗教的基本宗教元素，属于原始宗教向人为宗教过渡的一种宗教形态。

二、壮族师麽信仰传统的特点和影响

梁庭望将壮族民间宗教的特点初步归纳为八个方面，分别是：(1)原生性；(2)业余性；(3)松散性；(4)完整性；(5)兼容性（主要表现在四个方面：教义兼容、神谱兼容、经典兼容、仪式兼容）；(6)民间性；(7)民俗性；(8)功利性。[①] 这里先以师公教为例，阐发我们对壮族师麽信仰传统的特点及影响的理解。

首先，作为一种从自发宗教向人为宗教过渡的宗教形态，壮族民间师公教的一个突出特点就是具有浓重的原始色彩。这种原始性来自它的久远历史。上文说过，壮族民间师公教与壮族先民的越巫信仰有着一脉相承的渊源关系，这是造成它原始性的主要原因。壮族民间师公教“万物为鬼神所主宰”的观念以及所供奉的不少神祇如雷王、龙王、花婆圣母等，都是原始万物有灵论、自然崇拜、动物崇拜、祖先崇拜的遗存和历史积淀；其驱鬼逐疫、祈求人物丰产的法术原则不仅带有原始巫术的色彩，而且蒙着一层神秘的面纱。例如，师公为什么能够带着众人光着脚板“上刀山”（踏上磨得锋利的刀梯）和“过火炼”（踩过烧得通红的炭坑）？诸如此类的现象，至今仍然很少有人能够做出令人信服的解释。

① 梁庭望：“壮族原生型民间宗教结构及其特点”，《广西民族研究》2009年第1期。

其次，壮族民间师公教的另一个基本特点是它非常注重实用性和现实的功利性。原始信仰所关心的问题，无不与人类的生存和发展息息相关，也就是恩格斯所说的“生产资料的生产”和人类“种的繁衍”。[①]壮族民间师公教是在原始越巫的基础上形成和发展起来的，它所有的法事活动，如赎魂保命、驱鬼祛灾、架桥求花（子嗣）、酬神还愿、超度亡灵等，其目的都不外乎祈求人畜兴旺、物产丰收，超出这些范围之外的东西，它一般是不会关心的。壮族民间师公教从道教中吸取和整合了许多东西，但它对道教教义的核心——神仙信仰，特别是以生为乐、重生恶死，甚至追求长生不死的部分，却丝毫不感兴趣。据研究，汉传佛教大约在东晋时也开始传入壮族地区，但由于佛教的宇宙观、伦理道德观等与壮族的宇宙观、伦理道德观相抵牾，致使人们对佛教采取一种淡漠的态度[②]，所以壮族民间宗教所包含的东西是相当有限的。此外，进入19世纪下半叶后，西方的基督新教和天主教也先后传入壮族地区，但基本上未能扎下根子，更没有在壮族民间师公教中留下任何痕迹。这一切，究其原因，恐怕都与壮族民间师公教关注此岸，重在现实功利的特点密切相关。

最后，壮族民间师公教还是一种富有开放性和改革精神的宗教。壮族民间师公教不是神学宗教，它的排他意识相对来说是比较薄弱的，凡是对自己有用的东西，它都可以吸收和整合过来，纳入自己的体系，为自身的生存和发展服务。在中原古巫傩以及古代巫术和秦汉神仙方术的基础上形成的道教的许多内容，都很符合壮族民间宗教的口味，所以它很乐意地加以接受。

---

① 恩格斯：“《家庭、私有制和国家的起源》第一版序言”，载《马克思恩格斯选集》第4卷，人民出版社1999年版，第12页。

② 郑超雄：“试论壮族对佛家的淡漠倾向心理”，《广西民族研究》1987年第2期。

还需指出的是，源远流长的壮族民间师公教，对于壮族的社会生活、文化心理产生了巨大的影响。原始越巫朴素的鬼神观念虽然是对自然力的歪曲反映，但它对于在强大的自然力面前处于完全被动地位的壮族先民来说，不失为一种与险恶环境做斗争、求得生存和发展的精神武器。随着社会的发展进步，人类的意识也逐渐觉醒，神灵就不再仅仅是人们崇拜的对象，同时也是人们通过师公来驱使和利用的工具，师公唱本《唱布伯》唱述了布伯与雷王斗争的神话故事，就是人的觉醒的表现。[①] 壮族民间师公教驱鬼祛灾、祈求人丁与物产两旺的法事活动，虽然是虚幻的东西，但对于贫穷落后的壮族乡村民众来说，却既是一种心理抚慰也是一种鼓舞；民间师公教的歌舞表演，尽管极为简朴，却不仅丰富活跃了壮族山乡的文化生活，而且具有明显的伦理教化意义。从文化研究的角度看，壮族民间师公教保存了丰富的民族神话、民间传说、民间戏剧、民俗等方面的宝贵资料，堪称壮族文化的宝库，具有不可估量的文化与文献价值。凡此种种，都是壮族民间师公教的积极方面。正因为民间师公教有着多方面的积极功能，所以，20 世纪二三十年代，当权的李宗仁、白崇禧新桂系当局曾企图用行政手段消灭它，以行政法规的方式规定“凡游神、醮会、求神、拜佛、送鬼、放花炮、还花愿及清明、中元节焚烧冥钱、纸扎等迷信行为，均应革除”[②]，但毫无建树。中华人民共和国成立后，特别是“文革”期间，国家对民间师公教也采取了严厉打击的做法，但直至今日在壮族乡村地区，民间师公教的观念依然根深蒂固。

但是，壮族民间师公教的消极作用也是不容忽视的。马克思有一

---

① 蓝鸿恩：《广西民间文学散论》，广西人民出版社 1981 年版。

② “广西各县市取缔婚丧生寿及陋俗规则（民国二十年）”，载《广西通志・民俗志》，广西人民出版社 1992 年版，第 428 页。

句名言："宗教是人民的鸦片烟。"[①]列宁也说："宗教是一种精神上的劣质酒。"[②]从今天看来，马克思主义经典作家的论断主要是从宗教的社会功能出发的，而事物的功能乃是事物本质的表现，本质和本质的表现不应相混淆，本质不同的事物可以表现出相似的功能。换句话说，对人民起着鸦片麻醉作用的不仅限于宗教，因此，我们不能同意将马克思的名言作为集中揭示宗教之本质的经典论述。但是，我们必须承认，壮族民间宗教的鬼神观念确实曾长期愚弄和麻醉过壮族人民，使他们在生命、财产方面蒙受了极大的损失。从西汉的司马迁首次记述越巫以来，历代汉文典籍文献和地方志书中有关的记述不胜枚举，直至民国时期有关记述还屡见不鲜。例如民国二十三年(1934)的《上林县志》："三月三，真武诞辰，建斋设醮，或俳优歌舞……或疾病不服医药，辄延鬼师歌舞祈祷，谓之跳鬼。鬼师即俗所称尸公(按：师公)。"民国三十六年(1947)《钦州县志》："于八月初一起，至八月底，多有跳岭头之俗。每处跳岭头，延巫者，着花裙，戴鬼脸壳，击两头鼓，狂歌跳舞于神前……以为非如此跳岭头，则年不丰稔。"这期间，不知曾经浪费了多少钱财，发生了多少悲剧，使壮族人民蒙受了多少痛苦！

第二节　师麽传统与壮族师公手抄经书

民间师公教作为壮族师麽传统中的原生性宗教，自有一套庞杂的

---

① 马克思："《黑格尔法哲学批判》导言"，载《马克思恩格斯选集》第1卷，人民出版社1972年版，第2页。

② 列宁："社会主义与宗教"，载《列宁全集》，人民出版社1956年版，第62页。

经书体系，这些经书是师公教精神核心的主要载体，是其宗教观念的概括展示。师公经书涉及师公教的神灵体系、师理仙论、师法道术、灾醮科仪、宗派源流以及医药、天文、历法、地理、农业、历史、道德等方面的地方性知识，特别是其中贮存了大量的韵文体民间传说故事，是古代壮族社会的百科全书。

从某种意义上说，师公经书是师公教的实质，没有师公经书就无法认识壮族的民间师公教。遗憾的是，对于壮族师公手抄经书的调查搜集和认识远没有达到应有的程度。因此，这里以笔者自 2001 年以来在广西马山县国兴屯做跟踪调查所得为例，同时结合在各地搜集掌握的其他师公经书，对其所反映的内容做初步的探讨。

一、国兴屯壮族师公及其经书概况

国兴屯是广西南宁市马山县白山镇以南十公里处的一个自然村，全屯有一百四十余户，共七百余人。村民全部是壮族，以莫姓居多，其余还有韦姓、覃姓、黄姓和班姓。这里主要流行着师公教和壮化道教，二者的神职人员师公和道公都分别拥有自己的经书，特别是师公，每人或多或少都抄录有一定数量的经书，以供传习和做法事之用。

国兴屯现有师公七人和跟班学习但尚未"渡戒"的准师公一人，其中二人已年过古稀，一人年龄在四十五岁左右，一人三十五岁左右，三人年近二十岁，未"渡戒"的一人四十五岁左右。他们中有的存在师徒关系，有的所师从的师父在别的村寨。按习惯，某位师公死后，其生前所有的东西，都要被其灵魂"带走"，也就是说，包括经书、法器等都随着该师公的死亡而被焚烧了。因此，一个人要想成为师公，则必须在"渡戒"前后向师父学习经书，其方式是先抄录后背诵。

抄录经书是师公必须做的功课，有时甚至以某师公抄录或熟知经书的多少来评判其“法力”的高低。而抄录的办法有二：一是向师父借回经书自行抄录；二是由师父口述、弟子笔录。抄录时，一般用本地自产的“沙纸”作纸张，毛笔（或软笔）作笔，混合使用古方块壮字和汉字来书写。有的师公，所拜的师父远在十里之外，但作为弟子也必须不厌其烦地前去请教，所以，抄录经书是一项非常艰巨的工作。国兴屯的师公们，除了年过七旬的黄仪仁、莫幼学两位老前辈主要靠口传心授，没有太多的手抄经书之外，其余的师公都拥有为数不少的手抄经书。其中年近五十的韦举平师公因其抄录和能背诵的经书数量最多最完整，因而成为当地公认的“法力”最高的师公。课题组搜集所得的一百零五部师公经书（以下简称“国兴屯经书”），就是由他提供并在其徒弟韦中礼协助下进行壮语录音的。这些经书原文都是混用古壮字和汉字手抄而成，每部数十行至数百行不等，最长的达两千余行，多为五言或七言壮族歌谣，有押脚韵排歌和押腰脚韵勒脚歌两种歌体。

有研究者按其内容分为创世古歌、英雄史诗、孝悌故事歌和爱情故事歌四大类，认为它们大都是地道的壮族民间口头文学的忠实记录，只有少部分是从汉族文学翻译或移植翻译而来，但其内容与形式均做了改造，有着浓厚的壮族色彩。[①] 另有研究者根据经书唱述的对象和使用场合，把它分为师唱本、圣唱本、杂唱本和科仪唱本四大类。[②] 不过，课题组在田野调查中发现，国兴屯的师公习惯于按照经书的功能、使用场合以及唱述内容来对自己手中的经书进行整理归类，分为请神类、超

---

① 潘其旭、覃乃昌主编：《壮族百科全书辞典》“师公经书”条，广西人民出版社 1993 年版，第 344 页。

② 杨树喆：《师公·仪式·信仰——壮族民间师公教研究》，广西人民出版社 2007 年版。

度类、驱邪类、求福类、娱鬼类、讲古类和传经类等七大类。

（一）请神类

这类经书为数众多，有《接佛》《大降圣》《家仙》《本兔》《社王》《香火》《上界盘古》《中界三斧雷王》《下界》《阳界》《百吾百斧》《伏依姐妹》《雷公雷母》《三王大帝》《竹城庙》《夫子请客》《上界公曹》《下界公曹》《中界公曹》《阳界公曹》《申公豹》《土地唱》《东方》《西方》《北方》《南方》《中央》《朝师歌》《开师歌》《打斋吊文联》《请四大元帅》《南峦法海流波》《休婆》《真武立庙庭》以及《开光》等三十五部经书。

师公的请神类经书一般在法事仪式的初始阶段唱诵，经书的主要内容是邀请各路神灵鬼怪降临"斋场"（丧场），或享受香火，或主持法事，或维护斋坛秩序，或递送文书，或赐福消灾。神灵的地位不同，其被邀请的频率也不一样。在国兴屯师公教中，地位最高的三元真君（壮族师公教唐道扬、葛定应、周护正三位祖师）是每一次法事活动都要请到的；负责维护现场安全的赵邓马关四大元帅（赵公明、邓雷霆、马华光、关云长）以及真武大帝、负责传递文书的"四值公曹"（年值公曹、月值公曹、日值公曹、时值公曹）以及申公豹、村寨守护神社王、土地神，也是法事活动不可或缺的；当地的孤魂野鬼、事主的祖先神、其他法事活动有关神灵，则根据法事的需要来邀请。总之，师公请神灵，奉行的原则是宜多不宜少，多请也无事，少请则可能会有麻烦。大的法事活动，如斋醮、白喜事（丧事）、"渡戒"仪式，则必须"全请"。需要"全请"时，师公们唱诵《夫子请客》，以孔夫子（圣人孔丘）的名义邀请当地师公教所信奉的上自三元真君，下至山神土地的二百多位神灵以及事主家神、天兵天将、凶神恶鬼等全降临斋坛。《夫子请客》以五言勒脚歌和杂言"喃语"相结合，介绍了师公教的神灵体系，因此是了解国兴屯壮族师公教神灵系统的关键文本，也是请神类作品中最具有代表性的。

（二）超度类

超度亡灵是师公活动的一项重要活动。国兴屯壮族民众笃信灵魂的存在，相信人死后，如果得不到超度（俗称“开丧”），其灵魂就会四处飘零，成为孤魂野鬼，到处作祟；反之，如果得到超度，则其中一个灵魂可以上天堂，一个灵魂回到“花山”①，第三个灵魂则在家里保护子孙后代。这种观念的普遍存在，使得超度亡灵活动成为每一个年满十六周岁的壮民死后，其家属必须延请师公举办的一项重要法事，其中涉及请神降临、报告死讯、为死者净身、为死者开路、引死者上天堂、送神灵等仪式。因此，有关超度的经书也不在少数，主要编目有《公神唱》《集兵师鬼》《送师歌》《破狱祖》《破狱祖唱》《破狱祖—东方》《破狱祖—南方》《破狱祖—西方》《破狱祖—中央》《一光》《二光》《三光》《升度》《升度（一）》《升度（二）》《纳财马》以及《跑马》共十七部。

在法事活动中，超度类的经书主要功能是超度亡灵，让亡灵顺利到达天界或投胎转世。所以，针对不同的死者，所要唱述的经书就会有所不同。如一般的成年人正常死亡，要唱《升度》来超度。此经书唱的是三清（上清、太清、玉清）送灵魂过奈何桥、阎罗殿，回“花山”，进入极乐世界，并嘱咐灵魂在节日里回家和子孙团聚，享受香火的过程。如果死者生前罪孽深重，在超度仪式中还得唱《破狱祖》，通过唱颂，师公联合道公等破开地狱，把在地狱里备受煎熬的鬼魂营救出来的整个过程，来为其赎罪。如果死者本身是师公，其超度活动则与常人又有所不同。由于在日常宗教活动中，国兴屯师公在为凶死者超度时，经常要杀鸡、

① 花山指壮族民间信仰中专司生育之女神花婆神的后花园。壮族民间信仰认为，人本是“花山”的花到人间投胎。

狗等“牲头”，所以他们认为自己犯下太多的杀孽，死后难以超生。因此在为生前已“渡戒”的师公超度时，还要用稻草结成人像并套上衣服，名曰“公神”，作为死者的替身在地狱里受罪，并唱述经书《公神》。之后，还要唱述《集兵师鬼》《送师歌》等，为死去的师公召集灵魂兵马，欢送他上天“当官”。

（三）驱邪类

师公的主要法事活动之一是驱邪治病，拯救“凡民”。因此，这类经书的主要内容是显示师公教神灵的巨大威力，以驱邪赶鬼保护事主平安、家业兴旺。主要篇目有《放油殄瘟》《孤儿唱》以及《洒净》三部经书。在驱邪活动的过程中，师公要根据法事的种类唱述相应的经书，表演不同的动作仪式。例如，给死者净身要用柳叶点“符水”洒向死者的遗体，并唱诵《洒净》，邀请龙王、金童玉女来为死者除掉污秽；而为居室驱邪，主要唱《孤儿唱》，赶走野鬼“张奎”；至于遇到凶死鬼，则要架起油锅，并唱《放油殄瘟》以阻止凶神恶鬼跟随死者的灵魂。

（四）求福类

这类抄本的主要内容是向神灵乞求好运，以实现健康长寿、人丁兴旺、家运亨通等。在日常生活中，国兴屯的村民似乎并不怎么相信师公教，但一旦遇到“麻烦”，他们往往都要向师公求助。当地有关求福消灾的师公经书主要有《送花》《送娘歌》《碗剪歌》《送三婆》以及《还愿婆王》五部经书。例如，在国兴屯，久婚不育的妇女往往认为自己得罪了神灵，所以必须到村寨的婆王庙祭祀，向神灵求子，期望得到神灵开恩赐予孩子，继承香火。在求子的过程中，师公为事主举行复杂的求子仪式，包括诉苦、求子、送花（孩子的灵魂）、送神（婆王）。如果应验了，还要还愿。整个仪式过程要唱述这五部经书。

（五）娱鬼类

娱鬼类经书主要有《唱亡》《别酒》《集兵社王》以及《六畜歌》等。当地师公教习惯上被称为“武教”，主要原因是师公在和神灵鬼怪打交道的过程中，大多以威胁鬼神的方式来解决问题，但这只是师公的手段之一，除此之外，讨好、乞求鬼神以获得恩惠也是师公法事活动中不可或缺的。例如，在为父亲或母亲的超度仪式中，师公要以哀婉的声调，如泣如诉地吟唱经书《唱亡》，以代表死者的儿女们表达对死者深深的眷恋之情，颂扬其功绩，以娱乐死者的灵魂、期望死者的灵魂保佑后人。如果生前做过对不起死者的事情，还得向死者道歉，以求死者的宽恕。

（六）讲古类

所谓“讲古”，就是讲故事的意思。主要经书有《家仙唱》《本龛唱》《社王唱》《香火唱》《盘古唱》《三斧雷王唱》《三王大帝唱》《唱英台》《官木唱》《鲁班造房》《埋车唱》《南朝高祖唱》《瘟王唱》《五通唱》《真武守仙唱》《白皆》《毛红》《董永行孝》《二十四行孝》《外长他公唱》《五龙唱》《报香开师》《六冲宫将》《法主九郎》《妹毛二法》《姓母唐公唱》《上元唱》《中元唱》《下元唱》《阴阳师父唱》《张天太保》《四位丹官》《中央真武上帝唱》《金伦唱》《灵位唱》《龙宫海岸》《唐王请经》以及《十殿王歌》等。这类经书的主要内容是唱述师公所信奉的诸位神灵的事迹、法力、功绩以及对世人的影响等。例如，《社王唱》唱述的是国兴屯村寨保护神“社王”的诞生、久经磨难的经历，以及敬奉“社王”的“好处”和不敬“社王”的害处等内容；《十殿王歌》讲述的是阎罗殿

（地狱）里的凶神们用刀锯、铁链、滚水、油锅、沙包等来惩罚生前作恶者的灵魂。在这些鬼神故事里，有的神灵是道教神灵，如真武、张天太保；有的神灵是本地神灵，如金伦、社王、雷王；有的神灵是儒教神灵，如董永、“二十四孝子”；有的神灵是佛教神灵，如观世音、唐三藏。

（七）传经类

此类经书主要有《教学经文》和《授界传经》两部，前者是师公指导弟子如何学习经书的“指导书”，后者是指导弟子学习各种法术的“指导书”。

二、各地壮族师公的代表性经书简介

除了上述国兴屯壮族师公对经书的分类之外，各地壮族师公对他们烂熟于心的经书也自有一套分类方法，他们通常根据唱本所唱述的对象和使用的场合，将其分为师唱本、圣唱本、杂唱本和科仪本四大类。这种分类方法对于我们认识和研究民间师公教的经书也是很有帮助的。

所谓“师唱”“圣唱”和“杂唱”，实际上应该是唱师、唱圣和唱杂，因为按照壮语的语法规则，中心词总是前置。这是根据经书所唱述的对象来归类的。其中，师唱本唱述的对象是师公所供奉的三十六位祖师和衙师，其内容主要是唱述他们的身世、功绩以及在祭祀中的非凡神力，如《唱三元》《唱四帅》《唱甘王》《唱莫一大王》《唱白马三娘》《唱布伯》等；圣唱本的唱述对象是师公所崇敬的七十二位贤圣，其内容则是唱述贤圣们的身世和功德，如《唱盘古》《唱唐宣》《唱东灵》《唱黄祥》《唱闵子骞》《唱二十四孝》《唱罕王》等；至于杂唱本，其对象则是一些具有训诫意义的神话传说人物，如《唱送师人》《唱破狱》《唱表文》《唱森如王》等。上述三类经书的共同特点是：一是都具有一定的故事情节，不少经书偏重情节叙述和人物形象刻画，风格很细腻，具有较高的文学价值，有的由于经历了上百年的锤炼，并不断吸取壮族民间文学的营养，因此在艺术上达到了较高的水平①；二是一般只在举行大筵头仪式时演唱。师唱本一般在白天或前半夜演唱，演唱时通常是歌、舞、乐交替进行，歌者围坐在师坛两旁诵唱，同时为舞者击鼓敲锣伴奏；舞者则身着师服，头戴与唱述对象相合的面具，在师坛中央以鼓为戒行罡步舞；歌者不舞，舞者不唱；每舞一方诵唱一段，舞完东西南北中五方，歌者也唱完了一部师唱本。而圣唱本的演唱，除了少数经书如《唱玉女解秽》也采用与师唱本相类似的方式之外，一般都是在子时以后进行，演唱时采用"坐唱"的方式，没有舞蹈，只需唱者自敲锣鼓伴奏。

与上述三类经书不同，科仪本没有明确的唱述对象，也没有故事情节，但其内容更加庞杂，唱述的场合和方式也更加灵活。无论是大筵头仪式还是小筵头仪式都可以诵唱，打击乐伴奏也可有可无，可高声诵唱，也可低声念念有词，还可以采用独唱、喝唱、领唱、对唱等方式。总之，采用什么样唱述的方式，完全由师公根据仪式的实际需要来决定。科仪本的内容比较庞杂，大体可根据其适用的仪式场合，分为以下若干种类：(1)超度亡灵常用科仪本，如《解冤总式密录》《元皇奏亡终送升虔朝见牒疏》《雷五都总鬼名经》《灵宝简文》《置天门引路科》《武坛请圣科赏兵科》《收兵法》等；(2)打解结、禳关、打十保福、架桥、谢坟与安龙谢土、送星宿、打扫屋、送菩萨常用科仪本，如《禳关科》《保福科》《架桥科》《谢坟科》《谢土科》《元皇送星宿科》《具打扫屋秘诀》《抛送五海

---

① 杨树喆："壮族师经文学研究刍议"，《贺州学院学报》1999年第3期。

科》等;(3)应七、还愿、回喜神常用科仪本,如《应七忏化用大悲咒》《酬恩表意科》《回喜神一宗》等;(4)其他科仪本杂经,如《请师科》《灶王经》《牛王经》《五谷经》《回送天府遣瘟科》等。

下面对各地常见的和有代表性的经书的内容及使用场合略作概述。

1.《唱三元》。师唱本,七言排歌体,主要唱述民间师公教祖师唐、葛、周的身世和功绩。传说从前有个叫孙公侃的,生有一女,名曰㕡凼(壮语读音与汉语的"达荡"同),此女十六岁时嫁给唐巫,生一子唐道扬(一称唐道相);唐巫死后,改嫁葛文扬,生一子葛定应(一称葛定志);葛文扬死后,再改嫁周远方,又生一子周护正。不久,夫妻二人死去,留下的三个同母异父孤儿被梅山古院收养,并被教以念经和学习法术。学成后,适逢皇太后有病,朝廷张榜招纳贤医,同父异母三兄弟奉师傅之命为皇太后施法治病,果然把病治好了,于是皇帝封之为"三将真君",并命他们到各地传法,成为壮族民间师公教的三位祖师,师公统称之为"三元"。此经书在各地壮族民间师公教所有大筵头仪式的请师圣环节当中都必须演唱,同时有相应的"三元舞"与之配合。

2.《唱莫一》。师唱本,七言排歌体,主要流传在红水河流域一带,异文甚多,主要是唱述莫一大王的身世、法力与功绩。莫一是侯王之后裔,长到十四五岁时,力大无比,且无师自通,练就了一身非常厉害的武功,十六岁时考中了文武双料状元。这时京城出了叛贼,皇帝点将要莫一护驾平叛,问他需要多少兵马。因为此前他已得到仙人托梦说,"给你要火来作箭,杀贼用火不用兵",所以他没有要皇帝的一兵一卒,而是"拿起弓箭来念符,念符完毕火花出",他连发三次火箭就将贼兵消灭殆尽。莫一由于护驾有功,被皇帝封为大王。有的异文还接着唱述,莫一后来为皇帝所不容，被用奸计砍了头，但他的头飞到天上哈哈大笑，把皇帝吓得屁滚尿流。最后，无头的莫一提着断头回到家，让妻子放在瓦缸里供养，后化为蜂群，飞到京城去，把皇帝及其朝臣们蜇了个半死。由于莫一具有如此非凡的神力，所以师公尊他为除暴安良之神。此经书演唱时有相应的“莫一舞”配合。

3.《唱白马三娘》。师唱本，七言勒脚体，流传于上林县一带。经书唱述的是：三娘自幼与两位哥哥生活，因家里田地少，两位哥哥想到四川做小贩，又怕遭路贼抢劫，于是先拜太白为师学拳术，又请来唐七教武功。三娘也想学，但他们把她关进磨房里不让学，三娘只好从窗口看在眼记在心上，然后再偷偷地私下练习。一次，三娘借来一匹白马乔装路贼，趁两位哥哥做生意回到半路之机，抢走了十担茶叶。哥俩回到家后，才知道是三娘搞的鬼，便发气要打三娘，不料却不是她的对手。玉帝闻知三娘有如此好身手后，传旨封她为“白马三娘”，率兵守护疆场。壮族师公把她奉为扶正祛邪之神，祈保平安。

4.《唱四值功曹》。师唱本，七言一百一十行勒脚体，流传于红水河一带。唱述古时候有一娘子，一胎生下相貌古怪的四子，乡人说是妖怪，皇帝闻听此事后，派兵前来搜捕，幸亏其父急中生智将他们藏了起来。兄弟四人长大后，由于家境贫寒，便一道出门贩卖盐巴，不料却因渡船翻沉而被水淹死。此时，正值玉帝巡查凡间，看到兄弟四人惨死江中，便发慈悲将他们超度天界，封为年值、月值、日值、时值“四值功曹”。年值骑马入地，月值骑凤上天，日值骑龙下海，时值骑虎过山，专门负责给神界诸神灵传递书信。壮族师公大凡做大筵头仪式，都请四值功曹到师坛作主，发送请家的一切疏表，告知各路神灵按时到场，保证能按时动鼓开坛和法事的顺利进行。

5.《唱陈元壮》。师唱本，七言三百四十行勒脚体，流传于上林、马山县一带。主要唱述朝官陈广使被客主暗害后，已怀孕的妻子李氏也被客主霸占，后其妻生下一子，刚得三天就自己爬下海河，幸得佛门和尚救起，取名陈元壮。元壮从小跟随师傅苦读经书，最终获知神机天秘。之后，元壮来找母亲李氏，"母子重逢哭诉原由"，唱出了"夫仇不报枉为人"。离开母亲后，元壮又来到陈家总兵府，诉说自身的遭遇，总兵听罢起兵剿杀客主，救出李氏，并在僧人、仙女、太白的帮助下，使陈广使从河鱼还阳转世，与妻儿团聚。壮族师公把陈元壮奉为殓瘟除凶之神，凡有仪式，即请其到坛，为村人驱除凶灾。

6.《唱仁知》。师唱本，七言二百一十六行勒脚体，主要流传在红水河流域一带。唱述的是：仁知自幼丧父，母子相依为命。他一次外出做生意时路遇龙女，龙女告诉他只要能够戽干海里的水，金银就可取之不尽。仁知信之，随即动手把东海的水戽到西海。东海龙王发现海水日渐减少，忙命衙役去查看。衙役见是仁知想戽干海水，取笑道："你何年何月才能戽干五湖四海的水呢？"仁知答道："今年不完明年完，明年不完后年完，父戽不完子来戽，世世代代戽海干。"东海龙王龙母得知后深受感动，叫龙女带着金银果嫁给仁知。小夫妻把金银果种在地里，种出了许多金银，生活很幸福恩爱。谁知好景不长，皇帝听说此事后，传旨兵马十万，打死仁知，企图抢走龙女，龙女侥幸跳进河里，重回龙宫。师公把仁知奉为专为人间送福送禄的财神，在丰收酬神斋会时，跳唱此经书以迎请仁知到坛作主。

7.《唱唐宣》。圣唱本，七言九十四行勒脚体。主要唱述唐宣十五岁与张十娘新婚不久，被招为朝廷衙官，入朝后因公务繁忙，一连八年没有给十娘写信。一天夜里，唐宣梦见双方亲朋哭泣，两个孩子无家可归而踏云破雾上朝廷找他。次日早朝，他连忙请国师释梦，方知此乃"黄幡飘报追家还"。唐宣回到家中，见到十娘灵台，号哭动地，怨尽阎罗。太白圣公在天庭听见哭声，差神使下凡查寻，神使劝唐宣诚心叩拜阎罗，会有十娘转阳的那一天。于是，唐宣设筵叩拜阎罗七七四十九天，十娘终于还魂回到人间与丈夫团聚。此经书一般在“破狱”法事时，作规劝后人演唱。

8.《唱东灵》。圣唱本，流传在红水河、右江流域一带。有许多种异文，其一为七言三百九十六行勒脚体，主要唱述古时候有吃人肉的习俗，老人死后，大家都来分吃他的肉。有一个叫东灵的去放牛，见到母牛生牛崽很辛苦，知道母亲生自已时一定也同样艰辛。后来他自己母亲去世时，他把尸体埋掉，然后杀了一头牛分给大家。玉帝见东灵如此孝顺，便将七仙女嫁给他。后来，虽迫不得已又把七仙女召回，但还是帮助东灵考中状元，并叫七仙女将所生的周岳送回人间。周岳长到十二岁时，在鬼谷神的指点下，在洞庭湖边与母亲七仙女相会。师公敬奉东灵为二十四孝贤，在丧葬仪式时以锣鼓为戒演唱此经书，劝人要孝顺父母。

9.《唱闵子骞》。圣唱本，七言一百二十行排歌体，流传在上林县一带。相传子骞从小聪明贤顺，村人赞不绝口。其母死后，父子二人生活凄惨无比，无奈，其父只好娶个后妈。但自从后妈有了自己的孩子后，就百般虐待子骞，冬天让亲生儿子穿蚕丝棉衣，而叫子骞穿树叶衣，其父见状，气得把她赶出大门，打算休掉。子骞则下跪规劝父亲留下后妈。从此，后妈改变态度，全家和睦相处。师公敬奉子骞为七十二贤圣之一，在举行大筵头时，演唱此经书以规劝人们要敬老爱幼、团结协助。

10.《唱引光》。杂唱本，七言三百三十二行勒脚体，流传于红水河一带。引光是师公敬奉的照路明珠神，有一光、二光、三光之分。经书首先唱述了老人、青年男女、秀才、农家妇女、僧人、道士、师公等世上各种人,相遇时交谈各自在生产劳动、读书、社交、生意、恋爱、生育等方面的志趣;接着阐述三个家庭妇女因不同的劳动态度、性格所带来的三种不同生活情趣;最后唱述他们在引光神点灯照路下,与各衙师将表文送到天庭的经过。在各种仪式中,师公都唱请引光神到师坛作主送表文。

11.《唱度桥仙女》。杂唱本,七言勒脚体,流传于上林县一带。传唱鲁班有超人的智慧和技能,天下的天桥、石桥、木桥、竹桥、金桥、银桥、布桥无不出自他的神工巧斧。师公所敬奉的三元、引光、张天、梅府九郎、六中、三衙香火、莫一大王、白马三娘、万法教主、四帅、前传后度、金度师傅、配财、梅山仙娘、五伤兵马、七寨都头、社王、庙王、盘古、明皇、雷王、南朝高祖、万寿公王、金轮银轮、德还大仙、三界公、卢六三仙、冯雨、冯远、冯礼、当权太岁、巡天四界、押瘟元帅、灶君、土地公、财神、太白天娘、玄妙夫人、洪州刘七、赵州刘八、转花刘九、望门刘十、托花送花、托生送生、梅山姐妹、合院郎娘、各家始祖等等,因为他们都走过鲁班造的桥,所以本事都很高强。此本一般在为老人祝寿时演唱。

12.《百解神煞》。科仪本,流传于红水河流域一带,属于喃请师公祖师神将及请家历代祖先到坛消灾集福的经书。其内容包括还花求嗣科、祭桥科、过桥科、转花、散花、种花、雷霆玉枢宝经、佛设观音救苦经、解冤释结经、卫灵经、南斗神咒、北斗吉祥神咒、净口神咒、净身神咒、安土地神咒、开经玄蕴咒、开经看诵、架桥疏、解关疏、洪州表、花林表、解谢保胎六甲疏等22种神煞解科目。大凡有筵头法事,均根据法事内容选择相关的科目来喃唱。

13.《杂集圣目》。科仪本,流传于红水河流域一带。分为三煞圣目、药王圣目、雷王圣目、上中下殿社圣目、公王圣目、五通五显圣目、三界圣目、五道圣目、旗头圣目、瘟王圣目、灶王圣目、土府圣目、箭将军圣目、水府圣目、五海圣目、五鬼钩绞、争屋、梅山圣目、丧车圣目、破土圣目、红霓圣目、空亡圣目、血盆圣目、帝母圣目、花林圣目、赎鬼圣目、牛栏猪栏塘头田头圣目、架桥圣目、男女生前欠花债圣目、地监地头伤圣目、天伤飞伤圣目、禁忌沾犯圣目、部花圣目、太阳五鬼在床圣目等四十八种圣目。是师公喃请本师神将真君、各方大神仙官临坛为请家驱赶妖孽、消除瘟疫、保平安兴旺的专用经书。

14.《杂良通集》。科仪本,流传于红水河流域一带。是师公占卜家常百事吉凶及解除瘟疫病魔的专用经书。其中包括占小儿吉日、占老人逢桥、占新禾吉日、占失物、占绝烟火、占买牛入栏、占出行、占婚姻问债求财、占男女寄姓、占月建得病、占十二时得病吉凶、占上二时见怪吉凶、占公鸡母鸡啼日吉凶、占六畜怪异吉凶、占蛇入宅、占犬上床吉凶等一百六十占例。

三、壮族师公经书反映的基本信条和宗教教义

现代宗教学认为,任何宗教都有一套体制把它的信仰巩固下来,以便得到其全体信众的一致信仰和遵从。信仰体制的核心就是宗教的信条和教义。所谓“信条”(symbols, articles of faith)就是宗教及其组织的基本信仰或者基本观念,它往往被认为是使该宗教之所以为该宗教,并区别于其他宗教的东西;所谓“教义”(doctrine)则是指对其信仰、信条和教诲的一种理性的了解和概念的阐明,是关于信条和教诲的一种系统性的知识,其目的在于加强信徒的信仰,向社会进行布道宣传,以及在对不同宗教、不同教派、不同意见者和对非宗教信仰者进行论战时发挥指导性作用。总之,宗教信条、宗教教义的性质和基本内容不过是各种宗教对其所信仰和崇拜的对象(神)及其神性的一种信念和看法,

它们本质上是宗教观念的信条化和教义化。[①] 国兴屯壮族师公教的信条和教义体现在其庞杂的唱本和科仪本当中。从表面上看，它们上及释迦老庄，中述佛陀神仙，下达众生符箓，其师理仙论、神仙系统、师法道术、斋醮科仪、宗派源流等，十分复杂，宛如一个臃肿的混血儿，但庞杂中也还是可以追寻其基本的东西。下面试对其基本信条和教义略做归纳与概括。

（一）多神崇拜及万物为神鬼主宰说

民间师公教是在壮族先民——古代的西瓯、骆越人的越巫信仰的基础上，整合了中原的傩、儒、道、佛等外来宗教文化因素而形成的古老的民族民间宗教。“越巫”信仰属于多神信仰，道教诸神本来也庞杂而无严密系统，再加上佛教偶像、天神及鬼神，遂造成了壮族民间师公教信仰的多神崇拜。几乎每一自然现象和社会领域，都有一位尊神做主宰，山有山神，洞有洞主，海有龙王，木匠有鲁班神等。至于天、地、财、灶、祖先，则家家供奉，人人礼拜，普遍遵循“礼多神不怪”的信条，有的信士甚至见庙就烧香，逢佛就磕头，就连当代一些人物也被当作神灵而加以供奉。按照师公的说法，他们奉祀的神灵有“三十六神七十相”，其实不止这个数。据不完全统计，由于各地民间师公教的神不尽相同，师公所敬奉的神灵有二百名以上。几乎所有壮族地区和广西汉族地区普通老百姓所崇拜的神灵，都被纳入民间师公教系统。当然，神灵并不是平等的，而是和世俗世界一样，所有的神灵也分等级，论贵贱。近年来，笔者根据亲身调查所得和对其他研究者的调查材料进行甄别与分析，这个基本神灵体系的概貌已经初现端倪，其基本序列如下：

1. 衙师。这是民间师公教的诸祖宗师，凡是举行渡戒、托生引信、

---

① 吕大吉：《宗教学通论新编》，中国社会科学出版社 1999 年版，第 375—377 页。

朝天圣帝等大筵头仪式，都祈请到位。它们是：上元唐道扬真将军、中元葛定应真将军、下元周护正真将军、张天大法师、玄天镇武、三禄光童、梅府九郎、六中管将、三衙香光等。它们被师公敬奉为九位朝官，其中“上、中、下三元”被敬奉为教主，专门为师公握龛护殿，扶正祛邪。

2. 衙帅。即赵邓马关四大元帅，也有说是赵邓马辛，还有说是赵邓马康的，至于具体姓名则或不详，或说是赵公明、邓雷霆、马华光、关云长或康席等。四帅是民间师公教的保护神，是师公喃魔、驱邪收鬼、收集瘟疫的神将。

3. 衙圣。主要是各地各村社庙的神灵，其职责是专门护持村庄人畜平安兴旺、农作物丰收。这些神有时可以笼统地称为社王、土地或三界公等，但各地师公又将其细化。此外，这些社庙有的不一定是实有的，如上林县民间师公教有土糠大庙、南关大庙、都风大庙、须眉大庙等都不是实有的，而是虚构的。其中土糠大庙有社公社母大神、社子社孙大神、社夫社妇大神、社下守村护寨大神、护村抬财童子进宝仙官、社下看管六畜大神等。

4. 衙殿。又称十殿王或十二殿王。即秦广、楚江（或初江）、宗帝（或宋帝）、五官（或伍官）、阎罗（或任罗）、变成（或卞城）、泰山（或太山）、平正（或平政）、都乐（或都市）、转轮等十个殿王。有的地方有十二殿王之说，则加上国度王和银回王（如上林县西燕镇民间师公教）。它们负责收禁凶星恶鬼。

5. 衙雷。又称“五雷”。关于五雷，有的说是东、西、南、北和中央五方的雷神，没有具体名目；有的则是指金鹅（即雷公雷母）、金排（力极三皇）、雷劝（响雷）、雷水沌（雨雷）、雷猛（旱雷）。它们是专门管天雨的诸神。

6. 衙吏。又称“功曹”。各地民间师公教大都采用道教的说法，认为是指年值功曹、月值功曹、日值功曹和时值功曹，只有少数地方如上林县西燕镇师公则认为只有两个，分别名叫“特兴”和“特凸”。其职责是传送各种文书牒文，通知诸神前来师坛驻镇护持。

7. 衙仙。凡是不能归入前述六个序列当中的神灵均可视为民间师公教的衙仙，其职责是为民消灾免难，送福送禄。这个序列可以列出一个很长的名单，如莫一、鲁班、判官、本甲判官、甘王、山魈、都天、纺织娘、五府仙娘、武婆、灵官、游江三女神、广福、玄女、达梅、梁吴、冯泗、冯羽（冯雨）、北帝、小司门、耕种郎、花婆圣母（上楼、中楼、下楼）、白马三娘（三姑、白马姑娘）、令公、甘歌、布洛陀、布伯、三光童子、梁相、金轮银轮、蟾蜍王（森如王）、灶王、观音、孙千岁、玉清、上清、太清、释迦佛、牟尼文佛、盘古、特康、卜冬寒、罗汉、菩萨、铜肠铁肚神、肚皮贴地神、钉木舂的神、怀孕死的女神等等，都是常见的民间师公教衙仙序列的神灵。

上述七个序列的神灵，如果根据他们的来源进行划分的话，大体可以分为五大类：第一类，本教主神；第二类，道教神灵；第三类，佛教神灵；第四类，土俗神灵；第五类，其他神灵。

此外，在民间师公教中，鬼和神是有所区别的。神能给人以护佑，鬼则是专门加害于人的，这是二者的基本区别，当然，如果人对神不恭，神不但不给人以护佑，而是反过来对人进行惩罚；同样，鬼也有善恶之分，善鬼与神基本相似，只有恶鬼才永远与人过不去。人本身是无法与恶鬼抗衡的，但人可以通过祭祀神灵，获得神灵的好感，然后借助神灵的威力驱除恶鬼，在这过程中，师公就起到请神、迎神以及驱除恶鬼的作用。这大概就是壮族民间师公教的基本逻辑。

（二）人生皆苦易罪说

师公经书《佛设观音救苦经》（流传地区不详）说，人生有百难苦，只有诵念此经方可“一身离苦难”，表明壮族民间师公教也认为人生皆苦。而在《解冤释结经》中，则认为人生易犯罪，并列举了如下三十六种罪过：

> (1)赤身露体，不知避忌，有犯天京上圣星宫斗府；(2)前亡后化，诅咒宗亲，有犯地府冥司五岳泰山；(3)生男育女，洗衣濯裳，一切污秽，有犯水府龙宫之罪；(4)经过社庙，高声放荡，驾马乘轿，有犯阳间庙神；(5)不敬天地日月三光；(6)不敬翁姑叔伯六亲；(7)身着丝罗，有剪碎作贱；(8)食用五谷不知节俭抛撒；(9)咒詈虫蝗，怨恨旱潦；(10)指天顿地，诅咒神明；(11)贪饕六畜五味；(12)不尽夫妻道，毁丈夫/妻室，不听从妻言/夫命，肆行无忌，出言遂忘恩义交偏，诋谪殴辱，不顾良缘，致使天理不容，鬼神谴怒；(13)立心不正，行事诡诈；(14)香火厨房，有犯咒语恶言；(15)宗族亲疏，弟兄叔侄/妯娌姑嫂邻里诅咒结怨；(16)喝风骂雨，怨暑嫌寒；(17)解除受病，不信佛道，秽渎神灵；(18)大秤小斗，重入轻出；(19)养蚕者茧，损物伤命；(20)贸易交迁，被人偷窃财物，望空往往叫神天纠察；(21)命穷算尽，时运蹇延；(22)指人骂物，他人咒亡，以是为非；(23)前生今世，冤仇对报；(24)宅基冢基修造惊犯；(25)命宫所犯诸星、恶煞之罪；(26)或因亲眷久在冥司，未能荐拔；(27)夫妻子母行冲；(28)或遭时运时令之罪；(29)邪妖先亡，山精水怪残刻，家丁冤枉；(30)或许愿信，遗忘酬还；(31)修斋不洁，立意不诚；(32)掩人善心，扬人恶行；(33)不惜字纸轻贱之罪；(34)折花抉笋，有损方长物类；(35)淫欲好色，不顾伦常；(36)九族六亲，断绝往来恩路。

壮族民间师公教的上述人生皆苦易罪说显然来源于佛教。佛教的原始教义认为，人生为苦，生老病死的人生自然现象是苦，怨恨者相会、相爱者别离、所求者不得也是苦；至于罪，在佛教眼里可以说稍有不慎就会有罪。但是，在解脱苦与罪的方法上，壮族民间师公教的经书中强调以下与佛教不大相同的三点：第一，“大悲为首”“慈悲喜舍”，把悲天悯人作为道德的出发点；第二，“诸恶莫作，诸善奉行”，以此作为行为的准则；第三，“自利利他”“自觉觉人”，把个人的利益同他人的利益统一起来，个人解脱与众生解脱相统一，以此作为处理人际关系的思想基础。这种解脱方式较之佛教的出家过苦行僧生活，则更加世俗化和社会化，因而也更容易受到普遍接受。

（三）善恶因果报应说

和各地壮族师公一样，国兴屯师公也常用通俗的语言来说明这一基本信条和教义，即“恶人有恶人收，恶鸡有野猫勾”，“善有善报，恶有恶报，不是不报，时候未到”。见到谁家倒霉，就说是其先辈惹的祸；见到谁人因为人正直、善良而交好运，则说这是好人得到好报；见到有人为非作歹被关押在案，说是现世现报。这一说法，实是道教天道承负、因果报应说的翻版。

《太平经》所说的“天道承负”有两层含义：一是前人有过，由后人承受其过责，前人有负于后人，后人无辜受过，这叫承负；二是天地人三流共生，长养财物，欲多则生奸邪，害而不止便会乱败，不可复理便还返于虚无，复归元气恍惚，这样的自然循环也叫承负。前一层含义是就一个家族内子孙福祸的根源而言的，后一种含义则是针对整个自然与社会的变化来说的。怎样才能断止承负而解除厄运呢？国兴屯壮族师公认为，要行善积德，多为后世子孙造福；还要虔诚信仰民间师公教，尊重师公,多请师公做法事,以除却自身的承负之厄。他们还认为,人如果在阳间作孽太多,其灵魂就会在阴间受到酷刑,即使师公本人也不例外。例如,师公平日替人做法事,有时免不了要杀生,这其实已犯下了杀生的罪行,所以师公本人死后,其灵魂会在奈何桥被鸡、狗等"牲头"拦住问罪甚至要报仇雪恨。为了开脱罪名,在亡故师公的超度法事中,必须用稻草结成人像,套上衣服,名曰"公神",然后唱诵经书《公神》,让稻草人代替亡故师公的灵魂在阴间受罪。

国兴屯壮族师公还相信吉凶祸福乃是个人行为善恶的必然报应。这与道教的因果报应思想也是一脉相承的,即所谓"善者自兴,恶者自败,观此二象,思其利害。凡天下之事,各从其类,毛发之间,无有过"[①]。认为上有日月"照察",身有心神与天"音声相闻",有诸神疏记人的善恶,罪过无论大小,天都知晓,到了一定的时候,天便查校其善恶,给予奖赏或惩罚;对善者则赐福、增寿,对恶者则降灾、减寿,还要把他的鬼魂打入黄泉,打入地狱。这些说法实质上是认为超自然的力量支配和决定人的命运,亦即用神仙信仰来约制、规范人的行为。正是在这种观念的基础上,形成了壮族民间师公教的"三皈""五戒"等清规戒律[②],出现了行善积德的宗教道德要求,还出现了修善、修阴功等修持方法。如果不虔诚信仰天道承负、因果报应,则等于不承认冥冥之中有天神照察和主宰一切,也就无所谓修持可言,因而也就不是民间师公教徒了。

(四)重孝说

壮族民间师公也有所谓"二十四孝贤圣"的说法,对这些孝贤圣都

① 转引自传芗:"漫谈道教的几个基本信仰",《文史知识》1987年第5期。

② "三皈":第一皈依上元道化唐将真军,第二皈依中元护正葛将真军,第三皈依下元定制周将真军。"五戒"指:一戒不得杀生,二戒不得偷盗,三戒不得邪淫,四戒不得妄语,五戒不得忤逆。

有相关的圣唱本唱述他们的孝悌故事，如《行孝书》就唱述了有关民间传说中舜儿、伯皆、子骞、郭臣、孟宗、黄祥、曹安、董永、丁兰、孟姜、豆女、文龙等的孝悌故事，劝诫人们要改恶从善、孝顺父母。前述《解冤释结经》也把"前亡后化，诅咒宗亲""或因亲眷久在冥司，未能荐拔"，看作是人生的三十六种罪过之两种。此外，师公们还进行各种体现儿女孝道的法事，如谢祖坟、还祖愿、做超度亡灵道场、为亡故父母开道等。所有这些都表明，重孝说是民间师公教信条和教义的基本内容。不过，壮族民间师公教的这种重孝说是在以汉族文化为主体的中国儒家传统文化影响下形成的。长达两千多年的中国封建社会中，君臣、父子、夫妇、兄弟的纲常名教是维护封建统治秩序的一套道德规范，"孝"是封建社会政治道德领域里最高的旗帜之一，它与"忠"一样，成为人们生活和行为的最高准则。受其影响，壮族民间师公教也极力宣扬不但要孝顺生前的父母，而且父母死后还要对其亡魂尽孝顺，否则就是一种罪过，将会受到惩罚。

国兴屯壮族师公经书中也塑造了众多的"孝子(女)"形象，其中尤以《二十四孝行》《白皆》《别酒》《唱亡》《董永》和《送师科》中的主人公最为典型。如《白皆》中白皆的妻子荷花，在丈夫外出赶考、为官的十多年里，为了奉养重病在身的公婆，煞费苦心，百般辛劳，甚至不惜割肉，其孝心可谓惊天地、泣鬼神，由此，她也被国兴屯壮族师公推崇为孝的楷模。

(五) 天庭地府与仙境说

受道教影响，国兴屯壮族师公也认为天地广阔浩渺，上至极远之玄天，下及极深之地府，有诸天帝的天庭，有仙人游乐的仙境，也有恶鬼所入的地狱。这个天地既包括所谓的"彼岸世界"，也包括人们所生存的世俗世界。

据《云笈七签》所载，道教有三十六重天说，每一重都有得道的天神统辖，这三十六重天由下而上又分为六大重，即①欲界六天；②色界十八天；③无色界四天；④四梵天；⑤三清天；⑥大罗天。其中三清天和大罗天又合称圣境四天，大罗天是三十六天中最高的一重，是道境极地，所谓“大罗之境，无复真宰，惟大梵之气，包罗诸天太空之上……故颂曰：三界之上，眇眇大罗，上无色根，云层峨峨”。道教还认为，根据身份等级行善的不同，升天后所居的天也不同。欲界为“有色有欲，交接阴阳，人民胎生”；欲界以上的色界、无色界，“人寿命长”，但未断生死；四梵天又称种民天或圣弟子天，是“人断生死，三灾所不及”；三清天则是九圣、九真、九仙所居。道教谓有九地三十六音，即有三十六土皇，以应三十六重天。道教以人死为鬼，鬼入阴曹地府，受阎罗王的审判，恶鬼则打入地狱受惩罚。道教又谓八方巨海之中有十洲三岛，都是人迹稀绝，为仙人游息之处。这十洲为祖洲、瀛洲、玄洲、炎洲、长洲、元洲、流洲、生洲、凤麟洲、聚窟洲，三岛即昆仑、方丈、蓬丘。道教还认为在诸名山中，有仙人及真人统辖的十大洞天、三十六小洞天、七十二福地。十大洞天、三十六小洞天是上天遣群仙统辖之所，七十二福地地处名山大川之间，上帝命真人辖之，多得道之所。

以上所引述是道教从古神仙家、方士那里承袭而来的神仙世界。国兴屯壮族师公则又承袭了道教的这一基本信仰并大大地加以简化与重构，使之成为民间师公教信仰的基础。

第三节　师麽传统与民间壮师剧创作

壮族的师麽信仰传统还直接孕育了壮族民间的两大传统剧种之一——壮师剧。

壮师剧，即壮族壮师剧。主要流行于桂中地区的来宾市、贵港市及都安、大化、宜州、马山等县（市）。壮师剧的名称，过去有的叫“唱师”或“唱诗”，还有的叫“唱筛”“跳庙”“跳岭头”等，各地称谓有所不同。直至 1987 年，在广西文化厅、广西民委和广西文联联合召开的座谈会上，有关领导、专家学者和演艺界人士才统一了认识，认为它是与民间壮剧并行的另一传统剧种，并将之命名为“壮师剧”。

一、从师公“唱（跳）师”到民间壮师剧

宗教人类学研究表明，宗教职能者怎样同超自然存在取得联系，是一个带有普遍性的问题。沃勒斯指出，全世界的宗教使用十二种活动（尽管不一定同时出现）来同超自然取得联系，即祈祷、音乐、生理经验、规劝告诫、吟诵法规、模拟、灵力或禁忌、宴会、牺牲、集会、神灵启示和符号象征。[①] 就壮族师公而言，为了实现其为民禳灾祈福的职能，他们所使用的通鬼神手段集中体现在歌舞与法术两个主要方面，其中以

① C. 恩伯、M. 恩伯：《文化的变异——现代文化人类学通论》，杜杉杉译，辽宁人民出版社 1988 年版，第 489 页。

"唱师"或"跳师"来表演歌舞谄媚鬼神以与鬼神"和解",是师公必备的"软功夫";施行法术驱鬼消灾以与鬼神"较量",则是师公要掌握的"硬功夫"。

这种师公鼓舞活动的原初情形,今天已经无法复原,但我们从现代田野民俗志中可窥见一斑。

壮族民间师公的法事活动有室内祭、室外祭之分,还有大筵法事、小筵法事之别,其中大筵法事开始前必须先把"师坛"(祭祀场地)布置好,即所谓"有舞必设坛,无坛不作舞"。师坛的陈设布置很富有象征意味。如课题组1999年4月30日参与观察的上林县西燕镇师公"架桥保命"(农民韦某请师公为其体弱多病的小孩而作)法事的师坛,其总体设置如下:

1. 师坛就设在主家大约20平方米的堂屋里。

2. 在主家祖龛下的正壁中央悬挂师公最为尊崇的神灵画像,左起依次为"玄天真武大帝""中元祖师葛将真君""上元祖师唐将真君""三楼圣母""下元祖师周将真君""张天大法师"。这些神像画,均由师公自己绘制。画像比例协调,端庄可爱,尤其是三元祖师的神像画,除了分别画有主神外,主神两侧和下面还分别画有其他十多位神灵。

3. 神像画下方置一方桌以摆设各种物品。物品的摆放颇有讲究。从里侧起,第一排自左向右依次为:(1)一个装满大米的口盅,沙纸封口,上插宝剑一把,代表"真武宝剑"。(2)半碗水里放支带三张叶片的小柑树枝,代表"月府太阴"。在法事过程中,经师公念咒语,焚烧纸钱,并将纸灰放入水碗之后,此碗中之水即成了可以荡涤净化一切污秽的"五龙水"。(3)一碗大米做香炉,上插三根点燃的线香和一个小幡,同时放有人民币三元六角和三片柑树叶,代表"金星"。(4)一碗大米上置一花生油碟，碟边伸出一根点燃的灯芯，代表“日宫太阳”。第二排是主家提供的祭品，有“三牲”（一大块熟猪肉、一只熟鸡和一条生鱼）、甘蔗、水果、粽子、糍粑、饼干等以及三杯水酒和三双筷子（杯与筷间隔放）。第三排是师公使用的各种法器，有法铃、玉简（笏）、面具、刀、斧、符筊（卦木）、法印，其中符筊、法印连同人民币三元六角一起放在一碗大米上。

4. 方桌前摆放一张长凳，代表神灵降临时就座的“降宫凳”；长凳前面的地上铺一张草席，谓之“金沙铺地”；堂屋中央，“金沙铺地”尾端的上方，拉一条绳索连接左右两壁，上挂数十条写有诸如“恭迎懿驾，保寿延年”之类文字的粉红、黄、绿、白色条幅，谓之“散花”。此外，堂屋右墙上（略靠供桌一方）贴有“架桥保花榜文”一份，说明主家姓名、籍贯以及请师公作法事的因由等内容。

5. 堂屋正门门楣上贴四张分别写有“南”“唐”“照”“会”四个字的白、粉红、绿、黄色条幅。堂屋外的庭院中设有“将坛”（又称“外坛”）。将坛用椅子作依托，椅背上撑起一把雨伞，代表天宇；坐板上摆放一碗大米做香炉、一盏花生油灯、三杯水酒、三双筷子及“三牲”、果饼等供品；香炉内插三根点燃的线香和六个纸做的签条，上面分别写有“东掌九夷赵都督”“南压八蛮邓天君”“西定六戎马元帅”“北安五狄康大神”“中主三臻玄天帝”“天界天香使者浮空而至”。椅子后面是一面令旗靠墙而立，旁边备放着装有一只公鸡的鸡笼。

6. 以上是师坛的基本布置，在仪式举行的过程中，还根据仪式的内容增加若干设置，如在“禁坛”仪式中，用白布将一杯水包住且捆好，然后倒挂在神像画的上方，与此同时，以一只公鸡代表神兵神将，让其啄食代表妖魔鬼怪的大米。又如“做桥种花”仪式中，在堂屋正门与师坛之间的地上，用长一丈二尺的蓝布铺成一座“桥”，“桥”头置放三个纸剪的“花盘”，“桥”中间摆放三“桌”丰盛的佳肴，供主要亲戚食用。

从上述的介绍中，可以清楚地感觉到，师坛的布置虽不是十分复杂，但无疑也要花费相当的时间和精力。主家的堂屋经过这样的精心布置，从原本的世俗空间变成了森严肃穆的神圣空间。在这样的祭祀场所中，我们可以看到两个基本要点：一是代表各种神灵的神像画以及神灵凭依物；二是延请神灵降临师坛的各种装置。设坛祭祀表演在我国民间具有相当的普遍性，有的研究者指出，祭坛与古代的“山信仰”有着直接的关系，具有神灵之“下都”和神界与人间之“通道”的两重属性。[①] 而师公的“唱师”或“跳师”就是在具有两重性的师坛内进行的。

在歌舞表演的过程中，还有一关键点是不可忽视的，即所有参加的师公自然地分成两个组：歌组和舞组。歌组坐在师坛场两边负责念唱“请神词”或“颂神词”，同时负责敲打锣鼓和手摇法铃为舞者伴奏；舞组则身着师服、头戴师冠或面具、手持法具，在坛场中央跳起与所请神灵相对应的舞蹈。歌与舞交替进行，一般是歌者不舞，舞者不歌。各地壮族民间又把这种表演称为“唱师”或“跳师”，清楚地指明了上述的要点。不过在整个过程中，歌或舞并非固定于某几个师公，而是由所有师公共同轮流承担。例如，1997 年 11 月末，在柳州市郊举行的一场“武坛”师公法事，共有“开坛”“唱三元”“唱功曹”“唱天师”“唱雷神”“唱梳妆娘子”“唱白马仙娘”“唱引红仙娘”“唱梁吴二相”“唱土地”“闭坛”等十一项仪式。前后的开坛、闭坛是迎请神灵和送神回归的仪式，由掌坛师公主持。降神仪式之后，师公扮成所降神灵依次登场表演。各个神灵登场时，还有简单的请神降临的仪式，师公一边烧纸钱一边念

---

① 黄强：《神人之间——中国民间祭祀仪礼与信仰研究》，广西民族出版社 1996 年版。

“请神词”。首先请的是“三元祖师”，歌者师公唱道：

无圣不通，凡有威力皆同。有事弟子当来请，无事不敢惊动诸神公。上一位请何神，下一位请何神，迎请上元唐将、中元葛将、下元周将，三元祖师请上堂，勘临盛会，梅山弟子跳舞参拜。

唱毕，一位师公从神案上取出三元面具，戴于脸上，然后在鼓乐声中舞蹈。接着，歌、舞交替进行，歌者每唱完一段四句“颂神词”后，便轮到舞者跳一阵舞，直到唱完全部唱词。唱词如下：

香烟渺渺朝上界，南北东西回神来；
太上老君为会首，三元祖师上坛场。
上元祖师唐家子，中元祖师葛家人；
下元祖师周家子，唐葛周师三将军。
弟兄三人去学法，齐去梅山拜老君；
老君教传龙虎法，回转阳间做师公。
遇着邪鬼来斗法，三人斗法入花园；
邪鬼斩头挂树上，三人破肚取肝心。
三人拍手呵呵笑，邪鬼头脚乱纷纷；
弟兄三人去谢法，再去梅山拜老君。
前传后教师尊位，也来坛上领凡情；
上筵有香茶和酒，坛前再请未来神。

请完三元祖师后，接着依次请下一位神，其基本过程与此完全相同，但扮神舞蹈者由另外一位原来是歌组成员的师公承担，而原先扮神跳舞的师公则变成歌组的成员。[①]

从以上的叙述看,有两个要点是必须注意的:首先,在开坛、闭坛仪式中的掌坛师公和在歌舞表演过程中在旁边伴唱伴奏的师公,从他们在法事活动中的作用、地位来看,主要起着执行仪式和协助舞蹈者表演的作用,因此可以说他们具有一种祭司的属性;其次,戴面具舞蹈的师公无疑是代表那些被迎请而降临的神灵,他们的表演可以说是"神灵"的表演,这样,从整个过程来看,他们就有着"人—神—人"的转化过程,也就是说,他们有着被神灵凭依的属性。

壮师剧最早就是从上述所谓师公的软功夫——"唱师"或"跳师"歌舞活动逐步发展起来的。诚然,我们现今也已经很难考知壮师剧具体的形成时间,但《壮族简史》所做的判断,"戏中有故事诗、舞蹈、音乐,后来吸取了粤剧、彩调的优点,发展成一种较简单的戏剧艺术形式,清同治年间(1862—1874),贵县(今贵港市)鹤山村就已经出现了演唱封建迷信故事的壮师剧,随后各地的壮师剧也略具雏形"[②],是基本符合实际的。在此基础上,《壮族文学发展史》的作者根据贵县80多岁老艺人潘启松的回忆录进一步推断,潘的祖父潘登光(清道光十一年至光绪十三年,1831—1887)所存的手抄剧本《阴阳师父》(今已遗失)是目前所知最早的分角色壮师剧唱本,"剧中两人(师父与徒弟特瑶)的性格有矛盾,引起了冲突,戏剧特征已很明显。特别是已分角色演唱,出现了生、丑的行当,而且特瑶这一丑角的出现,说明了分角色演唱故事的戏剧艺术形式已经产生,也就是说,壮师剧作为戏剧形式已经真正形成"[③]。这一说法也是基本符合实际的。

---

① 广西艺术研究所编:《广西传统剧目曲目汇编》第二辑,1992年版,第26—27页。

② 壮族简史编写组编:《壮族简史》,广西人民出版社1980年版,第126页。

③ 周作秋、欧阳若修、黄绍清等:《壮族文学发展史》中册,广西人民出版社2007年版,第979页。

二、民间壮师剧的传承发展与民俗文化

在科技和生产力高速发展的当今社会，草根戏剧已逐渐淡出人们的视野，只有在一些远离城市的山区和乡村还存在着师公仪式活动，它们以壮师剧的形式存在，依然是当地乡土文化的重要组成部分。一方面，各地壮师剧深深植根于当地民众生活中，它的存在和发展离不开乡土文化氛围，当地的民风民俗和社会背景赋予了壮师剧旺盛的艺术生命力，使其得以代代承袭。可以说，乡土社会是壮师剧艺术赖以生存和发展的土壤。另一方面，民间艺术是一种来自社会内部底层的、由平民自发创造的文化，更是一种服务人民大众日常生活的文化。因而，壮师剧能以其悠久的历史和独特的艺术魅力成为当地传统文化的代表，在各地壮族民间文化中占有重要的地位。

（一）岁时节日：壮师剧生存的良好土壤

中国是以农为本的国家，节日民俗正是中国在传统农耕社会时期的产物。农业民族与大自然的关系非常密切，而对农业活动影响最大的因素莫过于节气，不能忽视这些与人们四时生产、生活和娱乐等密切相关的关键时刻。围绕着四时的生产、生活及农闲时节，人们或祈愿，或庆祝，或惩戒，演戏以酬神、娱人与教化是达到这些目的的最佳途径。演戏成了岁时节俗的一个重要内容。

每年春季是农村中演戏最热闹的时候。新春伊始，春耕在即，为图一年吉利，民间壮师剧一般不演鬼戏，多演一些喜庆的剧目，如《西天取经》《乐三光》《卖香公》等，特别是具有明显的农耕文化烙印的传统剧目《大酬雷》，更是每年开春必演的戏，因为雷神是人们心目中主雨

水的天神，此剧表达了人们祈祷雷神保佑和渴望丰收的愿望。

据清光绪二年刻本《上林县志》载："六月六日为'青苗会'。各乡延巫诣管苗庙祀田公、田母，以祈有年，谓之'调庙'。"农历十月，秋收过后，农事由忙转闲，又是各庙存兵庆社的第二个旺季，《上林县志》载："十月收成，延巫就社坛建平安醮，禳灾除疫。俗以是月初一日定风色，旬内俱南风者主来岁大熟。"各乡村多在这个月祭祀土地公，答谢秋季的好收成，祈求社里平安，宗族兴旺，通常是演娱神戏。在此期间，有一个节目是《卖香公》，参加社庆的人们为了图个吉利，几乎人人都会掏出钱买功德香，香公每次卖出三根香，并对买者说些吉利的话，人们都会特别高兴，似乎已经得到了福气，达到了参加社庆的目的。师公班的师公们也可以从中得到实惠，以此来获利，也就是说可以从中谋生。这些戏都作为吉祥戏来演出，因为它们适应民俗活动的需要，烘托了节日气氛，也满足了人们向往太平盛世、幸福美好的心理需求。

而在这些岁时节俗的演出中，不仅百神共祀，诸多村社也因此同聚共会，周围村舍的民众也因围观赶场、投亲会友而乐在其中。课题组在连续对三个村落的调查中都碰到几位逢场必赶的老人家，这种乡情浓郁的自娱自乐活动，使民众身心得到愉悦，也让他们的心灵有了寄托，而乡亲的互相走动，使人与人之间的关系更加和谐，淳朴的民风得以延续。民众的积极参与也会促进师公演员不断提升表演技能和丰富演出剧目，这种互动关系对壮师剧的发展具有重要作用。

（二）师麽信仰：壮师剧传承的主催化剂

由于历史和地理因素的影响，各地壮族民间多信鬼神，人们认为一山一水、一草一木都有灵魂、神明或鬼魅存在。这些神灵大致可分为天地自然神、地域保护神、祖先和宗教俗神等四种，神祇众多。各乡的酬神仪式又有定期与不定期两种，因而壮师剧酬神表演几乎月月都有。

据清光绪二年刻本《上林县志》载："二月初二日，'花婆诞辰'。建斋演戏三日夜，群放花爆，求子者竞抢爆头，以为吉利，且主来岁主缘。"民国二十三年广西林县图书馆铅印本《上林县志》载："三月三日，'真武诞辰'。建斋设醮，或俳优歌舞，乐工鼓吹三日夜，谓之'三三胜会'。"上林地方保护神的万寿公王也备受人们尊敬，上林人们每年都举行万寿节以祭拜公王。当然，在很多诞子、寿庆、婚嫁、岁时节俗演出中都会念诵神灵的恩赐，这些仅以一些念白、歌唱和舞蹈来表演，而非以演故事为主的形式，一样表达着人们酬神、敬神的丰富民俗文化内涵。

上林的壮师剧酬神仪式通常都是以村落和乡镇为单位的，在一个社庙的范围内进行。壮师剧酬神仪式既是关乎信仰的，又是世俗的，不仅体现了乡民为了得到神灵的保护与恩赐，建庙设祭，顶礼膜拜，以寻求精神寄托与慰藉的心理态势和思想观念，也为农闲季节的乡民提供了一种与周围和其他家族的民众交流感情的机会，成为乡民聚会最重要的形式之一，对乡民们有着巨大的吸引力，壮师剧也正是在民众的需要中不断传承着。

（三）人生仪礼：壮师剧传承的有效方式

"人生仪礼是指人一生中几个重要环节上所经过的具有一定仪式的行为过程，主要包括诞生礼、成年礼、婚礼和葬礼。"[①]例如，在上林壮族人的一生中，主要的人生仪礼有出生礼、婚礼、葬礼，当地壮师剧表演除了为岁时节俗和酬神仪式而进行外，最多的情况还是为满足个别家庭的诞生、祝寿、婚宴、丧葬等仪式需求而演出。据调查，这些情况在师

① 钟敬文主编：《民俗学概论》，上海文艺出版社1998年版，第157页。

公们一年的表演场次中占据更大的比例（见下表）：

表 4-1 壮师剧师公每年平均表演情况汇总表

时间	地点	缘由	师公人数（人）	表演内容	观众情况	收入（元/人）
清明期间	六面屯、大龙洞村等	为祖坟存龙	6—8	念经、踩花灯	邀请方家人	60—80
不定时	周卢屯、兰独屯等	丧葬	8—9	念经、踩花灯、唱山歌	几十至上千	50—100
农历 10 月	上云屯、大丰镇等	庙社日	8—10	念经、踩花灯、上刀山、下火海等	几十至上千	100—200
12 月 28 日	云潘茶场	生子	2	唱山歌、念经	邀请方家族	200
8 月	那定屯	进新房	6	唱山歌	邀请方亲朋	不要钱
不定时	西燕镇	结婚	2	唱山歌	邀请方亲朋	100—200

"民俗文化的传承一直都在满足人类社会历代人的多种需求而持久不衰，除了满足人类生存、生活的基本需求外，更重要的是满足人们精神上的，包括情感上的、知识上的、道德上的、娱乐上的和信仰上的更多更大的需求。只要人类社会存在，人类的民俗传承就会传送大量信息满足人们的种种需求，并适应社会的变迁发展新形式的民俗传承。"[①]壮师剧是深深扎根于民众日常生活的一种民俗文化，它的产生、发展是与民众日常生活紧密相连的。壮师剧反映了民众的生活文化与价值观、审美观，满足了民众的精神需求，如果没有壮族民众对壮师剧

① 乌丙安：《民俗学原理》，辽宁教育出版社 2001 年版，第 326 页。

的需求，壮师剧就失去了存在与延续的空间。从某种意义上来说，壮师剧丰富了民众的人生礼仪活动，而各种各样的人生礼仪也促进了壮师剧的成长，为壮师剧的传承和发展提供了平台。

在中国传统的农业社会中，诞子意味着增添劳动力，人们对新生命的诞生仪式也有很严谨的程式。“一个婴儿刚一出生，还仅仅是一种生物意义上的存在，只有通过为他举行诞生仪礼，他才获得在社会中的地位，被社会承认为一个真正意义上的‘人’。”[①]在上林，小孩满月时，通常要为孩子举行隆重的人生仪式，除了举行各种庆贺仪式外，人们常常请壮师剧班表演祈福。如师公经书《还嗣科》就专为诞生礼仪式念唱：“散花仙子送花到，对圣御前插种开，保护花根清果实，愿望花开叶叶乖。”老人则到六十才做大寿，以后每隔十年做一次，一般若父母健在，本人不做大寿，仅做小寿。寿辰当日，亲朋好友都来祝寿，为老人添粮庆贺。主家还会邀请师公班来演戏，寿诞演戏多以唱祝寿及孝行方面的山歌为主，也有一些专门为祝寿念唱的经文，如《告年添粮科》。此外，还做些法事为老人添寿。

至于为丧葬需求演出，则更是师公们义不容辞的职责了。生者本着“宁可信其有，不可信其无”的观念和态度对待丧葬仪式，对那些神灵顶礼膜拜，内心充满了畏惧，唯恐触怒鬼神而招致灾祸。但就丧葬本身而言，它可以给主家带来精神上的安慰，满足人们心理上的需要。据民国二十三年广西林县图书馆铅印本《上林县志》载：“父母弃世，即延僧道、尸公，亦曰巫师者，诵经超荐。”

根据经济学“需求产生供给”的论断可以认为，正是人们对美好生活的向往，纳吉、纳福、纳财的愿望，才使得师公仪式的“纳吉祈福”功

① 钟敬文：《民俗文化学》，中华书局1996年版，第135页。

能得到不断地丰富和完善。可以说，纳吉祈福是民众赋予师公仪式最基本的功能，是壮师剧原有的驱邪逐鬼的核心功能之外众多人们希望达到的功能。壮师剧法事活动的纳吉祈福表演尽管是一种宗教迷信活动，但客观上确实增添了民众对生活、对未来的信心，有利于他们在艰苦繁忙的劳作之后舒解身心，并且给他们带来些许心理慰藉和希望。可见，民间艺术和人们的日常生活联系越是紧密就越容易受到民众的保护。

由此可见，壮族壮师剧作为一种兼具仪式、酬神、自娱、娱人、教化、交际、审美乃至发展到今天具有一定的商业性等多种民俗文化功能的剧种，它的演出，与当地的民俗需求有着非常密切的关系。各种民俗需求的活动，为壮师剧演出提供了机遇；民众广泛的参与，为壮师剧的演出提供了更多的演员和观众；不同民俗需求的演出，要求壮师剧具备相应的民俗内容和仪式，也促进了壮师剧的丰富、发展和提升。当地民众的民俗生活对壮师剧艺术千百年来的延续和发展起了极为重要的推动作用，他们是壮师剧艺术的创造者、传承者和享用者，也是壮师剧得以传承的重要民俗主体。

总之，民间礼俗有着相当程度的丰富性，壮师剧表演泛化为各种行为民俗，延伸到诸如婚丧嫁娶、岁时节庆、庙会广场等民间生活的方方面面，从而得到一种活态的保存，其为民间产物，为民间所爱好，也在民间自我成长，其精神和传统长存在民间。

当然，我们必须承认，没有任何一种民俗活动可以无限期地一直存在下去，它总会在特定的时候改变自身的存在状态，或消失于民众的生活之中，或与其他的文化形式结合成新的民俗事象，或成为单纯的民俗标本。近年来，上林壮族壮师剧为适应时代民俗发展的需求，在表演艺术、剧目、发展策略和传媒技术与途径等方面进行了大胆创新，开辟了新的发展空间。

表演艺术上，为了适应当代观众的审美需求习俗，壮师剧艺术家们一方面继承发扬其优秀传统，一方面又根据时代发展的需要，进行大胆的开拓，在舞台、布景、音响及个人造型等方面都进行了一定程度的改进，给壮师剧古老的艺术形式注入了新时代的气息，使壮师剧表演既显得古色古香，又充满现代感，具有较强的艺术效果。对壮师剧表演艺术做较大幅度改革创新的是其舞台的布景。传统壮师剧表演是在村庙社前或邀请者家中，而近年来出现的由官方组织的壮师剧则增设了灯光、话筒、演出服饰及与剧情相符的舞台背景图案等，加上师公精彩的表演，观众们仿佛置身其中，更能激发对壮师剧艺术的喜爱。

表演剧目上，一方面，继承发扬壮师剧的优秀传统，整理、编排了不少优秀的传统剧目，如《布伯与雷王》《甘王》《莫一大王》等；另一方面，又创作了一批新剧目，甚至移植和改编了一些剧目。如移植改编自汉族说唱文学、白话小说、古典小说的剧目和唱本，如《大闹天宫》《唐三藏西天取经》《唱英台》《孟姜女》《唱闵子骞》《唱仁知》等。

雅化与俗化问题历来是戏曲发展中最具争议的问题之一。实际上，观众对戏曲艺术的要求从来都不可能一致，因此，允许戏曲艺术形态多元化的并存发展是必要的。在发展策略上，政府与民众共同努力，在保证民间师公活动正常进行的情况下，组织几个精英师公班在县里每年举办的旅游节和万寿节等节日中进行宣传表演。也只有从壮师剧自身的特点和民俗需求出发，壮师剧才可能拥有更好的发展前景。

在传媒技术与途径创新上，壮师剧班根据时代的发展及民俗需求等各方面的变化，通过与新兴的影视、互联网等传媒技术及旅游业的结合，使壮师剧为更多的人所了解。壮师剧仪式表演过程中的绝活，如上刀山、下火海等也已制作成光碟进入市场和研究机构，便于传播与欣赏。如今,互联网这一高新技术又把壮师剧带到"上林网",这样既有益于壮师剧文化资料的保存和研究,又有利于壮师剧艺术的交流和传播。

三、民间壮师剧与壮族传统伦理道德

据不完全统计,壮师剧的传统剧目有近200部。其中,根据壮族神话和民间传说故事改编创作的有《盘古》《布伯与雷王》《莫一大王》《社王》《灶王》《花王张达环》《三界公》《岑逊王》《布卓》《百鸟衣》《达七》《达八》《达架》《米梭与勒梭》《秧姑》《秀英》《鸳鸯岩》《童灵》等;根据汉族民间传说故事、历史故事、小说、戏剧故事等改编和再创作的有《毛红与玉音》《文龙与肖尼》《唱英台》《唐三藏》《石崇》《朱买臣》《唐太宗》《李太白》《鲁班》《蔡伯喈》《孟姜女》《薛仁贵》《樊梨花》《薛丁山》《薛刚反唐》《罗通扫北》《杨文广》《武大郎》《牛郎织女》《包公决案》《六月飞霜》《田氏劈棺》《攀龙附凤》等。这些传统剧目内容广泛,在岁时节日或人生礼仪活动中展演,集中反映了壮族人民的伦理道德观念。课题组在田野调查中发现,壮师剧以民间艺术的形式呈现广西壮族伦理道德的多维内涵,且在角色类别、表演形式、动作语言等方面体现出壮族伦理道德外在性与内在性的高度统一。

(一)多元性与层次性:壮师剧所呈现的伦理道德观念

壮师剧属于民族艺术,表现潜在的民族精神品格是其主要特征。同时,作为艺术的一种,壮师剧本身的艺术形式又是壮族民族性格的表征,二者的高度契合暗示了壮师剧是民族文化历史积累与当下发展的开放性复合体。因此,壮师剧反映了壮族在处理人与自身、人与社会、人与自然关系中所持的伦理道德观念,是壮族传统道德观念的较好注本。

1. 壮师剧揭示了壮人的个人修养观,即勤劳节俭、交友睦邻、正直善良等观念。壮人重视个人道德的修养,在壮族优秀传统伦理道德之集大成的《传扬歌》中就有很多这样的阐述,强调勤劳节俭,如"双手造甘泉,终生用不完;遗产是洪流,流过地皮干",主张正直善良,如"劝诫年青人,行为要端正。勤劳无价宝,做贼人憎恨"。[①] 这些观念在壮族壮师剧中都有反映,如《灶王》描绘了原先好吃懒做、抢人钱财的十二兄弟受感化,开荒种粮,勤劳致富,被玉帝封为"灶王"。《白马三娘》则描述了壮家姑娘白马三娘正直善良,喜欢打抱不平,到处做好事,死后人们立白马三娘庙以祭祀她。

2. 壮师剧阐发了壮人的家庭伦理观,即孝敬双亲、融洽手足、坚守爱情等观念。壮人很早就有以孝道为核心,涉及处理兄弟、妯娌、夫妻等关系的家庭伦理观念,"莫忘父母恩,辛苦养成人。如今能自立,当孝敬双亲"[②]。壮师剧最著名的孝悌故事当数《童灵》,讲述"壮族第一孝子"[③]童灵自幼由母亲抚养大,因此他对母亲非常孝敬、疼爱,左邻右舍的爸妈过世,都割肉分来吃,他就把各家的肉做记号并腊起来,他妈死时,他不是割肉分给大家吃,而是把各家分给他的肉还给各家,以木棺埋葬母亲。《寒姑》和《女米梭和勒梭》则讽刺了虐待母亲的儿子和媳妇,警示人们要孝敬和赡养父母。当然,壮师剧还反映了壮人的爱情

---

① 梁庭望、罗宾译注:《壮族伦理道德长诗〈传扬歌〉译注》,广西民族出版社 2005 年版,第 121—122 页。

② 梁庭望、罗宾译注:《壮族伦理道德长诗〈传扬歌〉译注》,广西民族出版社 2005 年版,第 125 页。

③ 蒙光朝:《壮师剧概论》,广西人民出版社 1993 年版,第 55 页。

观，如《二姑》和《达七》都表现了壮家儿女自由、坚定的爱情信念，前者描写黎二姑与冯四歌场定情，而地主却因其美貌来抢亲，二姑躲进莲花洞，地主凿洞而洞不开，唯有冯四唱歌洞便开。后者中的达七和九官对歌定终身，达七的母亲贪财而难为他们，最后在九官舅公的帮助下，两人成亲，过上幸福的生活。当然，爱情题材的壮师剧还有《文龙》《唱文秀》《李旦与凤姣》等。

3. 壮师剧展现了壮人的社会道德观，即向往平等，谴责暴行，反对压迫等观念。自唐宋以来，长期受到地主和土司剥削与压迫的壮人频频起义，反抗剥削和压迫，"官家掌大印，百姓最可怜……我不种田地，叫你肚子扁"①，向往公平、公正，这种伦理观念在壮师剧中反映较多，如《莫一大王》歌颂与统治阶级斗争的莫一，揭露了统治阶级的腐败无能和百姓受苦受难的社会场景。《冯四》塑造严惩地主、为民造福的机智人物形象——冯四。这些半人半神的形象是被压迫的壮族人民要战胜统治阶级的意志的化身，寄寓着壮族人民强烈的反抗意志。

4. 壮师剧还体现了壮人的环境伦理观，即顺应与征服自然的观念。壮族人民生活在祖国的南疆，"地带蛮夷，山川旷远"②，地理环境的相对恶劣与生存的需要熔铸了壮族人民对自然环境的顺应与征服，壮师剧就反映了壮人这种顺应与征服自然环境的态度，如《秧姑》塑造了融入自然、教会人们耕田种谷的秧姑形象。《岑逊王》描述了一个与大自然作斗争，带领人们改造自然、丰衣足食的英雄。另外，《布伯与雷王》《布卓》等也都反映了壮族先民与自然界不断斗争，改造自然环境的精神。当然，壮师剧中的壮人对自然环境的征服是以不破坏自然

① 梁庭望、罗宾译注：《壮族伦理道德长诗〈传扬歌〉译注》，广西民族出版社2005年版，第166页。

② 周去非：《岭外代答校注》卷一，杨武泉注解，中华书局1999年版，第7页。

环境为前提的，追求人与自然的和谐，追慕天人合一的境界，体现了壮人对自然环境能动改造性与相互依存性的和谐统一。

因此，壮师剧呈现的是壮族人民个体内在的精神操守及与之相对应的外在价值诉求的关系的建构，并衍生出其道德伦理整体的多层内涵。它们在表征自我价值观念的同时，又积极地向社会关系、宇宙自然的和谐论进发。这显示出与儒家文化的异质同构性，也诠释了民族文化和主流文化的归属性，但又由于其形成的地理环境、生活方式、经济关系的差异，呈现出鲜明的民族特殊性。

（二）民族性与符号化：壮族伦理道德在壮师剧中的呈现方式

广西壮族壮师剧的表演者几乎都是壮人，在自我表征和他者观照中，壮师剧的创作从内涵到艺术呈现都体现出了壮族伦理道德的特征。就艺术形式而言，壮师剧本身的唱词、表演和音乐等就是壮族伦理道德的集中显现，在形式的内容和内容的形式上体现出高度的辩证统一性。同时，由于民族文化的积累和发展，壮师剧本身的唱词艺术、角色表演和音乐艺术等在不断巩固和发展更新的二元维度中，呈现出民族文化传承的稳定和开放性，这导致了壮师剧表演艺术的程式化、定型化和一定程度的变异性。从文化生产的角度讲，这不仅加深了民族心理的自我认同感，也促进了壮族伦理道德的再生产、传播和接受。

1. 俚俗化的唱词以浓郁的民族生活气息表征了壮人的价值观念。在表演形式上，壮师剧以唱为主，夹以对白。这是因为壮族是歌唱的民族，人们的谈话常常就是对歌，所以壮师剧往往以生活化、俚俗化的唱词传达出壮人的爱憎观念和价值观念。其一，剧本古壮字与汉字的杂糅性。许多壮人在日常生活中往往混合古壮字和汉字，故而一些师公创作戏本时往往也交错使用方块壮字和汉字，以壮语演唱，这些生活化的语言生动呈现了壮人的生活，同时又在精神上回归母体，以民族文化为价值批判准则，传达壮人的道德价值观念。如《唱文隆》描写文隆和蓝氏结婚后，蓝氏孝敬公婆，“洗定洗鿌淋肛闲”，端水给公婆洗脚（“洗定”）、洗脸（“洗鿌”），若译为“早晚端来洗脸水”，则不能描绘蓝氏照顾公婆的细致、周到。至于描写其夫妻和睦，共享茶水、糖果，则如“盃氿茶扮俌丼，恩碟恩糭俌㛘”[①]。其中“扮”即是“分”的意思，若以“分”替代“扮”，即会失去古壮字中以手分为分的形象表达。“碟”与“糭”则分别以“百果”统称“果”，糖由米所做，传达出古代壮人对“果”和“糖”的认识。其二，表现手法的生活性。壮师剧常常取材于壮乡日常事物，采用比喻、拟人、夸张等多种手法来表达情感，通俗易懂，以浓郁的民族乡土气息呈现壮人的道德观念，如《唱秀英》中描写林秀英犁田种地，样样能干：“秀英聪明又伶俐，又会耙田又会犁，插秧直过墨斗线，手灵快过鸡叮米。”秀英插秧比墨斗线还直，比鸡啄米还快，以夸张的手法突出秀英的聪明能干。其三，戏剧冲突的集中与明晰。如描写壮家姑娘梁妹辉和后生毛善爱情故事的《双飞燕》中，毛善有这么一段唱词：“双刀架颈我不怕，愿丢乌纱难依从，要我喜新和厌旧，竹篮打水一场空！”毛善在相府威逼利诱面前宁死不屈，坚毅地维护自己与梁妹辉的爱情，感情强烈，爱憎分明，有利于观众在紧张的矛盾冲突中深化对壮人爱情观的理解与接受。这些唱词的生活化和俚俗化特征共同诠释了壮族民族气质和艺术气质的高度契合，且在道德伦理上的指向就是爱憎分明、贴近生活，以浓郁的民族气息表征生活的价值观念。

2. 多元化的音乐艺术为壮师剧表达壮族伦理道德提供了氛围。

---

① 子义、马龙、苏珊等搜集翻译：《唱文隆·唱英台·唱唐皇》，广西民族古籍办公室编印1998年版，第3—4页。

广西壮族壮师剧音乐主要是在跳神舞音乐的基础上，吸收壮族长诗、长歌、民歌和民间小调如欢腔、勒脚腔，构成了具有浓厚民族风味的壮师剧音乐。同时，壮师剧腔调复杂多变，各地都有自己不同的腔调，如青岭腔、散板腔、寺山腔、勒脚腔等。而为了适应壮师剧分角色演唱、演员上场多的需要，壮师剧的音乐唱腔往往不止一声部，多为二重唱，有些地方甚至有三个以上声部。这种多元化的音乐形式一方面有利于表达对神的敬畏，有利于抒发人物喜、怒、哀、乐、怨、恨等不同的思想感情，为壮族伦理道德的表达渲染情感氛围。另一方面，这种多元化的音乐形式强化了戏剧语言和角色、场景，为壮族伦理道德的表达提供辅助性作用，如五山腔节奏缓慢，多用于烘托热恋中的男女主人公分离的忧伤，有益于衬托出壮家儿女坚定的爱情信念；悲腔和哭腔演唱时带哭泣声，多用于渲染主人公怀念与感激逝世父母的深情，有利于表现壮乡的孝感观念。

可以说，作为表演的艺术，壮师剧的形式本身就是壮族伦理道德内在蕴含和外在表现的复合体。民间俗词的采用、表演角色化的定位、音乐形式的复沓和多声部等特征，不仅显示了壮师剧本身艺术特质和文化蕴含的含金量，也体现出壮族道德伦理对生活本真的诗性关怀，也就是说壮师剧不是冰冷的律令条文，而是情感秩序化和价值观念审美化的统一体。

（三）民族文化：壮族壮师剧表现伦理道德的成因

作为民族艺术的典型代表，壮师剧的形成、发展和昌盛显现了以民族文化为内核，同时交织着历史性和当下性糅合的特征。在起源上，壮师剧是地域环境、个人价值诉求和社会关系建构的承载体。在传播上，它呈现民族文化的价值观念和精神境界的集体性认同、操守和追求。

在艺术目的上，它是以民族群体的方式进行继承性衍生，反过来又担负着民族教化、民族娱乐的双重使命，是民族文化的精神母体和活化石，它以艺术的想象共同体形式显示了民族独立性实在存在，又在意识领域，以熔铸民族历史文化和时代因素的方式昭示了民族精神的旨归和导向，并以此为基础向他民族辐射并与之对话。

1. 特定的地域环境是壮师剧伦理观念形成的重要基础。在来宾、武宣、贵港等壮师剧流行的地方，生存环境艰苦恶劣，旱涝之灾给人们的生活、生产带来极大的危害。正是这样艰苦的生活环境造就了壮族人民吃苦耐劳、改造自然的斗争精神，而这些道德观念影响了当时一些壮师剧的创作，促进了壮师剧对壮家伦理观念的呈现。如《盘古》叙述雷王放出十个太阳想把人畜及其他生物晒死，特康不辞劳苦射太阳的场面，正是对在当时恶劣生活环境下，人们不断改善自身生存环境的努力和斗争精神的写照。《布伯和雷王》描写干旱导致“田地龟裂难耕耘”[①]，水灾导致水泡天门，万物都死光了，“水泡到天门，草木死到根”[②]。这是极其艰苦恶劣的生存环境，而在这样艰苦的环境下，布伯及其儿女们依然奋力反抗，战胜自然灾害。

2. 壮族历史悠久的民俗文化生活是壮师剧道德观念形成的根本原因，反过来，壮师剧又是壮族民俗文化的生产者、承载者和传播者，二者互为表里，辩证统一。民俗是在特定的历史和地域环境发展起来的，是规范人们的行为、语言和心理的一种基本力量，故而壮族人民的风俗习惯和心理素质影响甚至决定着壮师剧道德观念形成。其一，壮人敬畏神明的信仰习俗影响到壮师剧道德观念的形成。壮人往往认为万物

---

① 卢运福、张桂龙主编：《来宾市盘古民间文艺作品选》，中国社会出版社2006年版，第140页。

② 卢运福、张桂龙主编：《来宾市盘古民间文艺作品选》，中国社会出版社2006年版，第152页。

有灵，信奉多神，民间祭祀活动繁多。早期的壮师剧正是在这种信仰习俗下产生的，是师公主持祭祀仪式时用来庆丰酬神、驱鬼逐疫的宗教戏曲，如《社王》就反映了壮人在社日集资来杀猪祭敬社王的风俗习惯。其二，壮人的民族英雄崇拜意识影响到壮师剧道德观念的形成。壮家把为本民族立有大功的人视为英雄来尊敬，作为“神”来祭祀，如盘古给人间带来了光明和温暖，三界给壮家人治病，莫一智抗皇粮……壮师剧以他们的英雄事迹为素材写成引人入胜的故事情节，歌颂他们的英雄事迹。其三，壮人倚歌择配、不拘礼俗的婚俗影响到壮师剧道德观念的形成。壮乡婚俗，歌以择配，“俍之俗，幼即习歌，男女以歌自配”[①]。在《达二》中，达二躲在山洞中，财主来凿洞却怎么也打不开，而冯四来到洞口唱他们过去唱的定情歌，洞口便打开了，这是壮族倚歌择配习俗的生动体现。当然，壮家婚恋习俗异于中原，“嫁娶多不以礼”[②]，往往为了追求婚恋的自由和快乐而不拘礼仪，寡妇可以再嫁，较少受汉族从一而终的贞洁观的约束，《达三》中家婆劝死了丈夫的儿媳达三改嫁的情节就是这种自由婚恋习俗的体现。

3. 壮族人民的日常生活需求是壮师剧道德观念形成的现实原因。壮师剧在壮族日常生活中担任着重要的角色，显示了强大的功能性作用，“直接地或间接地满足人类的需要”[③]，而这种功能常常以集体的形态，显现出民族气质和民族品格，并将精神需求和娱乐性结合起来。其一是人们日常风俗生活的需要。早期的壮师剧主要是师公在安龙打醮、赶鬼治病、红白喜事等场合演唱的，依托师公做法事的时间场合来进行，如《布伯和雷王》《冯三界》《冯四》等故事主要是在求雨祭祀场合

① 屈大均：《广东新语》，中华书局 1985 年版，第 362 页。
② 周去非：《岭外代答校注》卷二，杨武泉注解，中华书局 1999 年版，第 430 页。
③ 马凌诺斯基：《文化论》，费孝通译，华夏出版社 2002 年版，第 15 页。

演出的，而《达架》《冬令》《二十四孝》等剧则专是为丧事而演出的，因为壮族有个风俗，办喜事不请不能去，办丧事不请要自去，否则就是不认亲戚朋友，因此办丧事无法统计客人数字，也就无法招待客人的住宿，只有请师公班唱戏来招待客人。这在内涵上显示了壮族人的崇尚与畏惧、喜好与憎恶的民族心理，而在行为方式上，则表征为壮族人行为方式、行为准则的自我操守与群体性自律，凸显出浓郁的客观价值意义，而主客观的融合、内涵与外在的统一昭示了壮师剧作为表演艺术以道德伦理为核心，以生活为表现领域和实用目的，诠释了壮师剧是民族心理和民族价值诉求的深度契合，是心理的艺术，亦是行为的艺术。其二是娱乐心理的需求。师公进行祭祀祈福等活动，增加了舞蹈和跳神唱本的故事性，试图在娱神同时达到娱人的效果，而人们在观看师公跳神时，往往削弱了对神的敬畏心理，带着娱乐的心态来欣赏师公的表演，欧阳若修教授就曾感叹于壮人观看《达七》哗然大笑的场景。其三是社会教育的需要。剧目在发挥娱乐功能的同时，还起到一定的教育作用。歌颂达七和九官坚贞爱情的《达七》成了壮族青年们谈情说爱的教科书，在来宾壮乡就流传“男的学九官，女的学达七”之说。歌颂孝子冬令的《冬令》旨在教育人们要孝顺父母，尊敬长辈。冬令不食母肉的举动是“壮族人民对野蛮与文明的分界线”①。

从历时角度来讲，民族精神的积淀和传承是壮师剧获得受众、深入民心的心理条件。在艺术形式上，对生活本真的模仿戏拟、对民族文化的艺术再现以及寓教于乐的表演方式是壮师剧的艺术生命的基本，它以民族喜闻乐见的艺术形式、高浓度的艺术亲和力诠释了艺术以民为本、民族需求艺术的辩证性。就当下而言，民族的物质需求得到基本满

① 蒙光朝：《壮师剧概论》，广西人民出版社1993年版，第121页。

足,精神需求的重要性和必需性被凸显和强化,壮师剧立足于民族生活,并在艺术形式上不断可表演化和精美化,显示出民族艺术的可消费性条件和对消费欲求的满足性。同时,其潜在的道德伦理内涵折射出个体的民族认同性、民族群体的皈依感,以及社会实践的强大参与能力,在传承民族精神文化和满足社会消费需求两个维度上,都显示出广阔的发展空间。

总之,在研究广西壮族壮师剧所反映的壮族伦理道德观念中,我们可以看到,壮师剧的创作、表演规律与民族伦理道德之间的关系:一是壮师剧往往集中反映和再现地方风俗,具有浓厚的地域性色彩。二是民族伦理道德观念是在特定的民族生活、地域环境中形成和发展起来的。三是民族伦理道德观念在文学创作中得以保存和发展,艺术作品本身也是民族伦理道德观念的凝结。因此,对广西壮族壮师剧所蕴含的伦理道德观念的研究是民族伦理道德观念研究的典型案例,对壮师剧的研究不仅是对戏剧本身创作规律和民族道德观念研究的有效途径,亦是对非物质文化遗产保护语境下民族文化重建和文化复兴的依据和参照。

第五章
汉族文化与壮族民间文学

本章主要分析阐述壮族民间文学与汉族文化的交流与整合关系，特别是汉族文化对壮族民间文学、文化的重大影响。

第一节　汉族文化与壮族民间散文叙事

从民间文学发展规律看，除了原始性歌谣外，神话可算为产生较早的文学样式了。神话之后，一般为民间传说。随着民族迁徙等原因，各民族间不断交往与融合，各民族间的神话、民间传说也相互交流整合。本章主要从壮族神话演化谱系和民间传说的角度来审视汉族文化对壮族神话和民间传说的影响。

一、壮汉文化交流与壮族神话谱系

有研究者根据壮族神话产生的原因、神话的内容及人类早期社会的演变构拟出如下的壮族神话谱系：

> 急速旋转的五色气体→三黄神蛋→金甲天神（开辟神）→三界→乜洛甲（始祖神）→布洛陀（创造神）→布伯（战神）→伏羲兄妹（生育神）→肉团→人类→岑逊、莫一（英雄神）。[①]

根据这一谱系，壮族族群记忆中的本民族神话的纵向演化谱系从原始的急速旋转的五色气体开始演化而来，从乜洛甲、布洛陀、布伯、伏羲兄妹一直发展、演化到本民族的英雄神话。壮族神话的这一纵向演化谱系从以神为主体演化到以人为主体，既符合神话自身的演化逻辑，也符合人类历史的演进规律。

然而，神话既是民族民间文学的重要组成部分，也是族群记忆的重要组成部分。族群记忆从本质上说也是一种集体记忆，是族群内部全部成员在长时段内对于过去形成的集体性的共同表象，它是通过族群成员对本族群的文化认同来不断地延续与强化的。族群记忆往往也会受外来文化的影响。民族融合或外来文化的渗入，往往会促使一个民族不断地吸收另一个民族的文化元素，并经过一定形式的整合而形成一种新的文化体系。因而，族群记忆也会随之发生改变，形成一种整合了多民族文化元素的新的记忆系统。作为族群记忆重要组成部分之一的民族神话，在外来文化的影响下，也往往会整合其他民族的文化元素，甚至一些民族神话的演化谱系还可能出现“断裂与置换”现象。从表面上看，壮族神话的神人演化谱系是比较完整的。但是，如果将壮族这一神话谱系置放于民族历史发展长河中加以审视，我们就无法回避这样一个问题：壮族神话谱系究竟是否也出现了“断裂与置换”现象？

要回答这个问题，首先有必要将壮族神话与其他民族神话做一

① 梁庭望、农学冠编：《壮族文学概要》，广西民族出版社1991年版，第5页。

些比较。

作为民族共同传承的神话，应当具有本民族的文化特征及其自身演化序列。壮族神话谱系，从急速旋转的五色气体到乜洛甲，从乜洛甲到布洛陀，从布洛陀到布伯，一切演化正常，而且各个链条上的神话内容也极具壮族文化特色，链条上的乜洛甲、布洛陀、布伯均是壮族所特有的。然而，这一神话谱系中的"兄妹再传人类"这一环节上有关兄妹始祖型洪水神话，则无论在神话内容还是兄妹神的称谓上，却与广西及周边地区壮侗语族部分民族及苗瑶语族中的瑶族的同类神话具有诸多相似性。且看下表：

表 5-1　广西及周边地区兄妹始祖型神化称谓统计表

民族	篇名	兄妹名字	流传地	搜集人
壮族	1.《布伯的故事》(散文体)	伏依	广西红水河流域各县	蓝鸿恩
	2.《布洛陀经诗》(韵文体廖公唱本)	伏羲	广西东兰县	覃剑萍
	3.《卜伯》(韵文体师公唱本)	伏依	广西都安县	蓝鸿恩
	4.《盘和古》(散文体)	盘和古	广西河池地区	不明
	5.《盘同古》(山歌、师公唱本)	盘和古	广西河池地区	不明
	6.《水泡天门》(散文体)	盘和古	广西来宾市	覃乃昌等人
	7.《布伯》(韵文体师公唱本)	伏依	广西来宾市	莎红等人
	8.《仆伯》(韵文体师公唱本)	伏羲	广西都安县	杨焕典等人
	9.《伏羲与芝妹》	伏羲与芝妹	广西武宜县	陆云生
	10.《伏羲与女娲》	伏羲与女娲	柳城古砦乡	龙瑞生
	11.《盘古》(散文体)	盘和古	河池六甲乡	林冲添
	12.《伏羲兄妹的传说》	伏羲	不明	唐来钟

（续表）

民族	篇名	兄妹名字	流传地	搜集人
毛南族	1.《创世歌》（韵文体）	盘和古	广西环江县	蒙国荣等人
	2.《盘古歌》（韵文体）	盘和古	环江县下南乡	袁风辰
	3.《女娲歌》（韵文体）	女娲伏羲	广西河池市	杨玉亮等人
	4.《盘、古的传说》（散文体）	盘与古	不明	谭金田等人
	5.《盘古的故事》	盘与古	广西南丹县	谭贻生
瑶族	1.《伏羲兄妹的故事》	伏羲	广西金秀瑶族自治县	刘保元等人
	2.《发习警奶》	伏牺	不明	李本贤等人
仫佬族	1.《伏羲兄妹传说》	伏羲（哥名）	广西罗城县	包玉堂等人
	2.《水淹天门》（韵文体）	伏羲（哥名）	罗城县东门乡	龙殿宝
布依族	1.《洪水滔天》	伏哥羲妹	整个布依族地区	不明
	2.《伏羲兄妹》	伏羲（哥名）	不明	不明
	3.《洪水潮天》	伏哥羲妹	四川省宁南县	罗文亮等人

注：此表相关信息来源于1949年以来出版的各类壮侗语民族的相关民间文学资料。

从表中可知，在壮侗语民族中的壮族、毛南族、仫佬族、布依族及苗瑶语民族中的瑶族等广西及周边少数民族的兄妹始祖型洪水神话中，对兄妹的称谓主要有三种情况：

一是兄妹多被称为“伏羲”兄妹或是与“伏羲”读音相近或异化。如伏依兄妹、伏牺兄妹等。其中，伏羲、伏依、伏牺，一般是兄妹同称，有时只称哥哥名字而没有妹妹名字，有时分开称为伏哥羲妹，个别则称为伏羲与女娲兄妹。

二是兄妹分别被称为“盘”与“古”，且一般盘为兄（哥）、古为妹。这种情况一般只存在于壮族与毛南族神话中，当然毛南族的个别神话中也有称盘为妹、古为兄的。

三是从流传地域看，壮族的此类神话多流传于广西中部壮族地区。

四是表中所列举的民族，其兄妹始祖型洪水神话多为“雷公复仇型”。如壮族兄妹始祖型洪水神话的情节梗概是：洪水泛滥前，伏羲兄妹的父亲布伯与雷王斗争，捉住雷王，雷王花言巧语而得到伏羲兄妹相救，雷王赠牙一颗，伏羲兄妹种下后结出葫芦，雷王发怒而导致洪水泛滥，伏羲兄妹躲进葫芦得以幸免于难，成为人类唯一孑遗。他们在不得已的情况下，经过碎龟复活、砍竹复活、滚磨相合、点火合烟等神谕，结成夫妇，婚后生下磨刀石似的肉团（怪胎），剁碎抛撒后变成许多人，从此人类得以繁衍。其他民族的神话内容与此大同小异。

从壮族语言习惯看，壮族兄妹始祖型洪水神话中的兄妹被称为伏依或布依，其实就是“伏羲”在壮族民间的叫法。“因为伏依是汉族祖先伏羲的音转。”①尽管“音转说”在研究古代神话中存在弊端，但“伏依”或“布依”是“伏羲”的壮语读音是毋庸置疑的。譬如，壮族人也类似地将汉族神话人物“神农氏”称为“布农”。这是壮族人将汉族神话人物称谓转化为壮语的一种语言习惯。尽管“伏依”或“布依”是汉族祖先“伏羲”目前已得到多数研究者的认可，但是我们还必须厘清：汉文古籍中的伏羲兄妹是不是指称伏羲与女娲兄妹，而且伏羲兄妹又是如何与壮族的兄妹始祖型洪水神话发生关联的？

伏羲、女娲之名始见于战国古籍。早期的伏羲神话源于我国黄河上游一带，伏羲是农耕及八卦的始创者；而早期的女娲神话则源于我国

---

① 梁庭望、农学冠编：《壮族文学概要》，广西民族出版社1991年版，第12页。

北方的创世神话,女娲的功绩是造人与补天。从文献记载以及考古资料看,伏羲、女娲神话最早是独立叙述的,属于两个不同体系的神话。伏羲是文化始祖神,女娲则是创造人类的始祖神。然而,也不知从何时起伏羲与女娲便扯上了关系。如东汉应劭的《风俗通义》始以女娲作伏羲妹,"女娲,伏羲之妹",而《淮南子・览冥训》高诱注,始以女娲作伏羲之妻,"女娲,阴帝,佐伏羲治者也";唐代卢仝的《与马异结交诗》则更加直接——"女娲本是伏羲妇"。显然,诸如此类有关伏羲与女娲黏合叙述的记述,则是早期独立存在的伏羲、女娲神话后来演变的产物,是文化融合的结果。

然而,伏羲、女娲神话又如何演变为与再传(或再造)人类的兄妹婚神话相关呢?一般认为关于汉族的伏羲与女娲兄妹婚神话的最早文本记录,是唐代李冗《独异志》卷下中的相关记述:

> 昔宇宙初开之时,有女娲兄妹二人,在昆仑山,而天下未有人民。议以为夫妻,又自羞耻。兄与其妹上昆仑山,咒曰"天若遣我二人为夫妻,而烟悉合;若不,使烟散"。于烟既合。其妹既来就兄,乃结草为扇以障其面。

不过,近年有人发现在敦煌遗书残卷《天地开辟以来帝王记》中,早就存在伏羲女娲兄妹结婚再传人类的故事:

> 复至(迳)百劫,人民转移,食不可足,遂相欺夺,强者得多,弱者得少……人民饥国(困),递相食啖,天之(知)此恶,即下(不:布)共(洪)水汤(荡)除万人殆尽,唯伏羲、女娲得(德)存命,遂称天皇。

……伏羲、女娲……人民死尽，兄妹二人，[衣龙]上天，得在(存)其命，见天下荒乱，唯金岗天神，教言可行阴阳，遂相羞耻，即入昆仑山藏身，伏羲在左巡行，女娲在右巡行，契许相逢，则为夫妇，天遣和合，亦尔相知，伏羲用树叶复面，女娲用芦花遮面，共为夫妻，今人交礼，□昌妆花，自此而起，怀娠日月充满，遂生一百二十子，各认一姓。六十子恭慈孝顺，见今日天汉是也，六十子不孝义，走入□野之中，羌故六已蜀是也，故曰，得续人位(伦?)。[①]

可见，至少在六朝时期，汉族伏羲神话与女娲神话已随着文化交流融合演变为再传人类的兄妹婚神话了，唐代李冗《独异志》中所记实际上是敦煌遗书关于伏羲、女娲兄妹婚神话的一种异文，只是出于某种原因，李冗在记述时隐去洪水情节，甚至还有意遮掩了伏羲与女娲的兄妹关系，只提及女娲之名，但其所说的女娲兄妹当是伏羲女娲兄妹无疑。这一点还可以从现代采录到的汉族兄妹婚神话中得到佐证。[②]

那么，汉族的伏羲、女娲神话又是如何与壮族等南方少数民族发生关联的呢？对这个问题，有研究者认为伏羲、女娲神话随着民族迁徙流传到南方以后，与南方各个民族的洪水神话结合起来，就顺理成章地演变成为神话中藏葫芦避洪水繁衍人类的姐弟或兄妹，伏羲女娲与洪水兄妹婚神话联系起来是在南方完成的，理由是“在早期的文献记载中伏羲与女娲虽结为夫妇却没有提及生子的情节，而长沙子弹库楚墓帛书乙篇伏羲女娲故事关于一些治水的情节与流传于淮河流域的神话相似(主角变了)，增加了两人婚姻生子的情节，这样就存在一种可能，即

① 黄永武:《敦煌宝藏》，新文丰出版公司 1986 年版，第 43 册第 195 页、第 123 册第 138 页、第 132 册第 490 页。

② 张振犁编:《中原神话研究》，上海社会科学院出版社 2009 年版。

它流传到楚地以后已经吸收了南方民族洪水兄妹神话的某些成分”①。笔者认为这种推断是合理的。它至少说明了两个问题:其一,伏羲、女娲神话南传的时间很早;其二,南方少数民族兄妹婚洪水神话受伏羲、女娲神话影响,而汉族流传的伏羲兄妹婚神话也吸收了南方民族兄妹婚神话的某些成分。诚如是,前文所引敦煌残卷中所记载六朝时期的汉族伏羲女娲兄妹婚神话当是受南方民族兄妹婚洪水神话影响的代表性文本,是南北各民族文化交流与整合的产物。

壮族及其先民是华南珠江流域的土著民族,壮族先民在神话时代就创造并传承了本民族的兄妹始祖型洪水神话。然而,由于壮族先民没有本民族统一的文字加以记载,所以我们现在难以知晓壮族先民最初流传的兄妹婚洪水神话中躲在葫芦里避难的兄妹姓甚名谁。有趣的是,他们才是壮族兄妹始祖型洪水神话中再传人类的真正祖先。更有趣的是,从前述的兄妹始祖型洪水神话信息表中得知,广西河池、来宾的壮族地区及毛南族民间至今仍流传着兄妹始祖型洪水神话的另外一种异文——盘古兄妹始祖型洪水神话,其中兄妹被称为“盘”与“古”,一般是盘为兄、古为妹,比如河池地区至今仍流传的盘古兄妹洪水后结为夫妇繁衍后代的古歌《盘同古》。如果按前述壮族神话谱系进行比附,那么,盘古兄妹、伏依兄妹都应该处于同一链条上,均为这一神话谱系中的第三代神,也都为战神布伯的子女;而仅从神话人物的角色功能看,他们在这一神话谱系中“兄妹再传人类”这一环节上的叙事功能完全一样,只是兄妹的名字不同而已。因此,在这里又牵扯到我国的另一著名神话即盘古神话。

盘古开辟型神话、盘古化生型神话见诸古籍文献较晚,最早分别见

① 刘亚虎主编:《南方史诗论》,内蒙古大学出版社 1999 年版,第 180—181 页。

于三国时期吴人徐整的《三五历纪》和《五运历年纪》。学术界对这一神话的产生地、族属等问题,颇有争议,一直有北方说、中原说、南方说和外来说,其中南方说又有壮侗语民族说和苗瑶语民族说。我们同意这样一种看法,即认为开辟型、化生型盘古神话是"乌浒人流传的神话故事"[①]。而现在的壮侗语族各民族就是乌浒人的后裔,因此,有关盘古的开辟型和盘古化生型的神话实为包括壮族在内的壮侗语各族先民的创造,盘古则是这些民族的始祖神。由此,我们可以推断,这些民族民间至今仍流传的盘古兄妹始祖型洪水神话(又可称为"盘古再生型神话"),是从盘古开辟型、盘古化生型神话演化而来的,而且在演化的过程中,壮侗语各族先民将原来的盘古神演绎成为一男一女的"盘"和"古"始祖神,从而形成了盘古兄妹始祖型洪水神话。

近年来壮学领域对桂中地区的盘古文化所进行的探讨[②],为上述推断提供了有力佐证。在桂中壮族地区,"石头"壮语叫"因"(yin);"磨"或"磨砺"壮语叫"盘"(pan);"磨刀石"壮语叫"因盘"(yin pan)或(pan);"葫芦"壮语叫"勾"(kau)。"盘"与"勾"合称就是"盘勾"(pan kau)意为磨刀石与葫芦。研究者们运用语言学、民族学、神话学、考古学、人类学等多学科的理论和方法来分析壮族盘古兄妹始祖型洪水神话,认为"壮族盘古兄妹神话实际上就是'盘勾'(磨刀石与葫芦)神话,是壮族先民在新石器时代创作的产物,它把人类的生命与磨刀石联系起来,将磨刀石视为人的生命的本源"。在壮侗语民族兄妹始祖型洪水神话中,尽管都说兄妹结婚生下一肉团(怪胎),但只有壮族流传的此类神话多说兄妹生下"磨刀石"似的肉团。"在壮族民间有

① 蓝鸿恩:"层叠现象剖析——壮族古代文化反思之二",《民族艺术》1994 年第 4 期。

② 覃乃昌:《追问盘古》,广西人民出版社 2006 年版,第 91 页。

将祖传的磨刀石视为财产与神圣之物，年初一要给磨刀石烧纸，搬家要带上它，兄弟分家时祖传磨刀石归长子。”[①]壮族民间经诗《布洛陀经诗·解兄弟冤》中还记载了汉王与祖王兄弟俩争夺磨刀石的故事。“磨刀石是壮族社会由家权向族权、王权发展的重要物证，也是壮族社会由初期文明向高级文明发展的权力符号。”[②]因而，壮学研究者们将磨刀石、葫芦与盘古相结合来解释壮族的“盘勾”神话是合理的，它说明了壮族盘古兄妹婚洪水神话即盘勾（磨刀石与葫芦）神话，属于原生型文化形态。壮族盘勾神话隐含了壮族及其先民对磨石和葫芦的崇拜。

壮族神话中的“盘古”与“盘与古”是不同的始祖神，这与桂中地区的壮族民间信俗可以相互佐证。譬如，在来宾壮族地区的各种盘古庙里，有的供奉开天辟地的盘古神，有的供奉洪水神话中的始祖神“盘与古”（一男一女神像）。因而，在来宾壮族地区“盘古庙”有两种指称：一是指称开辟天地的盘古庙；一是指称“盘”与“古”庙。现当代采录到的壮族兄妹始祖型洪水神话中的兄妹“盘与古”和“盘古”一样都是用汉语记录的壮语读音。壮族盘古再生创世型神话可能是由壮族先民乌浒人流传的盘古开辟型、化生型神话演变而来的。壮族先民在演述本民族的兄妹始祖型洪水神话时，有可能将原来的盘古神分身为一男一女的始祖神来演述。就如汉族伏羲神话传入布依族地区后，布依族将“伏哥”“羲妹”分别指称两个始祖神并演述本民族兄妹始祖型洪水神话一样。

通过上述分析，我们得出这样的结论：壮族先民由于没有本民族的文字来承载民族文化，在壮汉民族的文化交流与冲突、挑战与应战中，

---

① 过伟：“南方民族盘古神话的新发现”，《广西民族研究》2004年第1期。

② 郑超雄：“盘古神话与历史盘古国”，《广西民族研究》2007年第1期。

壮族文化缺乏自我统合机制，从而导致壮族文化的传承出现断裂与置换以及造成族群记忆能力的弱化，于是就出现了部分壮族人与周边一些少数民族一样，尊奉汉族伏羲兄妹为祖先来演述本民族的兄妹始祖型洪水神话，而另一些壮族人却尊奉盘古兄妹为始祖神来演述本民族的兄妹始祖型洪水神话。从壮族神话谱系的演化看，汉族文化极有可能在壮族先民的神话时代就已经对壮族文化产生影响了。然而，我们也看到尽管在部分壮族人的族群记忆中，汉族伏羲兄妹成为本民族的始祖神，但是壮族的兄妹始祖型洪水神话却仍旧保持了最初的民族品性——属于"雷公复仇型"洪水神话。

二、壮汉文化交流与壮族民间传说故事

与神话相比，壮族民间传说受汉族文化影响更大。壮族民间传说是壮族及其先民在其漫长的历史发展长河中集体创作的与一定的历史人物、历史事件、地方风物或社会风俗有关的故事，主要包括人物传说、风物传说和风俗传说等。随着民族融合，各民族间的文化交流日益频繁，壮族民间传说也不断地受周边民族文化尤其是汉族文化影响。这里只选取其中的赶山鞭型传说和与其相关的人物传说，以及刘三姐传说来进行阐述。

首先是壮族赶山鞭型传说和与其相关的人物传说。

从文献记载看，赶山传说最早应是汉族所流传的故事。在汉文典籍里，赶山传说往往与秦始皇有关。《古小说钩沉》辑南朝梁殷芸《小说》引《三齐要略》中，有一则神人鞭石为始皇作石桥的传说："始皇作石桥，欲过海观日出处，时有神人，能驱石下海，石去不速，神人辄鞭之，至今悉赤。阳城山上石，皆起立东倾，如相随状，至今犹尔。"南朝梁

任昉在《述异记》中也有类似的记载:"秦始皇作石桥于海上,欲过海观日出,处有神人驱石,去不速,神人鞭之,皆流血,今石桥其色犹赤。"这两则神人驱石的传说虽与秦始皇相关,但驱石鞭却不掌握在秦始皇手里。

秦始皇驱石鞭的传说始见于《齐地记》中的相关记载。《太平御览》卷七三引《齐地记》说:"旧说始皇以术召石,石自行,至今皆东首,隐轸似鞭挞痕。"到了明代,陈耀文《天中记》卷七引五代王仁裕《玉堂闲话》一则有关秦始皇驱石铎的传说:"宜春界钟山,有峡数十里,其水即宜春江也。回环澄澈,深不可测。曾有渔人垂钓,得一金锁,引之数百尺,而获一钟,又如铎形。渔人举之,有声如霹雳,天昼晦,山川震动,钟山一面崩摧五百余丈,渔人舟皆落水。其山摧处如削,至今存焉。或有识者云,此即秦始皇驱山之铎也。"这是秦始皇驱石鞭传说的进一步发展。然而,从汉文典籍记载看,赶山传说在汉民族中流传却尚未形成赶山鞭型传说。

当这个传说流传到南方少数民族地区后,便逐渐形成赶山鞭型传说并出现了两种口承文本:"一种赶山鞭的操纵者仍是秦始皇,但已带更多的社会批判性质;另一种赶山鞭的操纵者已经换成少数民族的天神或英雄,表现了各民族群众在改换天地或反抗暴政等斗争中的豪情壮志。"[①]这两种口承传说在壮族民间均有流传。

壮族的前一种赶山鞭传说以流传于广西龙州壮族地区的《赶山鞭》[②]为代表。说南海龙王有一个公主,一次她到北方看见长城下遍地尸骨,活着的民工也是面黄肌瘦,并在监工的鞭打下抬石筑城。公主同情民工,于是给每人一根神针插到抬石头的扁担或木杠里,给他们增加

① 刘亚虎:《中华民族文学关系史》(南方卷),人民文学出版社1997年版,第273页。
② 蓝鸿恩搜集整理:《神弓宝剑》,中国民间文艺出版社1985年版,第217—222页。

了许多力量。后来秦始皇发现了，就派人扮成民工探知了其中的秘密。秦始皇就命令收缴那些扁担或木杠，取出神针，叫一个铁匠把所有的神针铸成一条铁鞭。秦始皇挥动铁鞭，突然群山跳动，于是将此铁鞭命名为赶山鞭。这样秦始皇就决定将北方和中原的石山赶到南蛮之地。一是赶山填海，一是赶山压死南蛮。南海公主得知后，恐秦始皇赶山压垮龙宫，于是来到壮族地区，变成一个粥店老板的媳妇，骗取了秦始皇的赶山鞭，然而她自己也被秦始皇糟蹋了。后来，那些被赶来的群山也就停留在壮族地区，再也无法移动了。

这是一则叙说壮族地区为什么多石山的民间传说。它的意义在于揭露了秦始皇的暴政以及封建王朝对南方少数民族的偏见与歧视，具有社会批判性质。这则传说结尾还说秦始皇奸污南海公主所生的儿子名叫项羽，后来项羽推翻了秦始皇的统治，这寄托了壮族民众推翻秦始皇暴政的政治愿望。从上文所引述的汉文典籍相关记载看，有关秦始皇赶山传说在汉族地区流传多为解释地方风物的形成，其流传到南方少数民族地区后也多为解释地方风物或风俗的形成。譬如，该传说传入云南彝族地区，就产生叙说云南彝族地区多石山的传说《石林传说》；传入侗族地区就产生叙说侗族妇女盘发髻风俗来历的《吴勉传说》。赶山鞭型传说之所以在南方少数民族中流传并定型，是汉族文化与南方少数民族文化交流及整合的产物。

壮族的后一种赶山鞭型传说以《莫一大王》为代表，并有散文体传说、韵文体长诗、师公唱本和壮师剧唱本等多种异文。在这些异文中，莫一大王的形象存在很大的反差。散文体《莫一大王传说》与英雄史诗《莫一大王》中的莫一大王，施展的法术以及他所具有的神奇力量是在他父亲“阴助”下，通过吞珠而得到的。这虽是壮族原始图腾崇拜在民间文学中的遗存，但这个莫一大王的形象“集中地体现了壮族人民的勇敢、力量、智慧，特别是那种败而不馁、锲而不舍、百折不挠的坚忍战斗精神，充分地体现了历代壮族人民在长期反抗民族压迫和阶级压迫的斗争中所形成的民族精神和民族气质”[①]。与此不同，壮族师公唱本中的莫一大王，其抗战所用的神器和超凡的神力，却都是以托梦的形式由“八仙”赋予的：“（八仙说）莫一请你听我讲，你的祖坟在山东，祖宗葬对老虎地，孙子七代出王臣，如今你是第七代，要你保皇又保民，给你神鞭赶山坡，围水做海山做城，给你拿火来做箭，杀贼用火不用兵。”[②]“八仙”乃是道教信仰中的神灵，受道教文化的影响，壮族师公教中也出现了不少道教神灵，壮族师公唱本中出现八仙托梦便是例子之一。不仅如此，壮师剧唱本《莫一大王》更是出现了浓重的封建“忠君”思想的影响。如唱本中有莫一大王“想和官兵打一仗”，却又“怕损兄弟和人民，好人死多心不忍，同他打仗是不行”这样的唱述。[③] 当莫一大王割下自己的头颅献给皇帝时，皇帝则悔恨不已，“验明真是莫一头，为皇眼泪下纷纷，只想把他关在牢，悔恨如今害忠臣，莫一保国有大功，莫一自杀我伤心，封你阴间做大将，去管阴间从阴兵”[④]。显然，在这里壮族师公不仅有意弱化了莫一大王宁死不屈的战斗精神，而且还将封建皇帝塑造成一个“忏悔”的君王，其目的是宣扬封建社会的“忠君”思想，劝诫民众不要犯上作乱。壮族民间文学中的莫一大王形象之所以在不同叙事文本中出现反差，是因为汉族传统文化在壮族民间不同群体间产生不同的影响。壮族师公为了宣扬宗教思想而将莫一大王和封建皇帝塑造成为封建道德思想的自我完善者。由此

① 蓝鸿恩：“壮族英雄的颂歌——史诗《莫一大王》浅析”，《民族文学研究》1987 年第 1 期。

② 蒙光朝：《壮师剧概论》，广西人民出版社 1993 年版，第 66 页。

③ 蒙光朝：《壮师剧概论》，广西人民出版社 1993 年版，第 69 页。

④ 蒙光朝：《壮师剧概论》，广西人民出版社 1993 年版，第 69 页。

可见,各种异文的壮族莫一大王传说故事都是深受汉族文化影响的产物,是壮汉文化交流与整合的结果。

其次,壮族地区广为流传的刘三姐传说也是壮汉民族文化交流与整合的产物。

从目前搜集到的各民族民间文学、民俗志资料以及各种文献记载看,刘三姐传说呈现多民族、多地域流传的态势。刘三姐为何时人也?说法不一。《宜山县志》载“刘三姐,唐时下涧村童女”;《浔州府志》载“刘三妹生于唐中宗之神龙元年”;《粤述》载“唐景隆中,贵县西山有刘三妹者”;《苍梧县志》载“刘三娘,须罗人,生于明季”。根据刘三姐出生年代的相关地方志记载,多数研究者认为刘三姐为唐代人是可信的。而关于刘三姐的故乡,众说纷纭。有说刘三姐为宜山下涧村人,有说她为贵县西山人,有说她为平南大容山人,有说她为扶绥县驮丁人,有说她为广东新兴或阳春人。可见,刘三姐传说流传到哪,哪里就是她的故乡。有关刘三姐的生平事迹主要见诸历代文人著述和地方志,如明代孙芳桂《歌仙刘三妹传》、清代张尔翮《贵县刘三妹歌仙传》以及地方志如《苍梧县志》《宜山县志》《浔州府志》等。广西壮族地区的刘三姐传说比较集中地流传于宜山县(今广西河池市宜州区)、贵县和扶绥县。

刘三姐传说之所以产生于壮族地区是有其原因的。《刘三姐传说在南方多民族中的流传与变异》一文将这些原因归纳为四个方面:一是唐代壮族地区受中原经济、文化的影响,生产力有了较大发展,为壮族歌圩的规模化奠定了物质基础,为壮族民间歌手在歌圩上施展歌才提供了条件;二是历史上壮族社会巫术的盛行和女巫所具有的特殊知识结构;三是女性在壮族社会中有一定的地位,在社会和家庭中有一定的发言权,较少受三从四德的影响;四是汉族文化的南传和汉族文学的滋润。[①] 这是合理的。广西各地流传的壮族刘三姐传说中就有多处提及刘三姐具有超人的神仙术和巫术。譬如，流传于扶绥县的刘三姐传说讲述：刘三姐不仅歌才横溢，而且劳动更是一把好手，她种田与人家不同，插秧时，总是插四周围就不插了，一会儿，这块田就自己插完了。她做饭菜时，不用柴火来烧，总是将手或脚伸进灶口去当柴火，过了一会，菜饭就熟了。她哥哥为了不让她挑水时放下担子唱歌，特地做了一对尖底水桶，谁知她竟能让尖底桶稳稳当当地立在地上，照样唱歌。因而，人们说她是半神仙。[②] 又譬如，流传于容县岑溪一带的刘三姐传说也讲述：刘三姐很喜欢唱歌，但哥哥反对她唱歌。一日，她哥哥用凳子拦住大门，自己坐在凳子上不许她出去。谁知她有遁形之法，竟然从凳子下走过，在门外高歌道："我兄癫，我兄癫，我兄担凳把门前；你妹走跟凳底过，正知你妹是神仙。"她哥哥又出一计，要她将石头煎成糕团才许她出去，谁知她又施法术，把石头煎成糕团一样，并唱道："我兄癫，我兄癫，马卵石头逼我煎，煎得石头粽啖软，正知你妹是神仙。"[③]流传于宜山的刘三姐传说也讲到刘三姐具有这种遁形之法。如此等等的特异功能，常人无法能及，唯神仙施展法术才能做到。道教的法术主要源于汉族原始宗教中的巫术，特别是道教中的梅山教和茅山教，其法术无边。道教诸神传说中，尤以八仙施展法术为最，因而俗语有云"八仙过海，各显神通"。当道教传入广西壮族地区后，壮族民众就将道教神灵的神仙术和巫术附会到刘三姐身上，赋予她超人的法术，将其塑造成一个半神仙的人物，使之神圣化，寄托了壮族民众的某

① 梁庭望："刘三姐传说在南方多民族中的流传与变异"，载郎樱、扎拉嘎：《中国各民族文学关系史研究》（元明清卷），贵州人民出版社2005年版，第426—427页。

② 广西壮族自治区民间文学研究会编：《广西民间故事资料》第1集，广西民族印刷厂1980年版，第33—34页。

③ 陈志良编："广西特种部族歌谣集"，转引自《刘三姐资料汇编》第1辑，广西壮族自治区人民出版社1960年版，第62页。

种美好愿望。道教追求长生不老、升天成仙的思想也在壮族刘三姐传说中得到反映,如贵县刘三姐传说讲刘三姐与广东的秀才张伟望在西山对歌几天几夜后升天成仙了;宜山县刘三姐传说讲刘三姐死后骑在一条鲤鱼的背脊上,飞升到天上去了。凡此种种,都说明了壮族也是南方少数民族中受汉族道教文化影响较深的民族之一。

壮族是一个善歌的民族,对歌、传歌也是壮族刘三姐传说的主要内容之一。从壮族刘三姐传说看,刘三姐不仅会唱壮语山歌,而且还会唱汉语山歌。从现当代采录到的民间文学资料以及历代地方志、文人著述看,壮族刘三姐在对歌、传歌中所唱的多为汉语山歌,其中以柳州话山歌和粤语山歌为多。而从壮族刘三姐在对歌、传歌中所唱的山歌看,汉族歌谣体制对壮族歌谣体制的发展起到了积极的推动作用,壮族民众"把汉族七言四句头化成壮族七言四行短歌式,使之服从自己的语言的特点,又吸收并保留了汉歌押脚韵的规格,用以丰富并事实上早已成为左右江流域大部分的县境内群众世代传唱的、公认的壮族歌谣,这种文化交流的实际情况,不仅存在于上述的七言四行短歌式中,也存在于壮族师公戏的唱词中"①。刘三姐在对歌中所唱多为七言四句歌,如她与广东四个秀才对歌所唱的七言四句歌:"姓陶不见桃花发,姓李不见李花开,姓罗不见锣鼓响,姓石拿去铺石街。"壮汉民族文化的交融状态由此可见一斑。

总而言之,壮族刘三姐传说的形成及其发展,既得益于壮族地区社会经济的发展和壮族文化的滋养,又得益于汉族文化尤其是汉族文学的滋润,是壮汉民族文化交融的结果。

---

① 黄勇刹:《壮族歌谣概论》,广西民族出版社1983年版,第46页。

第二节　汉族文化与壮族民间叙事长诗

元明清时期，是壮汉民族交往更为频繁的历史时期。大批汉族人因军事、政治、经济、移民等原因陆续迁入广西，部分汉族人与桂西、桂中地区的壮族人杂处，进一步促进了壮汉民族文化的交流与整合。在民族文学领域主要表现为大量的汉族文学（包括作家文学和民间文学）作品通过不同的途径传入桂西、桂中壮族地区，为壮族民间长诗的创作提供了丰富的文学养料。这里选取宋元南戏故事和明清传奇及小说与壮族民间长诗创作的关系进行阐述。

一、宋元南戏、明清传奇及小说与壮族民间长诗

（一）宋元南戏、明清传奇及小说在壮族地区的流传

明代徐渭在《南词叙录》中指出，南戏始于宋朝。至元末，原在唐代属于小说之列的传奇基础上，经过发展演变而归属南戏之列。不过，学术界一般习惯称“宋元之南戏”“明清之传奇”。众所周知，宋元南戏、明清传奇及明清小说在汉族文学史上具有重要的地位。宋代以降，随着壮汉民族交往频繁，壮汉民族深度融合，一些宋元南戏故事、明清传奇故事及明清小说传入桂西、桂中壮族地区，为壮族民间长诗创作提供了新的文学题材。那么，宋元南戏、明清传奇故事以及明清小说究竟

是什么时候，以什么样的途径传入桂西、桂中壮族地区的呢？与此同时，又是哪些题材的宋元南戏故事、明清传奇故事得以在桂西、桂中壮族地区广泛接受与流传呢？

从目前搜集到的资料看，传入桂西、桂中壮族地区具有代表性的南戏故事主要有《刘文龙菱花镜》《赵贞女蔡二郎》以及《朱买臣休妻记》，而最具代表性的明清传奇故事主要有《荆钗记》《玉钗记》等。当这些戏文故事传入桂西、桂中壮族地区后，壮族民间歌手将其重新编创成一部部民间长诗到处传唱，至今尚有人会讲唱这些故事并保存着相应的古壮字手抄唱本。诚然，现如今，我们很难确切地知道每一部壮族民间长诗的原故事是何时、通过何种途径传入桂西、桂中壮族地区的，但是我们可以通过考察这些原创故事的发源地来窥见其中的一些端倪。

众所周知，浙江、福建两省是南戏的发源地。史载明代将领俞大猷曾带兵到过广西，而同时代的广西田州瓦氏夫人也曾带领俍兵到闽浙沿海一带抗击倭寇。据此，有人在探讨汉族《刘文龙菱花镜》戏文本事如何传入桂西壮族地区时，做出推断："宋元南戏的发源地就在浙江福建两省，在明朝俞大猷带兵到过广西以后瓦氏夫人带领的俍兵抗倭，又直接归俞大猷指挥，按过去的当官的带兵规定，总带一些部曲（即家乡子弟兵），这些部曲为了娱乐，也有自己戏班子，经常演家乡戏。俞大猷是福建晋江人，他们家乡就是宋元南戏流传的地区，因此，当时俍兵看过他们的戏的，因为这个故事和他们的生活经历相似，因而大受感动，才把这故事带回家，经过民间艺人的再创作，才成为现在所流行的故事。"[①]又有人对《赵贞女蔡二郎》《荆钗记》等戏文本事的传入广西，做了这样的假设："和戏文《刘文龙菱花镜》一样，《赵贞女蔡二郎》戏文

① 蓝鸿恩：《广西民间文学散论》，广西人民出版社1981年版，第216页。

本事也是田州士兵随瓦氏夫人赴闽、浙沿海抗击倭寇班师田州时带到桂西壮族地区的。”[①]“《荆钗记》从汉族地区传入壮族地区的媒介是多方面的，有移民，有军人，有戏曲团体，有朝廷派来的公务人员；最大可能是嘉靖年间到江浙抗倭的瓦氏夫人队伍，这支队伍从壮族故事的流传地到汉族故事的发源地去，他们岂不带这个故事回来？因此《荆钗记》嘉靖年间流传进来的可能性最大。”[②]

应该说，上述推断和假设是有合理性的，但同时也是不够全面的。因为据目前所掌握的资料看，并不是所有在广西壮族地区流传的以宋元南戏、明清传奇为题材的民间长诗都能与俍兵抗倭扯上关系，如广泛流传于桂中壮族地区的《朱买臣休妻记》、明清传奇《玉钗记》，就很难断定其传入的具体时间与途径。因此，当我们在推断这些南戏传奇戏文故事传入桂中、桂西壮族地区的时候，一定不能忽视了移民传入以及其他的传入途径。明清时期，壮汉民族之间的文化交流比以往更加频繁，尤其是有大批移民迁入广西各地，更有部分移民与桂中、桂西一带的壮族杂处。这些移民都有可能讲述一些在原住地所见戏班搬演的南戏传奇戏文故事，此其一；其二，明清时期，中央王朝在壮族地区推行改土归流，赴任的汉族流官所带戏班也有可能将一些南戏传奇故事传入壮族地区；其三，明清时期，有不少汉族民间剧团到广西演戏，也有不少民间艺人到广西传艺，因而通过他们，南戏及传奇故事得以传入广西也是极有可能的。

明清小说以民间长诗的艺术形式在壮族民间流传的并不多，《唱唐皇》（亦称《李旦与凤姣》）、《二度梅》是其中较为有名的作品。《唱唐皇》这部长诗主要取材于成书于乾隆十八年（1753）的《反唐演义全

① 罗汉田：《中国南方民族文学关系史》（下），民族出版社2001年版，第130页。

② 方士杰：《桂西民间文艺论集》，广西民族出版社1993年版，第137页。

传》(或《薛刚反唐》),因此,原小说传入桂中、桂西壮族地区当为1753年以后的事。这部民间长诗可能是壮族民间歌手以原小说故事为底本的再创作,也有可能是根据汉族或其他少数民族民间剧团的剧本为底本的重新创作,而且后一种可能性较大。另一部壮族民间长诗《二度梅》取材于清代同名才子佳人小说,在桂西壮族地区以末伦调来讲唱,长达两万余行。《二度梅》是一部在民间颇有影响的清代才子佳人小说,叙述唐肃宗时吏部都给事梅魁、左都御史冯天乐、吏部尚书陈日升等人同权奸卢杞、黄嵩的忠奸斗争,并着力描写梅璧(字良玉)与陈杏元、陈春生与周玉姐这两对才子佳人悲欢离合的爱情故事。据考证,小说《二度梅》成书于乾隆十三至三十五年之间[1],之后有弹词、宝卷、木鱼歌、川剧、豫剧、越剧等多种改编流传。壮剧研究表明,北路壮剧第七代艺师黄永贵于光绪二年(1876)到南宁邕剧班拜师学艺三年,回来时从南宁带回了《宝莲灯》《二度梅》等六十四个剧本。[2] 因而,广泛流传于桂西的壮族民间长诗《二度梅》极有可能是根据邕剧剧本改编的。

以上是宋元南戏、明清传奇及小说传入壮族地区的多种途径和被改编成为民间长诗的多种可能性。这是很值得关注的课题。与此同时,另一个同样值得关注的课题是壮族民间歌手(民众)在取材宋元南戏、明清传奇及小说上的选择性。

从目前搜集到的资料看,主要有两类南戏、传奇故事在桂中、桂西壮族地区以民间长诗的艺术形式流传。第一类是叙述主人公悲欢离合的爱情故事。主要有根据宋元南戏《刘文龙菱花镜》编创的《唱文隆》(亦称《唱文龙》),根据明代传奇《荆钗记》编创的《十朋与玉莲》和根据明清传奇《玉钗记》(或《新刻增录说唱义夫节妇何文秀报冤传》)编

---

① 张文德:"二度梅版本及成书年代考论",《明清小说研究》2004年第2期。

② 彭秀清:"壮剧与横向借鉴",《民族艺术》1991年第4期。

创的《马骨胡之歌》(亦称《唱文秀》)。这些壮族民间长诗讲唱了主人公悲欢离合的爱情故事,感人至极。在广西有些地方如"在来宾、忻城、武宣一带农村,每逢婚丧嫁娶,宾朋满座的时候,到了夜晚,便烧一堆篝火,让大家围坐在一起同唱文秀。故文秀在壮族民间有能当被子盖的赞誉"[①]。这几部民间长诗在再创作时虽然在故事情节、人物设置甚至是主题思想等方面有所变异,但主人公的名字基本上没有做改变(当然其身份已壮族化了),所以为研究者对其做追本溯源提供了线索。第二类是批判忘恩负义或嫌贫爱富的戏文故事。如根据《赵贞女蔡二郎》编创的《蔡伯喈》,根据清代陈世美负心戏文故事编创的《陈世美》(亦称《秦香莲》),根据宋元南戏《朱买臣休妻记》编创的《朱买臣》[②]及取材于汉族民间故事的《毛红和玉音》等。

至于有选择性地取材于明清小说的壮族民间长诗,从目前搜集到的资料看,则主要有如下四种情况:一是根据历史小说编创的民间长诗,如根据《三国演义》而重新创作的民间长诗《三国诗》[③],主要流传于桂西凭祥一带;二是根据神魔小说重新编创的民间长诗,如取材于《西游记》的《唐王》(讲唱唐王李世民派唐三藏到西天取经的故事)和《西游记诗》(流传于桂西凭祥一带,侧重唱述孙悟空护送唐三藏到西天取经的事迹);三是根据历史演义小说与英雄传奇小说重新编创的民间长诗,如广泛流传于桂西、桂中壮族地区的《唱唐皇》和《李旦与凤姣》[④],但相比之下,《李旦与凤姣》的变异性更大;四是根据世情小说重

① 胡仲实:《壮族文学概论》,广西民族出版社1982年版,第105页。

② 广西壮族自治区科学工作委员会、壮族文学史编辑室编:《壮族民间歌谣资料》第1集,内部编印,1959年版,第23—27页。

③ 广西壮族自治区科学工作委员会、壮族文学史编辑室编:《壮族民间歌谣资料》第2集,内部编印,1959年版,第7页。

④ 韦文俊、刘志坚搜集整理:"李旦与凤姣(壮文版)",载梁庭望、韦文俊等搜集整理:《壮族传统古歌集》,广西民族出版社2011年版,第135页。

新编创的民间长诗，如流传于桂西一带并以末伦调唱述的《二度梅》（亦称《梅良玉》）取材于清代世情小说《二度梅》。

（二）民间长诗对宋元南戏、明清传奇及小说的再创作

壮族民间不仅有选择性地根据汉族的南戏、传奇和小说编创长诗，而且根据本民族的社会历史、生活境况、风俗习惯、民族文化心理、价值取向以及审美志趣等对原故事进行再创作。具体表现在如下三个方面：

首先是人物形象的重塑。其中较有代表性的是《唱文隆》和《李旦与凤姣》。如取材于汉族《刘文龙菱花镜》的《唱文隆》，在女主人公肖氏（《刘文龙菱花镜》称为"萧氏"）的塑造上有着明显不同。《刘文龙菱花镜》里的萧氏，可从一支佚曲窥见一斑："小玉听得，便取过三物与东人把为记。""亲与付，身荣千万早回归。剖金钗，破菱镜，每留半君根底。弓鞋儿各一只。他日归来，再合团圆共成一对。"[①]显然这是一个出身于富家、体态娇柔且穿着华丽的少妇形象。而在壮族民间长诗《唱文隆》里，肖氏却是一个脚大手粗、勤劳能干、为夫担忧的壮族农家妇女，"在家公婆由我养，人情礼物由我办。牛马猪羊我来管，水田畲地由我耕。夫君不要太担忧，请夫放心去争名"[②]。因而在与丈夫临别时，长诗里的肖氏没有南戏里的萧氏柔弱与哀伤，"正新婚萧氏，送别嘱咐，行行洒泪"，"愿得，做个状元郎及第归。解元，莫忘奴表记时"[③]，反而显得更为坚强与豁达，"肖氏十里来相送，细语相嘱莫忘恩。四眼

---

① 钱南扬辑录：《宋元戏文辑佚》，上海古典文学出版社1956年版，第215页。

② 子义、马龙、苏珊等搜集翻译：《唱文隆·唱英台·唱唐皇》，广西民族古籍办公室编印1998年版，第6页。

③ 钱南扬辑录：《宋元戏文辑佚》，上海古典文学出版社1956年版，第214页。

相视实难舍，口讲眼泪肚里渗"[①]。更为突出的是，面对丈夫数载未归，南戏里的萧氏充满了哀怨与失望，"终朝没情绪，眉黛尽敛愁如织。怕楚馆秦楼迷恋在，尚未有归来消息。忆当初凤帐鸾帷，漫得三宵，怎道轻离拆？一番思，泪眼但揾透鲛绡数尺"[②]。而长诗里的肖氏却不失去信心，在家侍候公婆，承担一切农活家务，等待丈夫的归来，"绣花织布养公婆，柴草农事一人当。老天会黑又会亮，月儿会缺又会圆，天天盼着丈夫归"[③]。总之，从南戏戏文故事，我们看到的是一位闺阁少妇在送夫、思夫、盼夫中所表现出的种种心态；而从壮族民间长诗，我们看到的却是一位壮家少妇在送夫、思夫、盼夫中表现出来的别样的心理和品质——勤劳能干、坚强豁达、孝顺父母。由此可见，不同的民族由于民族文化心理、价值取向、审美志趣等存在差异，其文学作品在人物形象的塑造方面也呈现出不同的族群文化品性与审美观。

其次是故事情节的再构。壮族民间歌手将原故事进行重新创作时，基于本民族与汉族社会历史文化存在诸多不同，在故事情节方面做了很大的改变。这方面的代表性作品有《唱文隆》、《十朋与玉莲》[④]、《马骨胡之歌》等。如桂中壮族民间的《马骨胡之歌》，首先在人物设置上对汉族《玉钗记》故事做一番改变，对一些人物做了删减、合并、重组，同时对一些人物关系也做了重新调整、改造。如删减了王太师这个人物，将王太师的部分情节转移到狱官王鼎身上，并将王鼎改名为王阁老；将弹词中的王阁老直接改名为黄国老；将《玉钗记》中的寿阳尹金

① 子义、马龙、苏珊等搜集翻译：《唱文隆·唱英台·唱唐皇》，广西民族古籍办公室编印1998年版，第7—8页。

② 钱南扬辑录：《宋元戏文辑佚》，上海古典文学出版社1956年版，第216页。

③ 子义、马龙、苏珊等搜集翻译：《唱文隆·唱英台·唱唐皇》，广西民族古籍办公室编印1998年版，第8页。

④ 方士杰：《桂西民间文艺论集》，广西民族出版社1993年版，第130—156页。

练改名为陈连，对何君达（何栋）与金练的个人恩怨也作了改造，设计陈连为当朝一宰相；同时又虚构出李明透为一个开明的官吏，并将李明透设计为何君达的“同年至交”（壮族人称之为“打老同”），将一些与何文秀性命攸关的事情交由他来处理。由于人物设置上的重新处理，壮族长诗《马骨胡之歌》的故事情节与《玉钗记》或弹词《新刻说义夫节妇何文秀报冤本传》就不同了。汉族《玉钗记》故事的情节脉络为：何文秀冶游南京→父母双亡→文秀被捕→与兰英相遇→文秀被陷害→兰英殉情→应试中举→私访兰英→报仇团聚。而壮族长诗是以千里寻父→花园奇遇→祸从天降→兰英得救→狱中琴声→兰英哭灵→赶考荣归→灵堂试心→审堂认妻→报仇谢恩等十个故事情节来推动整个故事不断曲折发展的。此外，壮族长诗《马骨胡之歌》里没有弹词中何文秀“冶游南京，与月金一见倾心，互订婚约”与“文秀又往南京迎娶月金”的情节，也没有传奇《玉钗记》中何文秀“游学金陵，与妓女月金最厚”“月金别秀后，即谢客杜门”以及“秀白琼，琼令娶为妾”这些情节。壮族长诗《马骨胡之歌》删减了汉族故事中的这些情节，这便改变了文秀“一夫二妻”的婚姻关系，使得文秀与兰英的爱情更加纯洁。

最后是作品主题的变异。这种变异又具体表现为主题的切换、主题的净化和双重主题的强化三个方面。

宋元南戏多以爱情、婚姻或家庭故事为题材，其中相当一部分戏文是描写婚变、批判男主人公负心的故事。如《赵贞女蔡二郎》讲述蔡伯喈赴京赶考中状元后入牛丞相府为婿，背亲弃妇，最后遭雷劈死；《王魁负桂英》讲述妓女桂英资助书生王魁读书赴考，王魁得中状元，弃桂英另娶，桂英愤而自杀，其鬼魂活捉王魁；《张协状元》讲述书生张协赴考遇盗，得贫女相救，后结为夫妇，张协中状元后，嫌她“貌陋身卑，家贫世薄”，不肯相认，竟于赴任路上剑劈贫女。南戏《刘文龙菱花镜》究竟是不是一个婚变主题的故事？我们先从《刘文龙菱花镜》所存二十一支曲中的其中一支来看刘文龙父母临别前对他的嘱咐："我儿离家去，求显迹。爹爹赠与你盘缠费，金共珠。去时休得恋歌妓，忘故里。"文龙回答道："文龙焉敢恋歌妓，忘故里。"[①]这说明当时人们已经对男子忘恩负义进行批判了。身为父母，在儿子赴京赶考前不得不再三嘱咐儿子千万不要忘记家中父母与娇妻。然而，文龙却没有遵从父母的嘱咐，他临别前所说的"文龙焉敢恋歌妓，忘故里"也成为一句假话。他在京寻花问柳，耽误了试期，迷恋妓女云娇，忘记家中父母与结发之妻。后来又乐为单于驸马。尽管《刘文龙菱花镜》中的刘文龙不至于像蔡伯喈骑马踏死赵贞女，也不像王魁"竟别娶，桂英使人送书，亦遭拒斥"，也不像张协无情无义竟挥刀想杀贫女，但他的行为足以说明他与蔡伯喈、王魁、张协等人无异，《刘文龙菱花镜》与《赵贞女蔡二郎》《王魁负桂英》《张协状元》同属"婚变"题材的南戏。

男子负心戏在宋元时期盛行，有其深刻的社会原因。唐末以来，战祸频繁，社会秩序变化无常。一些中小地主甚至是破产户或农民，可以通过科举考试进入仕途，跻身于上层统治集团。统治阶级为了加强统治也通过多种途径笼络人才。然而，这些人一旦发迹，有的另有外遇，喜新厌旧，抛弃糟糠之妻；有的趋炎附势，高攀权贵，把婚姻当作巩固已得地位的手段。而那些在朝高官为了扩张自己的势力，也往往从这些新贵当中挑选自己的女婿。这种政治上的相互勾结、相互利用，往往导致婚变悲剧的发生。南戏传入桂西壮族地区之后，该地区的壮族社会与汉族地区不同，壮族民间社会很少发生某些人因社会地位的改变而导致婚姻变化的情况。壮族妇女也很少因丈夫社会地位的改变而遭抛

① 钱南扬辑录：《宋元戏文辑佚》，上海古典文学出版社1956年版，第215页。

弃,她们所遭受的痛苦多是因土官的盘剥和战争的蹂躏。这与桂西壮族地区的社会历史相关。桂西土司制度建立以后,土司各自为政,横征暴敛,攻伐掠夺,酿成了连续数十年的战乱,使桂西广大地区长年处于战祸之中。由于连年战乱,社会动荡、家庭离乱,丈夫经常被征参加各地土司的相互攻伐。因而,当《刘文龙菱花镜》传入桂西壮族地区后,当地的壮族人就将原作品的“婚变”主题切换为“离乱”主题。根据《刘文龙菱花镜》再创作的壮族民间长诗《唱文隆》,就是通过壮族青年刘文隆(龙)与肖尼悲欢离合的爱情故事来反映当时桂西一带的壮族人民因战乱而遭受的种种痛苦,表达了壮族妇女对夫妻团圆幸福生活的追求。

与《唱文隆》的主题切换不同,壮族民间长诗《十朋与玉莲》是对原汉族故事主题的净化。如果说《十朋与玉莲》与所取材的《荆钗记》有相似之处的话,那就是十朋与玉莲的关系是任何人都无法动摇的,没人能够分开他们。然而,透过人物的心理世界,我们会发现壮、汉民族作品中支撑十朋与玉莲二人的爱情力量是截然不同的。就后者而言,封建社会的“三纲五常”和“贞操”伦理道德观念在汉族社会中根深蒂固,《荆钗记》就是通过王十朋与钱玉莲悲欢离合的爱情故事来宣扬封建伦理道德,这一点在该剧的剧末已道出了作者创作的目的:“圣旨已到,跪听宣读。诏曰:‘朕闻礼莫大于纲常,实正人伦之本。爵宜先于旌表,益厚风俗之原……其妻钱氏,操行端庄,而志节贞异。母张氏,居孀守共姜之誓,教子效孟母之贤。似此贤妻,诚可嘉尚,义夫之誓,礼宜旌表。今特降授王十朋福州府知府,食邑四千五百户,妻钱氏封贞淑一品夫人。’”[1]而就前者而言,虽然随着壮汉民族文化的交流以

---

① 柯丹丘:《荆钗记》,吉林文史出版社1997年版,第149页。

及封建王朝在壮族地区的政治统治，壮族文化深受汉族文化影响，封建社会的“三纲五常”“贞操观”、婚姻大事要由“父母之命，媒妁之言”决定等观念在壮族地区也逐渐蔓延，但壮族青年男女至少在恋爱上相对还是比较自由的。比如可以在歌圩上通过对歌寻找心上人，父母一般不会干涉（这恐怕是壮族长诗《十朋与玉莲》将《荆钗记》中钱玉莲母亲的叙事功能转移到孙汝权身上的一个原因），也不强求门当户对。有些地方的壮族人在婚姻上尽管也有媒妁之言，在找到了心上人后也要托媒人说亲，但这只是一种程序而已。因而反映在长诗《十朋与玉莲》中，支撑男女主人公誓死不渝的爱情力量不是封建伦理道德而是他们彼此真心相爱。如长诗中当玉莲听说王十朋已死，悲痛万分，孙汝权乘机向玉莲求婚时，她不为财势所动，一而再地坚决拒绝孙汝权的求婚，表白她对王十朋的真挚而崇高的爱：“好马不套两个鞍，好鸟不筑两个巢，好妹没有两颗心，好铁不打两面刀。”当孙汝权仗势逼婚时，她走投无路，于是决定投河去找王十朋，投河之际，她唱着：“王郎死去妹伤悲，汝权逼亲妹身危。愿下地府同郎会，再不分离永相陪。寻郎路从哪边走？山伯还有红黑碑。地府阴门向哪面？妹要寻路去跟随。”[①]而当王十朋听说钱玉莲已死，孙汝权劝他再找一个时，他则回答说：“连情不比捡田螺，选得一个丢一个；娶妻不比摘花朵，这朵枯了选那朵。天上人间美人多，我只选玉莲一个；玉莲殉我我守寡，玉莲复生我才合。”[②]所以说，壮族民间长诗《十朋与玉莲》中的王十朋与钱玉莲的爱情更为纯洁，与《荆钗记》相比，其主题得到了净化。

壮族民间长诗主题变异的第三种情况是双重主题的强化。这一点

---

① 方士杰：《桂西民间文艺论集》，广西民族出版社1993年版，第151页。
② 方士杰：《桂西民间文艺论集》，广西民族出版社1993年版，第151页。

在根据《反唐演义全传》(或《薛刚反唐》)编创的壮族民间长诗《李旦与凤姣》中表现得最为鲜明。流传于桂中壮族地区的勒脚体长诗《李旦与凤姣》演绎了这样的故事:武则天迫害正宫娘娘后,杜回带着仅出生三个月的太子李旦逃难到广西柳州壮族地区,无依无靠,迫于生计,杜回卖身到胡发家为奴,当牛做马备受摧残。杜回死后,小奴隶李旦过着乞讨与受人欺凌的生活。李旦在逆境中发愤,箭法高强,在与恶少马迪比箭中获胜,不幸却被主人胡发毒打。幸好得到壮族姑娘凤姣的仗义相救,后来两人彼此产生爱慕之心。不久由马骨胡传音,用绣球定情,二人在竹楼里订下了百年之好。这时候,义军将领曹彪找到李旦一道起兵复仇,匡复李氏政权。李旦走后,马迪乘机造谣,说李旦为贼兵所斩,威逼凤姣成婚,凤姣被迫随婶母文氏出走投亲,却又被表哥崔文德强娶为妻,凤姣只好投河明志。后为告老还乡的壮族陶知府救起,带回象州,与陶小姐为伴。不久李旦的队伍打到象州,他的部下李贵自小与陶小姐订婚,因战乱离散多年,他献计让李旦冒名入陶府策反。陶知府却张罗为其完婚。凤姣认出李旦,以为他变了心,引起一场误会。最后真相大白,双双团圆,并开城迎接义军,大家一起踏上匡复李氏政权的新征途。显而易见,长诗《李旦与凤姣》着重描述的是落难皇帝与壮族姑娘对美好爱情的执着追求,诚如壮族民歌所唱“生也连来死也连,李旦留心等凤姣”。

此外,这部民间长诗还摒弃了狭隘的民族主义和阶级压迫,表达了壮族人民对壮汉民族团结的美好愿望。长诗主要描述壮族人民对沦为奴隶的李旦的同情、关心与照顾,李旦饿了邻居就给他吃的。李旦不仅娶到了行侠仗义、善良美丽的壮族姑娘凤姣,而且李旦在匡复李氏政权的斗争中还得到柳州地区壮族人民的大力支持。李旦永远不会忘记壮族人民对他的关爱:“壮家人待我恩重如山哟,李旦千年万代也牢记心间”。[①] 民间长诗《李旦与凤姣》虽将原故事以匡复李氏政权为主线改为以歌颂李旦与凤姣誓死不渝的爱情为主线、以匡复李氏政权为副线来叙述，但全诗还通过李旦与壮族人民“情同父母”般的关系来表达追求壮汉民族友好团结的美好愿望。因而，《李旦与凤姣》既突出其爱情的主题，也彰显其追求壮汉民族友好团结的政治意义。

二、汉族孝子故事与壮族师公手抄唱本

（一）壮族民间师公教与汉族孝道故事的流传

从目前所搜集和掌握的资料看，汉族孝道故事传入壮族地区并得到广泛传扬，与壮族民间师公教有着极其密切的关系。

师公教主要流传于红水河中下游、郁江沿岸、柳江流域壮族乡村，是“在壮族先民越巫信仰的基础上形成和发展的一种民间宗教样式，这种宗教的源流大体经历了两个阶段，道教传入之前为第一阶段，之后为第二阶段。在前一阶段，民间师公教是壮族社会中唯一的和占主导地位的宗教，但与当时壮族社会发展状况相适应，它处于自发宗教的发展形态，此时在于中原古巫傩的传入而产生的壮、汉两种不同民族文化的碰撞中，壮族民间宗教吸收了中原古巫傩的不少成分；到了后一个发展阶段，由于道教的传入，在壮族地区形成了民间道公教派，直接威胁到壮族民间师公教的生存，于是，为了自身的存活和发展，为了与民间道公教派抗衡，壮族民间师公教不同程度地吸收和整合了道教、佛教等外来宗教的文化因素以及儒家思想的孝道观念等来改造和充实自己，

---

① 方士杰：《桂西民间文艺论集》，广西民族出版社1993年版，第130—156页。

从而使它逐渐从自发宗教形态向人为宗教形态的方向发展”[①]。总之，壮族民间师公教是一种由原始宗教到人为宗教之间的过渡性宗教，是壮族族群内部最初创造的、经过了漫长历史演进仍然能够保持其本质特征和基本状态的原生性宗教。

在桂中壮族地区，师公教亦称“梅山教”“三元教”或“武教”等，之所以有这么多种称谓，是因为壮族师公教深受汉族道教的影响。汉族道教之一梅山教传入桂中壮族地区后与壮族原有的巫教相结合，形成一种新的民间宗教——壮族师公教。在创教时，壮族师公为了使师公教名正言顺，便仿道教“三元”（三官）创造了师公教的三位祖师爷来历的故事。在道教的“三元”故事里讲“三女嫁一夫”，而壮族师公根据本民族的民族心态和风俗习惯而编创一个“一女嫁三夫”的《三元的故事》。壮族民间师公教不仅受道教影响，实际上它是壮族民间原有的巫教与外来的儒释道交融与整合的产物。

在壮族民间，喜事是主家有请便去，而丧事却是主家不请自来。如果某家有老人去世，本村寨的人和其他村寨的亲友得知后就纷纷前来吊唁，并帮助主家料理后事。一般是老人去世时才延请师公或道公前来做法事超度亡灵。至于要做几天几夜的法事，视主家家境而定。家境贫寒的可能只延请一两个师公（或道公）做一天或一夜或一天一夜的法事；家境富有的一般延请一班师公（或道公）人马，有的甚至师公与道公同时延请，做三至七天的法事，以尽孝道。这种丧葬习俗是壮族师公教滋生并得以发展的文化土壤。师公为了本“师教”的生存与发展，编创了大量的经诗（即唱本与科仪本）。这些经诗一部分取材于本民族的神话传说、史诗与民间故事，另一部分则多取材于汉族故事。因

① 杨树喆：《师公·仪式·信仰——壮族民间师公教研究》，广西人民出版社2007年版，第169—170页。

为“重孝说”是壮族师公教的信条与教义之一，所以师公在丧礼中要讲唱孝子故事来劝导人们改恶从善、孝顺父母。壮族师公为了宣扬孝道，传扬孝文化，于是从民间流传的故事中寻找他们需要的孝子故事，并对其进行再创作，以便吸引、教育听众。从目前搜集到的壮族师公唱本看，绝大部分孝子故事唱本取材于汉族故事。壮族师公将汉族孝子故事进行重新编创后将其纳入本师教的唱本体系，以此来传扬孝文化，劝诫人们要孝顺老人（这种孝顺包括老人在世时要孝顺，老人死后也要尽孝道）。如壮族师公唱本《二十四孝书》的序歌所讲唱：“请布老安静，唱前朝故人。二十四孝情，众人齐来听。请妇女莫哭，师公来吊灵。请布老安静，唱前朝故人。若有猪有鸡，放合祭亡灵。二十四孝情，众人齐来听……二十四行孝，唱前朝的人。爱父母周到，不枉为世人。”①这些师公唱本主要讲唱虞舜（舜儿）、文帝、曾子、子路、闵子骞、董永、姜女、江革、王祥、丁兰、曹安、孟宗等二十四个人的行孝故事。这些师公唱本都以民间长诗的艺术形式传唱，有的是七言体长诗、有的是五言体长诗。这些唱本在桂中一带的壮族师公中由于师承关系广为流传。其中，如《唱舜儿》《唱董永》《唱姜诗》《唱闵子骞》《唱丁兰》等唱本是壮族师公在丧礼中经常讲唱的由汉族故事编创的孝子故事。师公在丧礼场合讲唱这些孝子故事时往往使丧堂的人听了感动流泪。这类孝子故事也就是在丧礼这种特殊的场合中得以广泛流传。

师徒间的“传与承”是壮族民间孝子故事的传承方式之一。壮族师公教的传承方式有社会传承与父子传承两种。社会传承就是指师公收非本人儿子（或孙子）为徒的一种师教传承方式。父子传承就是指一种父传子、子传孙的师教传承方式。壮族师公教传男不传女。在壮

① 红波搜集翻译：《壮族民间师公唱本二十四孝书》，内部编印，广西民间文学研究会1985年版。

族地区，一般的男性要使自己从普通人的角色向师公的角色转换，就必须进行“渡戒”仪式。在桂中一带的壮族民间，“渡戒”亦称“从师下戒”，“通常在弟子投拜师傅成为师公的过程中举行。通过了这种仪式，新的师公即可被社会所承认，成为真正的师公，从而获得独立从事民间宗教活动的资格”[①]。在“渡戒”期间，有比较严格的渡戒规定。《中国各民族宗教与神话大词典》(壮族部分)的“师公”条目云：“入教者必须经过拜师受戒、背诵经文(唱本)、习练舞蹈杂技等本领，并见习三年。”[②]由此可知，要取得师公资格，抄写和背诵经诗是必不可少的，而且能否熟练地背诵经文也是民间衡量一个师公本领是否过硬的标准之一。况且，具有代表性的师公唱本是新的师公必须背诵的。作为一名师公，其在丧礼中所讲唱的孝子故事是否感人，也关乎其名声。因而，师公们常常要温习这些经典唱本，并熟记于心。师公也就是在丧礼中将这些孝子故事讲唱给一般的民众听，而一般的民众也往往将听到的孝子故事讲给身边的人听。这也是孝子故事得以不断传承的一种方式。可以说，壮族的民间丧葬习俗与师公教是汉族孝子故事在壮族地区得以广泛流传的文化土壤。这种民间宗教神职人员的传承方式就目前情形而言，在壮族民间不会出现“传与承”的断裂。

桂中一带的壮族民间在师公的跳神与师公歌舞的基础上衍生出一种融舞蹈、音乐、说唱文学于一体的民间艺术——壮族壮师剧(后来改称为“壮师剧”)。桂中一带的壮族壮师剧班成员有的是从事民间宗教活动的师公，有的是非宗教神职人员的一般演员。一般演员虽然也拜师公为师，但不从事宗教活动。过去桂中一带的壮族民间有不少壮族

---

① 杨树喆：《师公·仪式·信仰——壮族民间师公教研究》，广西人民出版社2007年版，第61页。

② 《中国各民族宗教与神话大词典》编审委员会编：《中国各民族宗教与神话大词典》，学苑出版社1990年版，第751页。

壮师剧班，壮师剧艺人也设馆收徒传艺。在壮族壮师剧的发展过程中，艺人为了生存与娱乐民众（同时也娱神）也曾搬演过许多孝子故事，寓教于乐。壮族民间有“坐丧”的习俗。过去在桂中的一些壮族地区，民间还有这样的习俗——老人去世时兴请壮师剧班演戏。有些地方是老人去世，每个女婿须各送一台壮师剧。一般在屋前空旷处演出，众人围观，通宵达旦。在丧礼场合一般演的是孝子故事。《二十四孝》是壮师剧的传统剧目，壮师剧班视丧事规模，大斋则二十四个剧目串联演完，小斋则选其中几个具有代表性的。在丧葬期间延请戏班演孝子故事，既能使观众受到孝文化的熏陶，主家又不需要用床屋来解决众多宾客的住宿问题。因而，在桂中壮族民间有“一出大戏要顶几百床被子”的说法。不过，现在老人去世，壮族民间不兴请戏班演壮师剧了，而且民间壮师剧班早就解散了。这种民间戏曲的传承方式已难以为继。不过，壮族师公在丧礼场合还是有选择性地讲唱一些孝子故事。

（二）取材于汉族孝道故事的壮族师公手抄唱本

从搜集到的师公唱本看，汉族孝子故事在壮族地区的流传中其主题始终没有发生变异，均以传扬孝文化为主旨，以孝子故事来劝诫人们改恶从善、孝顺老人。不过，汉族孝故事传入桂中壮族地区后，其在艺术形式上与汉族主要以散文体的民间故事来讲述不同，壮族师公唱本或民间艺人的唱本均以民间长诗的艺术形式来讲唱这些孝子故事。一些汉族孝子故事传入桂中壮族地区后，在故事情节等方面已经发生了明显变异，已经是壮族生活化了的民间故事。

1. 虞舜行孝故事在壮族地区的流传与变异

虞舜行孝故事在汉文典籍中的流变。虞舜行孝故事在其流变中主要产生了三种具有代表性的文本。第一种代表性文本是司马迁《史记·五帝本纪》中的虞舜故事。《五帝本纪》中有关虞舜故事的基本情节为：

A. 舜父瞽叟盲，续娶妻生象，象傲。瞽叟爱象，常欲杀舜，舜避逃。

B. 舜耕历山。舜父瞽叟顽，母嚚，弟傲，皆欲杀舜。

C. 尧闻舜孝，以二女妻之。舜躬耕历山。

D. 瞽叟复欲杀舜，使舜上涂廪，纵火焚廪。舜以两笠自扞而下。

E. 后瞽叟又使舜穿井。瞽叟与象下土实井。舜从匿空出。

F. 象以为舜已死，欲谋占其家产与妻室。舜复事瞽叟爱弟弥谨。

G. 舜践帝位，见父封象。①

《五帝本纪》中虞舜故事的叙事结构比较完整，已具备了虞舜行孝故事的早期叙事形态，成为一个情节比较完整的孝子故事。

第二种代表性文本是《列女传》中的虞舜故事。刘向编撰的《列女传》，后于《史记》。有关虞舜故事见于《列女传》之"有虞二妃"条，其基本情节为：

a. 舜父顽母嚚，象敖游于嫚。母憎舜而爱象。

b. 尧妻以二女，以观厥内。二女助舜耕种，思尽妇道。

c. 瞽叟与象欲谋杀舜，使涂廪。舜告二女，而从二女言。

d. 象与父母，复欲害舜，使舜浚井。舜复告二女。舜潜出。

e. 杀舜不成，瞽叟欲以毒酒害舜。舜告二女。舜往饮而不死。

f. 舜践帝位，封象于有庳。事瞽叟犹若焉。②

与《五帝本纪》相对照，《列女传》中的虞舜故事已发生了明显变异。其一，"三迭式"叙事结构的出现。增加情节 e，使 c、d、e 构成了民间文学中常见的主人公三难式的"三迭式"叙事结构。其二，刻意叙述

① 《史记》，中华书局 1959 年版，第 32—34 页。

② 刘向：《古列女传》，中华书局 1985 年版，第 1—2 页。

迫害与反迫害。关于反迫害，D 与 E 没有明确指出舜是如何逃脱的，暗含神助，具有神奇色彩；而 c、d、e 二妃的出场，刻意叙述反迫害，并暗示舜之所以能安然逃脱归功于二妃的智慧，强调了人的主体性。此处强调了女性在男权社会中的重要性。此以舜的故事将二妃树立为助夫的传统女德典范。其三，难题考验型故事。尧为何让位于舜？难道舜，孝也？舜为何屡遭父母和象的迫害？究竟谁在指使舜父和象屡次迫害舜？为何“尧试之（舜）百方”？在难题考验型故事中，岳父（或国王）常常通过各种形式来考验未来的女婿（或嗣位者），而未来女婿（或嗣位者）往往得到情人或妻子（多为考验者的女儿）的暗中相助而顺利通过考验。从情节 c、d、e 与“尧试之（舜）百方，每事常谋于二女”来看，这与难题考验型故事极为相似。对此问题，日本学者伊藤清司已做过研究，他认为尧舜禅让传说属于难题考验型故事。[①]《五帝本纪》有关虞舜行孝故事的叙述虽已蕴含难题考验母题，但隐而不显。

第三种代表性文本是《舜子变》对虞舜行孝故事的改造。唐五代时期的敦煌通俗文学作品《舜子变》讲述了虞舜行孝的故事，其基本情节为：

（1）舜母临终托孤。舜服丧三年。

（2）舜父苦嗽（瞽叟）与舜商量后继娶。

（3）舜父远赴辽阳经纪，三年后将归。

（4）后母设计，命舜摘桃，拔金钗刺足自伤，诬告舜心存不良而行暗算，舜父鞭舜，幸有帝释护佑，舜不受伤。

（5）后母设计焚廪害舜，舜持两笠飞下，得地神护佑而不伤。

（6）后母设计填井害舜。舜淘井得银，银尽父母填以巨石，帝释化

① 伊藤清司：“难题求婚型故事、成人仪式与尧舜禅让传说”，载叶舒宪：《神话—原型批评》，陕西师范大学出版社 1987 年版，第 408—435 页。

黄龙引舜至东家井中出。

(7) 舜拜生母墓,阿娘现身,指引舜去历山耕种。

(8) 舜耕历山,有种种奇迹。

(9) 舜打听家庭情况,知自掩井后父目盲,继母顽愚,象痴癫。

(10) 十年后,舜回本州粜米,遇母来粜,舜置钱谷中,暗中资助。

(11) 舜父入市,辨声认舜。

(12) 舜舐父目明,母亦聪慧,弟复能言。

(13) 舜父悔恨,欲杀后母,舜劝止。

(14) 尧闻舜孝,妻以二女,后让位于舜。[①]

敦煌变文中尚有《孝子传》,其关于虞舜行孝故事的基本情节与《舜子变》大体一致。与《列女传》相对照,《舜子变》发生更为明显的变异。其一,增加情节(1)(2)(3)(7)(9)(10)(11)(12)(13),删减情节e。《舜子变》在继承原有情节的基础上,增添许多新情节,使故事情节的发展更为完整,完成了虞舜行孝故事主体结构的改造,并使虞舜行孝故事的情节结构基本定型了。其二,双重主题的强化。在《列女传》有关虞舜故事的"迫害与反迫害"的传统主题基础上,有意强化了感化与报应的主题。其中,"感化"见(13),"报应"见(9),这可能是受到佛教"因果报应"说的影响。其三,舜生母的出场和二妃在故事叙述中角色功能的弱化。《舜子变》中舜生母开始出场,见(1)与(7),使故事情节具有神奇性,然而又弱化了二妃在故事叙述中的角色功能。在(4)(5)(6)中,只字不提二妃助舜逃脱,而是说舜得到神助。在助舜逃脱这件事上,神的主体性又增强了,而人的主体性却弱化了。其四,迫害舜的主谋角色有所转换。在《五帝本纪》与《列女传》中,舜父均为主谋,后

① 黄征、张涌泉校注:《敦煌变文校注》,中华书局1997年版,第200—204页。

母和象只是同谋而已。《五帝本纪》后母并没有参与“焚廪”与“填井”事件，《列女传》后母开始登场参与迫害舜，是同谋。而到了《舜子变》，(4)(5)(6)均为后母设计迫害舜，后母是主谋，象是同谋；(5)与(6)虽有舜父参与，但只是同谋。从迫害舜的主谋角色的转换看，虞舜行孝故事发展到《舜子变》开始向后母迫害前妻子女的故事演变。

可见，从《五帝本纪》到《列女传》再至《舜子变》，虞舜行孝故事在汉文典籍记载中完成了从正史或准正史叙述形态向准民间性叙述形态的转移，从舜父为主谋的难题考验型故事开始向后母为主谋的“孤儿—后母”型故事的演变。

虞舜行孝故事传入桂中壮族地区后，壮族人视舜为自己的祖先，并为他写了一部民间长诗《唱舜儿》，说他曾在广西大明山垦荒种稻，先富起来，灾荒之年，卖粮救万民，后来还当上了皇帝。有关虞舜行孝故事在广西的流传，不仅壮族民间有流传，汉族也有。目前已搜集到很多流传于广西境内的有关虞舜行孝故事的口承文本，其中最具代表性的有三种：桂中壮族师公唱本《唱舜儿》、桂南采茶戏唱本《舜儿记》、桂平民间故事《乞儿皇帝》。这三种口承文本故事的基本情节大体一致，只是在某些细节上有所不同。就桂中壮族师公唱本而言，就有几种版本，如流传于上林县的师公唱本与流传于马山县的师公唱本在一些细节上就有所不同。《唱舜儿》系桂中壮族师公唱本，流传于桂中一带壮族聚居区。如，流传于上林县的壮族师公唱本《唱舜儿》的基本故事情节为：

(1) 舜母李氏早逝，舜服丧三年。

(2) 舜劝父娶继母。舜父姚公续娶寡妇杨七嫂。杨婆歧视前妻子女。

(3) 舜父到河南(或交趾)做生意，杨婆指使舜儿去摘果，在下面埋上竹尖，欲害舜儿，反而自伤己足。

(4) 舜儿上房捡漏，杨婆纵火烧房。天降大雨，舜儿免灾。舜儿受后母毒打，玉帝派神仙医治。

(5) 舜父经商回家，责骂杨婆。

(6) 舜父外出，杨婆指使舜儿去挖井，并叫特丈搬土石埋舜儿。舜儿受困于井，玉帝派龙王相救。

(7) 舜儿逃到舅家。舅家怕杨婆知晓，便带舜儿到大明山寄养于晋公府。后舜躬耕大明山。

(8) 舜儿卖米，杨婆买米。舜儿不记仇，多给五斗。后舜儿接父母、弟弟和妹妹到大明山居住。

(9) 舜父去世，葬于历山。舜得到父亲荫庇，做了皇帝。

(10) 杨婆唆使特丈害舜，以谋帝位。特丈不从，杨婆买药毒舜，不遂。却害死特丈，杨婆遭雷劈死。[①]

现将流传于桂中壮族地区的口承文本《唱舜儿》与虞舜行孝故事在汉文典籍记载中的三种代表性文本做比较，探讨其源流以及所发生的变异。

从《唱舜儿》的基本故事情节看，可以断定流传于桂中壮族地区的舜故事其源应是《舜子变》或《孝子传》，而不是《五帝本纪》与《列女传》。那么《舜子变》有关虞舜行孝故事是如何传入广西的？由于缺乏文献记载，我们只能做一些推断。

其一，从赣南采茶戏传过来的。广西民间有一种说法，说桂南采茶戏是从江西经粤北传入桂南。赣南采茶戏可能演过与《舜子变》故事情节相似的虞舜行孝故事。后来赣南采茶戏传入桂南地区，赣南采茶

---

① 李守汉搜集整理：《董永·舜儿·毛红·雷王劝民(上林县壮族师公叙事歌)》，广西民间文学研究会编印1985年版。

戏所演的虞舜行孝故事也随之传入广西。据桂平市文化馆的陈耀球推测，采茶唱本《舜儿记》当出自中原，是从河南输出，经江西而传入广西的。①

其二，移民或民间剧团传入。因为汉族孝子故事曾以戏曲的形式在民间广为流传，汉族人对一些孝子故事也比较熟悉，当他们移民到广西壮族地区后，一部分人与桂中壮族人杂居甚至通婚，壮族人于是就从他们那里知道一些汉族孝子故事，这也是很自然的。再一个就是民间剧团的传入。壮族民间艺人、民间歌手、民间宗教神职人员在清代就知晓汉族民间戏剧搬演的虞舜故事。从目前搜集到的师公唱本看，汉族孝子故事传入广西后，当为壮族民间宗教神职人员、民间艺人和民间歌手结合本民族文化特点将虞舜行孝故事进行重新改造，然后在桂中壮族地区广泛流传。

虞舜行孝故事传入桂中壮族地区后发生了明显的变异。其一，舜和象的关系不同。《五帝本纪》《列女传》与《舜子变》都说象与舜是同父异母兄弟。而广西的三种代表性口承文本都说象（壮族多称为“特丈”）是后母随嫁的“拖油瓶”，不是舜父与后母所生。在广西壮族地区，寡妇再嫁，其前夫子女是可以随嫁入后夫家的，也很少受歧视。继父也视前夫子女如同亲生子女。其二，迫害舜的主谋角色完全置换。从《五帝本纪》《列女传》到《舜子变》，舜父在迫害舜之事的犯罪性质上虽由主谋转为同谋（帮凶），但舜父始终参与迫害舜。而《唱舜儿》《舜儿记》与《乞儿皇帝》中，舜父始终没有参与迫害舜。舜父是一位慈父，非常疼爱舜。他经商回来，当舜妹告发后母迫害舜时，他就责骂后母，甚至还因伤心流泪而导致目盲。由于迫害舜的主谋角色的完全置换，

① 陈泳超：《尧舜传说研究》，南京师范大学出版社2000年版，第290页。

虞舜行孝故事传入广西后，难题考验母题被置换了，完全变成了一个“孤儿—后母”型故事。俗话说“虎毒不食子”，为何在正史或准正史叙述中父亲是迫害舜的主谋呢？除了蕴含难题考验母题外，最重要的还是以极端而荒唐的事例来宣扬孝道。而虞舜行孝故事传入桂中壮族地区后，壮族人就无法接受父亲屡次迫害儿子的事实。对他们而言，这有违社会常理与伦理。在他们的日常生活中很少发生父亲屡次迫害亲生儿子这般变态的事情。而在壮族民间，后母屡次迫害前妻子女倒是常事，没有什么稀奇的，他们也经常讲述后母迫害前妻子女的故事。当虞舜行孝故事传入后，壮族人就把迫害舜的主谋角色置换为后母，把父亲设置为一个局外人的角色，而且他始终没有参与迫害舜。后母迫害前妻子女，而前妻子女不但不记仇，反而还孝顺，这恐怕就是壮族人对孝道的一种理解吧。

在壮族“灰姑娘型”故事里，父亲也始终是一个慈父。如壮族灰姑娘型故事《叶限》和《达架与达仑》，只有后母迫害前妻之女，没有父亲迫害自己的女儿。又如壮族麽经《布洛陀经诗》中的汉王故事也是讲汉王从小就受到后母歧视，后来为了争夺王位还遭后母与弟弟祖王（祖王是后母随嫁的“拖油瓶”）的追杀。从壮族的舜故事看，这也打破了汉文化中“孝子不生慈父之家，忠臣不生圣君之下”的叙事传统。其三，舜践帝位的原因不同。汉族更多的是强调社会伦理的感召力。如在《五帝本纪》《列女传》与《舜子变》中，因为舜孝顺而贤德，尧老才让位于舜。而在壮族的《唱舜儿》中舜之所以能践帝位主要是舜父死后葬了风水宝地而荫庇舜当皇帝，见情节（9）。这也反映了民间风水观在壮族民众中所产生的深远影响。其四，删减了二妃在故事中的叙述功能。在《五帝本纪》《列女传》以及《舜子变》中，尽管二妃出场的角色功能有所不同，但二妃均有出场的机会。而桂中一带的壮族民间所流传的舜故事则删减了二妃出场的情节，就连帝尧这一个角色有的版本也只是简单提及，有的版本甚至也删减掉了。如上林县壮族师公唱本《唱舜儿》就没有提及帝尧与二妃。这可以说壮族民间流传的舜儿故事已经完全脱离正史或准正史的叙述，完全是民间性叙述。这已经是一个地地道道的壮族生活化了的民间故事。在桂中一带的壮族民间也很少有人知道舜故事是由汉族虞舜传说改编的一则民间故事，一般人只知道这是壮族民间流传的一个孝子故事或孤儿故事。在他们的口传记忆中，舜就是本民族的祖先，从小屡次遭后母迫害而逃到大明山垦荒耕种，后来还当了皇帝。

从《五帝本纪》《列女传》到《舜子变》再到《唱舜儿》，虞舜行孝故事完成了从正史或准正史叙述到完全民间性叙述的转移；从正史或准正史叙述中的父亲迫害前妻之子的难题考验型故事向后母迫害前妻子女的“孤儿—后母”型故事演变。壮族民间人们讲述舜故事，一是劝诫人们要孝顺父母；二是劝诫“天下女人做后母，前妻子女莫相欺”。这也正如壮族《传扬歌》中所说：“后娘也是娘，肚里可撑船。儿女当亲生，长大心温暖。吵闹无宁日，不病也心烦。不疼前妻儿，丈夫会心酸。”“叮嘱众后娘，秤杆在心间。不厌前妻子，无人论长短。有肉分公平，吃菜也甘甜。不怕家贫寒，只怕人心偏。”①

2. 董永故事在壮族地区的流传与变异

在汉族民间故事中，董永是孝子的典范。董永故事在其产生、发展与演变中，从雏形期单纯的伦理主题实现了伦理与爱情双重主题的强化。这种双重主题的代表性民间叙事文本为宋代话本《董永遇仙记》，

① 梁庭望、罗宾译注：《壮族伦理道德长诗〈传扬歌〉译注》，广西民族出版社2005年版，第136页。

这也是董永故事的定型期叙事文本。《董永遇仙记》的主要故事情节包括董永卖身葬父、路遇织女、织女助织、织女返天庭、天子授官、织女送子、董仲舒寻母、金瓶天火、董仲舒升仙。从《董永遇仙记》看,该叙事文本主要围绕三组人物关系(董永与傅长者、织女与玉帝、董仲舒与严平君)来展开叙述。从壮族长诗《唱董永》的主要故事情节、人物设置等来看,《唱董永》来源于宋代话本《董永遇仙记》或与《董永遇仙记》内容相似的其他说唱文学是毋庸置疑的。然而,壮族长诗《唱董永》与汉族的董永故事比较,在故事情节方面有所不同。壮族长诗《唱董永》增加了"董永孝母"的情节。如流传于上林县的师公唱本《唱董永》故事开头说董永小时候去帮别人放牛,一天见到母牛生牛崽时很痛苦,回来后便对母亲说起此事。母亲便告诉他当年生他时也很痛苦,董永领会了做母亲实为不易。后来母亲去世,董永就把母亲尸体埋掉,然后杀了一头牛分给邻居们吃。其实,这里所增加的"董永孝母"情节是有来历的。这说的就是古时候壮族孝子童灵的故事。广西红水河流域的壮族地区流传着一首《唱童灵》的古老歌谣,讲唱古时候有老人死时食其肉的习俗,即食老习俗。后来有一个壮家孩子叫童灵,从母牛生崽的痛苦中想到母亲当年生他的时候一定也很痛苦。在他母亲病死的时候,不忍心让众人分食他母亲的肉(其实他也从来没有吃别的老人的肉),于是找来木板做成棺材,把母亲装进去并用钉子钉牢,为母亲守孝。而全寨的人知道他母亲死后就纷纷前来催逼想要分食老人的肉。无奈,童灵只好将家里的水牛杀了分给众人吃。在壮族民间还有一个与《唱童灵》相似的传说:从前人变老了,不能做工的时候,众人便要把老人杀了分吃其肉,后来,发生了一件灾祸即将临头的事,因为有了老人的指点,才避免了灾难的降临,由此,人们发现老人虽然老了不能做工,但他们可以给人们提供经验和智慧,从此人们不仅敬养老人,老人们死后还要举行隆重的葬礼。①

食老习俗是人类在生产力极其低下的特定时期出现的一种现象，虽然很多民族都曾经盛行，但在汉族董永故事中却是没有这一情节的。壮族长诗《唱董永》之所以有这一情节，就是因为当汉族董永故事传入桂中壮族地区后，壮族师公为了传扬孝文化，自然就想到本民族所广泛流传的童灵故事，于是把童灵故事的某些情节复合到董永故事之中。显然，壮族师公并不是全盘照搬汉族董永故事，而是根据本民族的民族心态与文化习俗进行改编的。又譬如，虽然《董永遇仙记》中出现舅母这个人物，但她对董永很好。不过，该叙事文本对舅母出场的叙述只是一笔带过而已。而壮族长诗《唱董永》中的舅母对董永非但没有同情心，反而百般刁难。当董永父子因天旱无米下锅而到舅家借钱时，舅母非但不给，反而恶语相加。这部民间长诗围绕董永借钱就安排了四十多行的篇幅来描述舅母与董永、舅父的对话。为什么壮汉民族叙事文本中的舅母形象会出现如此之大的反差呢？笔者认为壮族长诗《唱董永》中的舅母这个角色的叙事功能有其特殊的文化内涵。壮族社会曾流行舅权制，舅舅在对外侄子侄女的处理上具有很大的权力。而舅母也往往成为舅权的实际操纵者之一，有时候在处置外侄子侄女时往往更加不近人情。人们在反抗、抨击舅权制时，往往把矛头直接指向舅母。因而，舅母在民众的口头创作中也比较容易成为批判的对象。《唱董永》中的舅母形象当是壮族师公通过民间文学创作来批判舅母的无情。壮族长诗《唱董永》还删减了《董永遇仙记》中的“董仲舒寻母”“金瓶天火”“董仲舒升仙”等情节。从《唱董永》看，这也不失为一个情节完整的孝子故事，而且故事情节的设置也更加壮族生活化。从

① 黄桂秋：《壮族仪式歌谣与民俗文化》，香港天马图书有限公司 1996 年版，第 150—151 页。

师公将董永与织女所生的儿子起名为“忠孝”（汉族为“董仲舒”）看，我们便知壮族师公的用意了。与宋代话本《董永遇仙记》相比，《唱董永》则比较侧重于伦理主题的宣扬，而爱情主题则有所弱化。

3. 孟姜女故事在壮族地区的流传与变异

在汉族四大传说中，孟姜女故事是一个爱情故事。在历代汉族民众的流传中，孟姜女故事也得到不断地丰富与发展，最后形成比较稳定的情节结构，包括“查拿逃走”“花园相遇”“新婚被捕”“送衣寻夫”“哭倒长城”“始皇谋娶”“祭夫投海”等主要情节。孟姜女故事不仅在汉族地区产生深远影响，其流传到少数民族地区后亦产生深远影响。孟姜女故事传入广西壮族地区后被桂中壮族地区的壮族师公纳入其唱本体系，成为《二十四孝书》中一个孝男孝女故事。这是汉族四大传说在壮族地区流传中所发生变异的一个特例。

壮族师公唱本《唱姜诗》[①]流传于桂中的忻城、上林、马山、都安、平果一带。故事讲述万良是壮族地区某村上屯的壮族青年人，姜诗（孟姜女）是下屯的壮家姑娘。万良因是独生子怕被抓去筑城而逃到河边躲藏。姜诗早上到河边挑水时见四周没人就下河洗澡，不料被躲在河边的万良发现。万良与姜诗河边相遇后，经过一番询问，两人便私订终身。结婚才三夜，万良就被官差抓去筑城。城墙坍塌，万良被压，命归阴府。后来雁鸟传讯，姜诗才知道万良已死，就辞别母亲，在乌鸦的指引下上京城寻夫。面对满城尸骨，姜诗滴血验骨。京官贪慕姜诗美貌，欲娶为妻，并说愿意出资延请师公、道公来超度其夫亡魂，姜诗允诺。姜诗在丧堂中见到万良亡魂，于是殉夫。由于家中尚有老母无人陪伴

① 红波搜集翻译：《壮族民间师公唱本二十四孝书》，内部编印，广西民间文学研究会 1985 年版。

侍候，阎王于是判万良与姜诗两人化为一对蛇蛋返回家中，不久孵出小蛇。老母便把这对小蛇当作自己的儿孙一样爱护，把它们养大。村上兄弟不满老母在家中养蛇，于是老母只好劝蛇离去。两条大蛇到江南大名府守城门，吓得城外人不敢进，城内人不敢出。官府就出榜文招赶蛇人，老母得知后劝蛇退到山上，待她死后再回来守孝。老母因此得到很大一笔赏钱。许多年后老母去世，两条蛇一直守在坟墓前，以尽孝道。后来当地人才知道这对蛇原来就是万良与姜诗变成来报恩的。桂中壮族地区流传的孟姜女故事与汉族相比较，显然发生了明显变异，主要表现在故事情节与故事主题两个方面的变异。

其一，故事情节的变异。壮族长诗《唱姜诗》中孟姜女与万良初遇的情节与汉族不同。汉族是“后园相遇”，而壮族是“河边相遇”。如壮族长诗中叙述：“你怕在家过不了，逃到河边来躲身。躲进灌木把身藏，早上姜诗来挑水。看到河边未有人，脱衣下河去洗凉。忽见河里有人影，姜诗见影忽惊叫……姜诗越看越疑惑，问兄到这为何事。问兄到这为哪样，躲在树里为何因。万良摇手说莫讲，我为逃难这里睡，我为逃难这里住。”两人在此相遇，经过一番询问，“若兄还未有内妻，与我小妹结姻缘”，于是两人私订终身。倘若从人物形象看，那么这里所刻画的姜诗就比汉族的孟姜女对爱情的追求更为大胆。在孟姜女“滴血验骨”“祭夫殉情”之后，壮族民间还有“姜诗与万良还阳养母”的情节。姜诗与万良自阴府回到阳间后化成两条小蛇陪伴老母，老母“养够九月蛇变大，露出硬皮红灿灿”，不料遭到村上人说她“拿鬼拿怪到家里”，还说她“你养这蛇不放走，你死兄弟难来看”。于是，两蛇在老母的劝说下离家来到江南大名府守城门，“守得城门一整年，内不得出外不通”。官府出榜文寻找赶蛇人，老母因成功劝大蛇退到山上而获得很大一笔赏钱，足够她花一辈子了。老母过世后两条大蛇回家双双

“绕在棺材下”，一直守在她老人家的坟墓前。后来人们才知道，这对蛇原来“就是前朝姜诗娘，就是万良与姜女”，他们“死变成龙守老母”，“来守父母赔恩情”。

其二，故事主题的延展。汉族四大传说都是以爱情为主题的民间故事，而孟姜女故事传入西南民族后，已经演变成了一个孝女故事。顾颉刚在《孟姜女故事研究》一文中考察了孟姜女故事在广东的流传：“别的都很平常，惟独说孟姜女为孝女是一件可惊诧的事实。这个疑窦直到见了广西的唱本时方才明白。广西刻本《歌钱临风》中列孟姜女为‘二十四孝’之一，但只说她寻丈夫的骸骨；又《花幡记》也以‘目莲救母’‘孟宗哭竹’等起，而以她的‘送寒衣’为行孝之一。读了这些，才知道那边的人民不但称子女善事父母为孝，即妻妾的善事丈夫也是一例地称为孝的。后得云南的《孟姜女全传》说城官和秦王都为她的孝心所感动，始知道西南省关于这一义是很普遍的。”①

尽管顾颉刚由于掌握到的有关广西少数民族所流传孟姜女故事的资料比较少，其认识尚欠全面，但他指出了西南民族对孟姜女故事不同的理解，由一个感人至极的爱情故事演变成了一个孝女故事，其主题在流传中因地域、民族不同而发生了变异。壮族师公对孟姜女故事进行的改编，孝亲主题成为《唱姜诗》的主线，而爱情主题却降为副线。壮族师公在丧礼上讲唱《唱姜诗》，壮师剧班也常演《姜诗》。壮族民间讲唱孟姜女故事主要是为了传扬孝文化。如桂中壮族师公唱本《唱姜诗》的序歌所唱：“叹姜诗行孝，造车念斋经。哭万良两声，动京城皇帝。七月入立秋，雁衔书来报。叹姜诗行孝，造车念斋经。咬手指出血，点骨尸得真。哭万良两声，动京城皇帝。”可以说，壮族民间讲唱孟

① 顾颉刚编：《孟姜女故事研究集》，上海古籍出版社1984年版，第51页。

姜女故事主要是劝诫人们要孝顺老人。在壮族民间社会，孟姜女故事在这种特定的丧葬习俗中得以传承。

4. 丁兰故事在壮族地区的流传与变异

壮族师公在改编汉族孝子故事的时候一般都能将原本是一个情节极为简单的故事重新编创成为一个内容丰富、情节完整、人物生动感人的壮族生活化了的民间故事。

如，流传于柳江市的壮族师公唱本《木头娘》①，原名叫《丁兰灯》，是由汉族丁兰刻木事亲故事改编而成的一部壮族民间长诗，全诗长达九百行。讲述壮家孤儿丁兰，从小无父无母，也没哥没弟没有妹，孤苦伶仃。由于从小尝尽没有母亲的苦楚，有一天突发奇想，叫木匠雕刻一个活灵活现的木头娘，将其当亲娘一样侍候。后来丁兰与壮家姑娘云妹结婚后，云妹对丁兰侍候木头娘甚为不解，笑他也是个木头人。后来丁兰到衙门做工，云妹在家侍候木头娘。一天，云妹气恼了，就用刀劈着了木头娘，谁知木头娘竟然流血，云妹惊愕不已。丁兰回来知道了，就狠狠地骂了云妹，并将其撵出家门。云妹知错了，于是到山上采药医治木头娘。后来，云妹去喝酒席的时候，自己只吃青菜，而将猪肉用藕叶包起来带回给木头娘吃。于是"自从云妹打菜包，祖宗百代传到今。不信你来壮家看，哪家请酒不挂篮。篮里放有新藕叶，好给妇女包鸡肝"。《二十四孝》中，丁兰刻木事亲只是一个极其简单的孝子故事，没有多少情节内容，而壮族师公唱本《木头娘》则是一个内容丰富、情节曲折的壮族生活化的孝子故事。

更为重要的是当地壮族人把壮家喝酒席时兴打包的习俗也附会到

---

① 覃启福演唱："木头娘(壮族师公唱本)"，韦春芳、潘忠勤采录翻译，载广西民间文艺家协会、广西民间文艺研究室编：《广西民间文学作品精选·柳州市卷》，广西民族出版社1991年版，第302—319页。

丁兰故事中，说壮家兴打包的习俗原来是从壮家妇女云妹打包孝顺木头娘开始的，从此壮家打包的习俗也就延续至今，“自从云妹打菜包，祖宗百代传到今”。因而，《木头娘》故事也就成为一个叙述壮家喝酒席兴打包来历的风俗传说了。这部民间长诗一般是在老人去世的晚上，由师公艺人戴鬼脸壳边舞边演唱的。据柳江市的壮族师公艺人覃启福说，演唱这个唱本时，听者无不流泪。

总而言之，桂中壮族师公将汉族的孝子故事纳入本师教的唱本体系，以民间长诗的艺术形式来讲唱与传承。这些孝子故事虽然取材于汉族故事，但却不是简单的移用，而是壮族师公根据本民族的社会形态、文化习俗、歌谣形式、民族心理、价值取向、审美志趣等进行的再创作，尤其是《唱舜儿》《唱董永》《唱姜诗》《木头娘》等，已经是壮族生活化的民间故事了，是壮族民间文学的重要组成部分。这实际上也是一种文化交流及整合现象。这些民间故事就是文化整合后的一种整合型文学，更为重要的是这种民间文学又能在新的民族文化土壤里扎根并得以传承，而且还充分地体现出壮族的族群文化品性。

第三节　汉族文化与民间壮剧创作

自唐宋以降，中原汉族人因军事、政治、经济、移民等原因大批迁入广西、云南等少数民族地区。至清代，桂中、桂西以及云南富宁、文山等壮族地区的社会政治、经济、文化等得到不断发展。正是在这一历史时期，这些地区的壮族民众在本民族丰富的民间文学、音乐、舞台和杂耍技艺的基础上，创造了本民族的舞台艺术形式——壮剧。由于地域、方言、音乐唱腔、表演艺术等的不同，一些研究者将壮族民间戏剧分为壮剧和壮师剧。其中壮剧又分为北路壮剧、南路壮剧以及云南富宁壮剧、文山壮剧等。

中国地方戏剧发展史告诉我们，一种地方戏剧从形成到发展成为一种综合性的舞台艺术形式，即成为一种剧种，主要是在当地的文化土壤里孕育与发展的，但在其发展中也不断吸收其他戏剧之长或其他民族文化的丰富养料。壮剧也不例外。壮剧的形成及其发展与汉族文化有密切关系。

一、壮汉文化交流与民间壮剧的形成及发展

（一）壮汉文化交流与北路壮剧的形成及发展

北路壮剧流传于广西田林、隆林、西林以及百色等壮语北部方言区，当地人称为“土戏”。一般认为北路壮剧产生于田林，后向周围县份辐射，因而学术界常以田林壮剧来指称北路壮剧。不少壮剧研究者认为田林壮剧的形成及其发展经过了八音坐唱、板凳戏、平地戏、游院戏以及搭台戏五个阶段的孕育期。这种看法符合民间戏剧自身发展的规律，因为每种民间戏剧发展成为一种地方剧种，必须经过一定的孕育阶段（即孕育期）。北路壮剧主要在当地壮族文化土壤中孕育与发展，这是毋庸置疑的。但是，我们在研究北路壮剧时也不容忽视汉族文化在北路壮剧形成及其发展过程中所起到的积极推动作用。

关于北路壮剧的产生，当地壮族民间有多种说法，其中就有一些说法与汉族戏曲有关。譬如，壮剧在“搭台戏”阶段就明显受到汉族戏曲

的启发："据那度老人讲，清朝乾隆二十五年（1760），杨六练去四川做生意，学唱川剧两年多。回那度后，他觉得川剧搭台演戏很好看，于是便带领那度坐唱班加入旧州街的游院戏班，组成了龙城班。并在街上搭起一个二丈宽的舞台，清乾隆三十年（1765）首次登场演出，由杨六练根据民间传说改编的第一个壮剧搭台戏《农家宝铁》。演出效果很好，即时轰动附近乡村。各地纷纷前来学戏，掀起一股热潮。杨六练名声大振，群众都称他为台师。"[①]这虽然只是一种民间说法，但却透露出了这样的信息：北路壮剧在产生过程中曾受到汉族戏曲的启发和影响。汉族文化尤其是汉族戏曲在北路壮剧发展成为一种民间剧种的过程中起到了催生作用。

其实，北路壮剧在其发展过程中也不断吸收汉族戏曲之长并化为己用。对此，我们可以从历代北路壮剧艺师的艺术生涯得以佐证。譬如，第七代北路壮剧艺人黄永贵在其艺术生涯中就曾大胆地吸收汉族戏曲的某些优点来对北路壮剧进行改革。据第八代壮剧艺人黄福祥（黄永贵之子）回忆说："我父亲很小就学会唱壮戏。后来他到南宁又学三年粤剧。他觉得粤剧的某些曲调很好听，回来以后就模仿粤剧来搞。但道白及唱词群众都不懂，曲调跟壮戏的唱词和台步也不协调，演员学不好，因而只好丢开粤剧那一套，照旧演壮戏。不过也吸收了粤剧某些东西，例如，他带回来了不少剧本；原来壮戏没有武打，后来则有了。"[②]

这至少说明黄永贵在壮剧表演艺术如武打、音乐、唱腔等方面吸收汉族剧种的某些优点，并使之地方化、民族化。诚如第十代北路壮剧艺

① 丁世博："从师大台师看田林壮剧源流"，《民族艺术》1987年第1期。

② 广西壮族文学史编辑室、广西师范学院中文系编著：《广西壮族文学》（初稿），广西人民出版社1961年版，第238页。

人闭克坚所说："北路壮剧的传统唱腔喊板、大王调、怒调就是黄永贵借鉴邕剧唱腔改编而成的。黄永贵还改革北路壮剧伴奏乐器的配置，把从南宁带回的扬琴加入壮剧乐队，在原来只用葫芦胡和二胡编制中增加了弹拨乐器，因而伴奏音色更为优美动听。"①其实，闭克坚在其艺术生涯中也积极借鉴汉族戏曲之长。他在 1991 年召开的一次壮剧改革研讨会上说："为了提高壮剧的表演艺术，我经常到百色观看'胜利粤剧团'演出，后来我模仿、吸收粤剧的武功，用于壮剧的武打场面，丰富了壮剧武生的表演内容。""北路壮剧中'丑角'和'嬲旦'的表演比较简单，不能充分体现人物的性格。我便将彩调剧中的'丑角'和'嬲旦'的表演用于壮剧……通过试演，得到群众的赞扬。现在各个剧团都在沿用。"②

由上述可见，虽然北路壮剧在当地民间文化的土壤中孕育并发展，但在其形成及其发展过程中汉族文化尤其是汉族戏曲对其的积极影响也是多方面的。

（二）壮汉文化交流与南路壮剧的形成及发展

南路壮剧流传于广西壮语南部方言区的靖西、德保、那坡、大新等地。南路壮剧包括靖西提线木偶壮剧和德保马隘壮剧。靖西提线木偶戏也叫"吊线戏"，又因以"哈嗨"衬腔而叫"哈嗨戏"。关于靖西提线木偶壮剧的产生有多种说法，其中就有说它是受到汉族戏曲影响而产生的。譬如，清朝皇帝派汉人来壮区做官，他的一些随从（如厨子之类）来到壮区，还经常哼哼自己家乡的戏曲（大概是汉族剧种），有时想演戏，但人不够，便用木头代替，传到民间，当地艺人便用本地的《末伦》

① 闭克坚、丁世博："壮剧音乐改革浅见"，《民族艺术》1991 年第 4 期。
② 彭秀清："壮剧与横向借鉴"，《民族艺术》1991 年第 4 期。

来演唱，就变成了"木偶戏"。[1]

当地民间还有这样的说法：古代靖西、睦边等县交界处，驻有来自北方的军队，军中常演木偶戏，壮族人民加以改造创作，成为本民族的木偶戏。[2] 关于这种说法，据当地木偶戏老艺人说，它是南宋末年文天祥的部将张天宗带兵到靖西而传来的。据靖西（今靖西市）县志记载，张天宗抗元兵败后，率余部退往越南，迷路于靖西，见当地土地肥沃，就屯兵开荒辟田，定居下来。张天宗是江西人，南宋末年，江西就有提线木偶戏。由此可见，汉族的木偶戏是靖西木偶壮剧产生的重要艺术养料。靖西木偶戏在演出时，尽管以当地壮语为主，但也兼用汉语。其念白也像汉族戏曲一样有韵白和口语白之分，其中汉语多为韵白，壮语多为口语白。平时搬演的故事也有不少是由汉族故事改编或移植汉族剧目的。可见，南路壮剧在形成及发展过程中也融入了不少汉族文化元素。

德保马隘壮剧的形成及其发展也与汉族戏曲有密切关系。有关马隘壮剧的产生，壮族民间也有一些说法，说它受汉族戏曲的影响。譬如，其中一种说法为："祖师黄某（今马隘人黄进德的曾祖父或高祖父），早年客居南宁，是邕剧团的优秀演员。他是一位热心发展本民族戏剧的民间艺人。他年老回家后，鉴于当地没有其他戏剧，即组织一批人来学习邕剧。但因当地人不懂汉话和邕剧的唱腔，不能上演，加以经济条件所限，结果失败了。这位老艺人仍不灰心，他认为不懂唱就像木偶一样，演员在台前表演，师傅在后台唱也会比木偶生动得多。但群众

---

[1] 丘振声、潘其旭："壮剧历史及其发展中的几个问题的探讨"，载韦苇、向凡：《壮剧艺术研究》，广西人民出版社 1990 年版，第 264—265 页。

[2] 广西壮族文学史编辑室、广西师范学院中文系编著：《广西壮族文学》（初稿），广西人民出版社 1961 年版，第 240 页。

依然听不懂，自然也不成功。这位老艺人就采用当地的壮话和马隘的民歌调子来唱。这样演员和群众不但听懂了，而且很喜欢。此后，就出现了唱演分家这种特别的新壮戏。这种戏只在春节农闲时和闰年‘打醮’时演出，经费、服装全靠群众临时捐助。经过了若干年，唱演分家的形式已不能满足当地群众的要求，当时演员也已有一些能唱了，于是演员就尽可能自己演自己唱，有忘记的或不会唱的，师傅就在后台替唱。这是趋向演和唱结合的过渡时期。演唱完全合一，大约在1936—1937年间，那时，马隘壮戏就成为较完整的壮戏了。”①

这说明了邕剧对马隘壮剧的形成产生了积极影响。在表演艺术方面，马隘壮剧最早也是仿效邕剧的。譬如说，马隘壮剧采取汉语与壮语兼用的办法，汉语多为韵白，而壮语多为方言白。当然，这本身就是马隘壮剧的特点之一。在角色的分行方面，马隘壮剧最早也是仿效邕剧，旦行分为正旦、花旦、武旦、丑旦；花脸分为大花脸、小花脸；生行分为正生、武生、丑生；武生也有大武与小武之分。不过在马隘壮剧形成以后，这些分行也就简化为生、旦、净、丑四行。在伴奏乐器方面，马隘壮剧最初也是邕剧锣鼓，有文锣、武锣、大钹、小钹、二胡、三弦、笛、鼓和梆子等。不过，后来增加了本地的马骨胡与葫芦胡，在音乐风格上就与邕剧不同了。在剧目方面，马隘壮剧也改编了不少汉族故事或移植汉族剧目。可见，马隘壮剧在形成及发展过程中积极借鉴、吸收汉族戏曲之长并使之壮族化。

（三）壮、汉文化交流与富宁壮剧的形成及发展

云南富宁壮剧的形成及发展与汉族戏曲也有密切的关系。关于富

① 广西壮族文学史编辑室、广西师范学院中文系编著：《广西壮族文学》（初稿），广西人民出版社1961年版，第240页。

宁壮剧的产生有不少说法与汉族戏曲的传入相关。

一种说法是，富宁壮剧形成于北宋时期，当时宋朝的大将狄青带兵攻打壮族的侬智高部队，狄青的部队把中原的戏剧一同带到了壮族地区，后来就发展成为了壮剧。[①] 另一种说法则是，壮族人民为了充实“陇端”这一民族节日的活动，有些到外地演唱的壮族歌手看了汉族的戏，受到启发，回来就将哎咿呀这种以第三人称叙述故事的说唱艺术，加上了表演动作，并将一些小说及唱本改编成上演节目，发展成为了壮剧。[②]

第一种说法中有关宋仁宗时期派狄青攻打壮族的侬智高部队，这确是史实，但中原军队是否一并将中原汉族戏曲带到壮族地区，却无史料记载，难以定论。而且当地关于壮剧的产生还有这样的说法：狄青打败侬智高后，把壮族遣散到三处（富宁、广西、交趾），人们在离别的前夕，玩乐三天，主要是饮食和看戏，所看的戏就是壮剧。[③] 因此，第二种说法似更为可信。因为：“一、狄青与侬智高打仗的年代是1053年，距今九百多年，当时的杂剧虽然较之唐代的参军戏进了一步，但也只是初步形成，活动范围很窄，恐怕不可能一下子就带到壮族地区来，而又为壮族人民接受。二、壮剧的节目，绝大多数是取材于明代、清代（更主要的是清代）的小说、唱本，说壮剧产生于明代以前，可能性也很小。三、根据一般史料考查，从地域上比较接近壮族的粤、桂、邕等汉族剧种，它们的形成和成熟期都比较早，说壮族歌手是受汉族剧种的启发而产生了建立剧种的要求，基本可信。四、由最初的说唱艺术而发展成为

① 黎方：“云南壮剧浅识”，载中国戏剧出版社编辑部编：《少数民族戏剧研究》，中国戏剧出版社1963年版，第241页。

② 黎方：“云南壮剧浅识”，载中国戏剧出版社编辑部编：《少数民族戏剧研究》，中国戏剧出版社1963年版，第241—242页。

③ 黎方：“云南壮剧浅识”，载中国戏剧出版社编辑部编：《少数民族戏剧研究》，中国戏剧出版社1963年版，第241页。

有表情动作的戏剧艺术，也符合我国戏剧发展的一般规律——由歌舞说唱艺术发展成戏剧的规律。"①

富宁壮剧与广西壮剧一样，在其发展中也不断吸收汉族戏曲之长并化为己用。清末，富宁壮剧在发展中受到粤剧的影响："当时有粤剧班子来到富宁演出。据侬大益说，他七岁就看到过粤剧的演出。更后一些时间，富宁还请一个叫太万的粤剧艺人来教粤剧，里拉六十八岁的壮剧老艺人韦廷瑞就做过他的徒弟。粤剧影响进来，粤剧的剧目、表演、曲调也跟着吸收了一部分进来，据说后来的服装、道具和化妆，也主要受粤剧的影响。"②这说明富宁壮剧在剧目、表演、曲调、服饰、道具以及化妆等方面均受粤剧浸染。除此之外，富宁壮剧还受广戏等汉族戏曲的影响。

通过上述对壮剧的形成及其发展与汉族文化尤其是汉族戏曲关系的梳理与分析，我们可得出这样的结论：壮剧的形成及其发展是壮族吸收汉族文化的过程，是汉族文化流传到壮族地区后与壮族文化交融、化合的过程。

二、取材于汉族题材的壮剧传统剧目

具有系列化剧目，也是衡量一种民间剧种成熟的标志之一。在壮剧的形成及发展过程中，汉族民间故事、民间唱本、古典小说等为其提供了丰富的剧本创作题材或表演剧目。无论是北路壮剧、南路壮剧、壮师剧还是云南富宁壮剧，在其形成及发展过程中，壮族民间艺人搬演了大量的汉族故事。从广西目前仍保存的部分壮剧传统剧目和云南富宁

① 黎方："云南壮剧浅识"，载中国戏剧出版社编辑部编：《少数民族戏剧研究》，中国戏剧出版社1963年版，第242页。

② 黎方："云南壮剧浅识"，载中国戏剧出版社编辑部编：《少数民族戏剧研究》，中国戏剧出版社1963年版，第248页。

壮剧传统剧目看,汉族故事题材的壮族传统剧目主要来源于如下几个方面的汉族故事:

(一) 来源于汉族古代小说故事

此类壮剧传统剧目主要来源于四种题材的汉族古典小说:

1. 来源于历史演义小说和英雄传奇小说。这方面以云南富宁壮剧为最。云南富宁历代壮剧艺人搬演过很多历史演义小说和英雄传奇小说。云南富宁壮剧的大型演出活动与当地壮族节日相关。陇端节是富宁壮族人民的一个比较盛大的民族节日。过去,富宁壮剧由于常赶“陇端”,而“陇端”又以演连台本戏为主,因而富宁壮剧的连台本戏十分丰富。富宁壮剧的连台本戏,号称“十八大本”。这“十八大本”分别为:《三国演义》《说唐》《罗通扫北》《薛仁贵征东》《薛丁山征西》《薛刚反唐》《西游记》《粉妆楼》《飞龙传》《杨家将演义》《万花楼》《五虎平西》《五虎平南》《水浒传》《说岳全传》《正德游江南》《七剑十三侠》《大闹三门街》。其中,有些连台本戏剧目又有多种单本,如《三国演义》就有《三英战吕布》《连环计》《凤仪亭》《过五关》《长坂坡》《东吴招亲》《三气周瑜》《战长沙》《天水关》《诸葛亮智取三城》《失街亭》《空城计》等等单本。①

在“十八大本”中,从《说唐》到《说岳全传》所演的连台本戏,几乎概括了整个唐宋时期的历史。

2. 来源于世情小说。如北路壮剧搬演的《红楼梦》《二度梅》等。

3. 来源于神魔小说。如由《西游记》《封神演义》等改编的壮剧剧目。

4. 拟宋市人小说。如由《今古奇观》改编的系列壮剧剧目。

---

① 胡仲实:《壮族文学概论》,广西民族出版社1982年版,第203页。

（二）来源于汉族民间戏曲故事

这主要有五个方面的内容：

1. 爱情故事。这类壮剧传统剧目如《文龙与肖尼》《十朋与玉莲》《何文秀》《牛郎织女》《唱英台》《孟姜女哭长城》《天仙配》《吕蒙正》《朱砂记》《柳毅传书》《白蛇传》《珍珠塔》等。

2. 社会伦理故事。这类壮剧传统剧目主要批判男子忘恩负义、背亲弃妇或谴责女子、父母嫌贫爱富。如壮剧传统剧目《朱买臣》《蔡伯喈》《秦香莲》《张郎休妻》《杜十娘》《孟丽君》《毛红和玉音》等。

3. 抗敌、和亲故事。如壮剧传统剧目《木兰从军》《三次投军》《抗金小英雄》《昭君和番》等。

4. 审案、申冤题材故事。如壮剧传统剧目《龙图公案》《包公奇案》《十五贯》等。

5. 孝子题材故事。壮剧、壮师剧艺人过去常搬演这类汉族孝子故事，如《二十四孝》等。

壮族民间艺人搬演这些汉族故事，一方面是根据汉族民间唱本、民间故事、古典小说等进行改编，另一方面就是移植汉族各种剧种的剧目。笔者对北路壮剧传统剧目的一份不完全统计资料进行了数据分析，从明代后期到20世纪80年代，北路壮剧剧目中的206个传统题材剧目中就有153个剧目直接移植自汉族各种剧种的剧目，还有一部分是根据汉族民间故事进行改编的。[①] 云南富宁壮剧，是整个壮剧中剧目最为丰富的壮剧剧种。据老艺人说，富宁壮剧全部传统剧目有一千

① 闭克坚、李懋椿编：《田林县戏曲资料汇编》，内部编印，田林县文化局印1986年版，第24—34页。

出以上,有名目可考者达340余出之多,其中绝大多数取材于历史演义小说和英雄传奇小说。刘诗仁在《云南壮剧的开放性》一文中曾指出,就现在土戏社班经常上演的300多出传统剧目看,引进和移植的剧目多达95%以上,而根据本民族题材创作的剧目不到5%。[①] 从目前仍有名目可考的壮剧传统剧目看,无论是北路壮剧、南路壮剧、壮师剧还是云南富宁壮剧和文山壮剧的传统剧目,汉族故事题材的壮剧传统剧目均占绝大多数,而本民族题材的传统剧目却很少。这充分说明汉族民间故事、民间唱本、古典小说等为壮剧的剧本创作提供了丰富的创作题材或表演剧目。倘若没有汉族文学的滋润,壮族民间戏剧在剧本创作或表演剧目方面就难以成为真正意义上的民间剧种。因为是否具有系列化剧目是衡量一种民间剧种是否成熟的重要标准。

关于壮剧剧目中汉族故事题材传统剧目改编和移植的问题,也是学术界颇为关注的问题。对此学术界主要有两种意见:一种认为壮族民间艺人大量改编或移植汉族传统剧目,使壮剧剧目丧失民族特性,不利于壮剧自身的发展;一种认为壮族民间艺人并不是简单地改编汉族故事或移植汉族传统剧目,大多数民间艺人是根据壮族的社会历史、风俗习惯、民族心理、价值取向以及审美志趣等进行改编,多数汉族故事题材剧本或剧目已经发生了一定的变异。

对此问题,我们应该进行具体分析。壮族民间艺人为了满足人们的看戏愿望,曾大量改编、移植汉族故事。改编、移植并不意味着就丧失了民族特性。在移植、改编汉族故事时,确实存在相对缺乏创造性的问题,尤其是一些民间艺人在大型的壮剧演出活动中为了满足广大观众看戏的愿望,白天演戏晚上写剧本,在这种情况下,他们没有更多的

① 刘诗仁:"云南壮剧的开放性",《民族艺术研究》1993年第3期。

精力投入创造性创作中。但是,壮族民间艺人在移植或改编汉族剧目时,也并非一味地照搬,而是有所创新,使之民族化。壮剧连台本戏的“十八大本”,虽然是壮族民间艺人根据汉族历史小说和英雄传奇小说改编或移植汉族戏剧的传统剧目,但是在改编或移植的过程中,也使之发生了一定的变异,有所创新。

如以《五虎平西》中的《双阳追夫》[①]为例。狄青为单郸国王之女双阳公主招为驸马后,在公主的帮助下,盗得了珍珠烈火旗及日月鹔鹴马两样宝贝。狄青决计赶回朝交令,又怕双阳公主不放,因此就不告而别。双阳公主发觉后,立即率兵追赶。赶上以后,汉族各个剧种便有各种不同的处理手法了。京剧的处理是在双阳公主不肯放行时,狄青戴上了金面具,吓退双阳,得以脱身;川剧也是狄青吓退双阳公主,不过是采取披头散发的模样而已。而壮剧则是双阳公主劝狄青回去,狄青不回。双方便打起来了,狄青打不过双阳公主,被迫回宫以后,狄青把全部原委如实地告诉了双阳,双阳大为感动,忍痛放狄青回国。夫妻还唱了一曲“分别调”,洒泪而别。壮族民间艺人在改编汉族民间故事或民间唱本时,其故事发生变异较大。

再如壮剧《唱英台》,有根据壮族民间流传的梁祝故事改编的,也有移植汉族戏曲剧目的,其故事内容大同小异。然而,与汉族民间流传的梁祝故事或汉族戏曲搬演的梁祝故事相比,壮剧《唱英台》却有所不同,具有浓郁的壮族文化特征。譬如,忻城县遂意、新圩、古蓬一带的壮族民间艺人搬演的壮剧《唱英台》具有的壮族文化特征主要表现在:其一,根据壮族的民族特性,将祝英台塑造成为一个能唱山歌的壮家姑娘,将壮族歌咏习俗融入剧情,使对歌成为剧情的有机组成部分,把壮

① 胡仲实:《壮族文学概论》,广西民族出版社1982年版,第203—204页。

族善歌的民族特性体现出来了。其二,故事情节不同。壮剧增加了“芭蕉叶验身”“阎王审判”“梁祝还阳”等情节。其三,在人物塑造上,与原故事不同。如从祝英台所唱的山歌看,壮剧中的祝英台不像汉族的祝英台那般矜持,她对爱情的追求更为大胆,甚至有些“粗野”。其四,大团圆的结局。汉族民间流传的梁祝故事,多为悲剧性结局,而壮族民间流传的梁祝故事或壮剧剧本中的梁祝故事却是一个大团圆的结局。如壮剧中说玉皇审案后,判梁祝二人为夫妻,并叫他们还阳。这种大团圆的结局,寄托了壮族民众的美好愿望。

壮剧在剧本(或剧目)创作上确实融入了大量的汉族文化元素,尤其是汉族古典小说和民间唱本,但是壮族民间艺人在搬演汉族故事时,也尽量将壮族的歌咏习俗、稻作文化以及师麽文化等壮族文化元素融入其中,使之发生变异,并使之符合壮族的民族心理、价值取向以及审美观等。

第四节　文化整合、文化认同与壮族民间文学

一、文化整合与壮族民间文学

“文化整合”是文化学、文化人类学、社会学等学科所关注的问题,而且学术界对“文化整合”也有不同的理解。《文化学词典》的“文化整合”条说:“文化整合指一种文化变为整体或完全的一些过程。也指某一文化为整体的或完全的一种情况。此种情况,被认为经由上述过程而包含以下内容:(1)在各种文化意义中的一种逻辑的、情绪的或美感

的协调;(2)文化规范与行为的适合;(3)不同成分的风俗制度,彼此间在功能上的互赖及加强。"①

美国文化人类学家露丝·本尼迪克特认为,文化整合就是"形成模式":"一种文化就像一个人,或多或少有一种思想与行为的一致模式。每一文化之内,总有一些特别的,没有必要为其他类型的社会分享的目的。在对这些目的的服从过程中,每一民族越来越深入地强调着它的经验,并且与这些内驱力的紧迫性相适应,行为的异质项就会采取愈来愈一致的形式。"②

不过,在文化人类学领域,许多学者认为:"文化整合是一种过程,在此过程中,文化体系时常变化,同时也维持着一种与前此相同的秩序……通常有三种反应方式:(1)创新的选择。(2)一种采借文化项目的形式、功能、意义或用途的修改,使之能充分适应一种文化。(3)文化体系本身在某一重点上对新用途的适应。"③

司马云杰在《文化社会学》一书中指出:"所谓文化整合,是指不同的文化相互吸收、融合、调和而趋于一体化的过程。文化不仅有排他性,也有融合性,特别是当不同的文化杂居在一起的时候,它们必然相互吸收、融化、调和,发生内容和形式上的变化,逐渐整合为一种新的文化体系。"④这种理解强调了不同民族之间的文化整合或者不同类型的文化之间的整合。民族融合或各族群间的互动,都有可能促进各民族(族群)或各群体间的文化整合。文化整合也是一种文化适应另一种

---

① 覃光广、冯利、陈朴主编:《文化学词典》,中央民族学院出版社 1988 年版,第 157 页。

② 露丝·本尼迪克特:《文化模式》,何锡章、黄欢译,华夏出版社 1987 年版,第 36 页。

③ 覃光广、冯利、陈朴主编:《文化学词典》,中央民族学院出版社 1988 年版,第 157—158 页。

④ 司马云杰:《文化社会学》,山东人民出版社 1987 年版,第 385 页。

文化的过程。

由此可见，对于一个民族而言，文化整合包含两层含义：其一，是民族文化内部结构的自我整合；其二，是各民族之间的文化整合。然而，民族文化内部结构的自我整合受到诸多因素或条件的影响和制约。如相对统一的地理条件、便利的交通；以充足的文化能量为基础的较强的文化辐射、文化吸收和消化机能；频繁的文化交流中的自我主体意识；完整的社会机制和社会角色，特别是强有力的、智能超群的、杰出的社会驱导角色对文化的整合有特殊的作用；健全的文化更新机制，拥有强有力而相对统一的道德、法律、风俗习惯、宗教信仰、民族语言文字等文化要素，有助于维系民族文化的统一，能够增强民族凝聚力；民族文化心理的认同倾向，民族成员具有强烈的"我群"意识和持续的民族记忆，自觉地传承固有的族性特征；等等。[①]

如果一个民族缺乏上述这些条件，则不利于民族文化的自我整合。壮族先民支系繁多，分布也不集中，仅就20世纪50年代民族识别工作的结果显示，壮族人民跨省而居，除了聚居于广西境内外，还散居于云南、广东等省。因而，作为民族共同体的壮族文化也是由多个文化板块组成的。倘若按梁庭望的文化板块分类法，壮族共有九大文化板块（文化区）：红水河中下游文化区、柳江龙江文化区、桂西北文化区、桂粤湘文化区、邕江右江文化区、左江文化区、邕南文化区、桂边文化区和文山文化区。[②] 这九大区域的壮族民众在民族语言、宗教信仰、风俗习惯、神话传承等方面也不尽相同。由于分布不集中、语言不统一，加之地理条件的限制和交通的不便，都不利于促进各区域壮族人之间的相

① 覃德清：《壮族文化的传统特征与现代建构》，广西人民出版社2006年版，第41页。

② 梁庭望：《壮族文化概论》，广西教育出版社2000年版，第21页。

互交往与融合，也不利于增强各区域壮族民众彼此间的文化认同。从整体上看，壮族文化呈分散状态，这是导致壮族文化内部结构难以整合的重要因素。此外，汉族文化的渗入也是造成壮族文化内部结构难以整合的最为重要的因素。壮族先民文化与汉族先民文化的交流始于传说中的尧舜时代，西周以后双方交流相对频繁。但这些交往属于正常的文化接触和文化交流，而不是强烈的文化冲突。汉族文化的发展历史证明，具有完整的社会机制和杰出的社会驱导角色对民族文化内部结构的自我整合具有特殊作用。

壮族文化内部的不整合，从另一角度讲，却有利于提高壮汉文化之间的整合水平。因而，随着壮汉民族交往、杂居、融合以及壮汉民族文化交流的日益频繁，作为壮族文化重要组成部分之一的壮族民间文学整合了大量的汉族文化元素。壮族流传的神话是壮族族群记忆的重要组成部分。而现当代田野调查所搜集到的有关桂西、桂中壮族地区所传承的壮族神话已不是壮族神话的原貌，而整合了不少汉族文化元素。如前文所述，在部分壮族人的族群记忆中，本民族的神话谱系在其发展演化中出现了“断裂与置换”现象，即出现了部分壮族人尊奉汉族神话人物伏羲（兄妹）为始祖，并以此来演述本民族的兄妹始祖型洪水神话。这与壮族文化结构缺乏自我整合机制有关。壮族文化内部结构不整合，不利于维系族群记忆的持续性与族群文化的认同强度。再者，壮族先民由于没有承载本民族文化的文字，造成了族群记忆缺乏文字化记载（即缺乏“物态化”的文本记录）。随着各民族间的不断融合，文化接触和文化交流日益频繁，壮族的族群记忆中不断整合了其他民族的文化元素，形成了一种新的族群记忆系统。由于缺乏文字记载，原有的族群记忆就逐渐被人们遗忘或置换，而后人也无从查证。当汉族文化作为一种强势文化渗入，造成了在部分壮族人的族群记忆中壮族神话演化谱系出现了“断裂与置换”现象。也正因为壮族文化呈现松散状态，内部结构不整合，从而导致了壮族的兄妹始祖型洪水神话中的兄妹名字的不统一，有的称为伏羲（伏依）兄妹，有的称为盘古兄妹，马山县流传的壮族兄妹婚洪水神话的兄妹甚至还有壮名，兄叫“勒斗”，妹叫“达头”。在民族民间文学中，神话是最能体现一个民族的族群记忆能否维系其族群文化认同强度的重要表征。从壮族神话谱系的演化看，由于壮族文化尚处于缺乏自我整合机制的阶段，就过早地进入壮汉文化的交流与融合、传播与吸收之中，从而造成本民族文化难以整合。因而，汉族文化的渗入造成了壮族族群记忆的稀释，壮族神话在世代传承中整合了大量的汉族文化元素。再譬如，壮族师公、麽公经诗唱本《麽经布洛陀》或《布洛陀经诗》融入了不少汉族神话人物和道教神灵，形成于明清时期的壮族《传扬歌》也整合了大量汉族传统文化元素。

壮族文化呈现非整合性，从某种意义上讲，也正是壮族文化开放性的体现。壮族是一个极其“容异”的民族，壮族文化具有巨大的包容性。徐松石曾将壮族与苗瑶民族做一番比较后指出，壮人与其他汉族自由婚姻，没有什么界限；对于文化方面，壮人也是开通得很；在心理方面，壮人也开朗得多。[①]

壮族开朗上进的民族性格，有利于与周边民族共同生活，有利于本民族成员借鉴、吸收周边民族文化来发展本民族文化。随着壮汉民族的深度融合，壮汉民族文化整合水平也相应提高，壮族民众对汉族文化的认同也不断增强。壮汉民族融合有利于促进壮汉民族文学的交流及整合。如前面三节所论述，汉族神话、民间故事、民间唱本、南戏传奇、

① 徐松石：《徐松石民族学研究著作五种》，广东人民出版社1993年版，第65页。

明清小说等汉族文学作品通过各种途径传入桂中、桂西壮族地区。这为壮族民众的口头创作、民间长诗创作、民间剧本创作提供了丰富的文学养料,促进了壮族民间文学的发展。尽管弱势民族与强势民族在文化交流中存在非均衡性,往往是弱势民族受强势民族文化的浸染,但弱势民族在文化接触和文化交流过程中也往往基于本民族文化发展的需要而有创造性地选择或采借其他民族的文化,在形式、意义、功能等方面进行修正,使其适应本民族文化的需要。壮族民众对汉族文化并不是全盘接受,而是借鉴分析、有选择性地吸收,并将之融入本民族的文化特质之中。诚如美国文化人类学家本尼迪克特所说,每个民族为了实现自己文化上的某些目的,"人们从周围地区可能的特质中选择出可利用的东西,放弃不可利用的东西。人们还把其他的特质加以重新铸造,使它们符合自己的需求"①。

从第二节分析汉族故事题材的壮族民间长诗如《唱文隆》《李旦与凤姣》《毛红与玉音》《蔡伯喈》《十朋与玉莲》《马骨胡之歌》《朱买臣》以及汉族孝子故事题材的壮族民间长诗,虽然取材于汉族故事,但却是壮族民众根据本民族的社会历史、生活境况、歌谣形式、风俗习惯、价值取向、民族文化心理以及审美志趣等进行的重新创作。与原故事相比,这些汉族故事题材的壮族民间长诗在故事情节、人物设置、人物形象甚至在故事主题方面都发生了明显变异。从艺术形式而言,从原故事以小说或戏曲的形式流传变为以壮族民间长诗的艺术形式流传。这充分体现了壮族歌咏习俗特征,符合壮族的审美实践与审美判断,体现了壮族民众的审美观。壮族的艺术审美观,诚如梁庭望所说,壮族"对艺

① 露丝·本尼迪克特:《文化模式》,何锡章、黄欢译,华夏出版社 1987 年版,第 36—37 页。

术,以歌为美”[①]。壮族民众吸收汉族文化也是使其更好地适应本民族文化发展的需要。司马云杰说:“文化整合实际上是不同的文化重新组合。原来渊源不同、性质不同以及目标取向、价值取向不同的文化,经过相互接近、彼此协调,它们的内容与形式、性质与功能以及价值取向、目标取向等也就不断修正,发生变化,特别是为共同适应社会的需要,往往渐渐融合,组成新的文化体系。”[②]汉族故事题材的壮族民间长诗以及一些汉族故事题材的壮剧剧本,壮族民间歌手、民间艺人在重新创作时已经将原故事从内容到形式都融入了壮族的歌咏习俗、稻作文化以及师麽文化之中,使之壮族化了。这是具有化合性质的民族文学,充分体现了壮族的族群文化品性,呈现“和而不同”之美。与原故事相比,这些汉族故事题材的壮族民间长诗和壮剧剧本,已经发生了明显变异,原故事只是“躯壳”而已,它们已经是壮族民间文学的重要组成部分。可以说,汉族故事在壮族民间的流传过程,实际上也是壮汉民族文化的交融化合过程。

二、文化认同与壮族民间文学

前面三节已经历时性地大致梳理了壮族神话、民间传说、民间长诗和民间戏剧在内容或形式上与汉族文化的交流及其整合关系。尽管前文只是从壮族神话、民间传说、民间长诗、民间戏剧等四种民间文学样式来梳理壮族民间文学与汉族文化的关系,而没有涉及壮族民间谚语、新时期的壮族民间文学与汉族文化的关系,但这已经能够说明汉族文

---

① 梁庭望:《壮族文化概论》,广西教育出版社2000年版,第549页。
② 司马云杰:《文化社会学》,山东人民出版社1987年版,第386页。

化在壮族民间文学的孕育及发展过程中所产生的深远影响。为什么壮族民间文学受汉族文化影响如此深远呢？从表面上看，一个民族对另一个民族的民间文学、作家书面文学的借鉴、吸收、消化，只是一种“文学接受与再创作”现象。倘若要究其深层原因，那么就涉及民族文化心理层面，即关涉到文化认同的问题。

文化认同为研究壮族民间文学与汉族文化的关系提供了探究的视角。“认同”这一术语最早从哲学中产生，随后广泛运用于心理学领域并对其他人文学科产生深远影响。不过，迄今为止，学术界对“认同”的理解尚未有一个“普遍认同的解释”。在文化学、社会学、民族学、文化人类学等领域，“认同”往往与“民族”“族群”“文化”连用，即“民族认同”“族群认同”“文化认同”。在一国语境中，无论是“民族认同”“族群认同”还是“文化认同”都存在其内在联系。张海洋指出：“中国语境中的民族认同大致包含三层含义：一是国内各民族的内部认同，是为族群认同（ethnic identity）；二是国内各民族之间的整体认同，是为国民认同（national identity）；三是跨国的中外籍人士（包括海外华人）对中国历史文化或文明的认同，是为文化认同（cultural identity）。”①

在民族学、文化人类学等领域，“民族认同”与“族群认同”也并没有严格的界限，时常互用，而“文化认同”有时与“民族认同”或“族群认同”含义重叠。不同的学者对“文化认同”也有不同的理解。郑晓云认为：“文化认同是人类对于文化的倾向性共识与认可。这种共识与认可，是人类对自然认知的升华，并形成支配人类行为的思维准则与价值取向。由于人类存在于不同的文化体系中，因而文化认同也因文化的不同而各异。不同的文化有不同的文化认同，文化认同也因此而表现

① 张海洋：《中国的多元文化与中国人的认同》，民族出版社2006年版，第1页。

为对其文化的归属意识。”[①]

就民族学、文化学、文化人类学等学科而言，在一国语境内，文化认同包含三层含义：民族内部成员对本民族文化的认同、各民族之间的文化认同以及各民族对国家共同体的文化认同。文化认同是一个长期的文化过程，各民族之间之所以能够产生文化认同，除了民族交往、融合、文化交流等因素外，彼此间还存在一定的文化认同基础。譬如，因具有相似的生计模式而产生相似的民族文化心理。各民族间的文化认同也并非均等的，在文化接触与文化交流中往往是弱势民族的文化被强势民族的文化所涵化甚至同化。民族文化内部结构是否整合，这不仅关涉民族内部成员能否维系族群记忆的持续性和族群文化的认同强度，而且还关涉该民族成员对其他民族文化的认同强度。如果民族文化尚处于缺乏吸收和消化外来文化的机制的关键性时期，就过早地进入文化的交流与融合、传播与吸收之中，那么就往往会造成民族文化整合过程的中断。如果民族文化整合被中断，而这个民族又始终没有出现能够进行重新自我整合的社会驱导角色，那么这个民族的文化将呈现非整合性。民族文化的非整合性不利于维系民族成员对本民族文化的认同强度以及维系族群记忆的持续性，但却增强了本民族内部成员对强势文化的认同。随着民族间的深度融合，在文化的交往中，弱势民族文化与强势民族文化整合水平也相应提高，其民族内部成员必定会对强势民族文化产生多重认同。

大一统的政治环境，也是促进各民族间文化认同的重要因素。20世纪80年代，费孝通提出“中华民族多元一体格局”的思想，并对中华民族多元一体格局的形成过程做了精辟的论述。他指出，生活于中国

---

① 郑晓云：《文化认同与文化变迁》，中国社会科学出版社1992年版，第4页。

境内的许许多多分散存在的民族单位，"经过接触、混杂、联结和融合，同时也有分裂和消亡，形成一个你来我去、我来你去，我中有你、你中有我，而又各具个性的多元统一体"[①]。费孝通提出的"多元一体"应该理解为"'文化多元'与'政治一体''国土一体'"[②]。中华民族多元一体的政治格局，促进了中国各民族之间相互友好交往，促进了各民族政治、经济、文化的交流及整合。可以说，这既促进了各民族对中华民族的文化认同，也促进了各民族之间的文化认同。

汉族在其形成及发展中不断融合其他民族，像滚雪球一样越滚越大，最后成为中华民族的主体民族。汉族文化作为一种强势文化，对我国各少数民族具有强大的辐射力。壮族是受汉族文化影响最深的少数民族之一。在壮族及其先民漫长的历史发展长河中，壮族与汉族的民族关系主要表现为壮汉民族在长期而频繁的文化交流中，增进了两个民族的文化认同，促进了两个民族的相兼融合；儒学关于民族关系新观念、仁政德治学说是壮汉融合的思想文化基础；血亲观念、宗法意识、崇祖思想是壮汉融合的政治基础；共同的农耕文化是壮汉融合的经济基础；民族迁徙与杂民是壮汉融合的深厚社会基础。[③]

壮族及其先民是华南珠江流域以"那"文化为主的稻作民族。相似的生计模式，使壮汉两个民族具有相似的民族文化心理。壮族又是一个极其"容异"的民族，壮族文化具有开放性和巨大的包容性。这种开放的民族性格促进了壮汉民族的融合，促进了壮汉民族的文化交流及其整合，增强了壮汉民族的文化认同。如前文所述，各民族间的文化交流具有不均衡性。壮汉民族的文化交流，实际上主要表现为壮族民

---

① 费孝通："中华民族的多元一体格局"，《北京大学学报》（哲学社会科学版）1989年第4期。

② 纳日碧力戈：《现代背景下的族群建构》，云南教育出版社2000年版，第105页。

③ 韦玖灵："试论壮汉民族融合的文化认同"，《学术论坛》1999年第4期。

众对汉族文化的认同。一般而言，文化认同往往潜藏于民族心理层面，但却通过民族心理的“物化形态”来表现。这种民族心理的“物化形态”表现形式多种多样，民族文学就是其中的一种表现形式。我们既可以透过民族文学来审视一个民族的文化习俗、民族心理、价值取向以及审美志趣等，也可以透过民族文学来审视一个民族与另一个民族的文化交流及其整合关系以及彼此间的文化认同。因而，通过前面三节的详细论述，我们有必要从壮族民间文学的角度来审视壮族民众对汉族文化的认同。在壮汉民族的相互交往与融合中，壮族民众对汉族文化产生了多重认同。

首先，是对汉族文学的认同。民族文学是民族文化的重要组成部分。壮族民间文学含有大量的汉族文学成分。如汉族神话、民间传说（尤其是汉族民间四大传说）、民间故事、戏文故事、民间唱本以及明清小说等传入桂中、桂西壮族地区后，得到壮族民众的广泛接受，并将之融入本民族的神话、民间传说、民间故事、民间长诗、民间戏剧等民间文学的创作之中，而且还得到广泛流传。壮族民众对汉族文学的接受与吸收，这本身就是壮族民众对汉族文化的一种认同。从汉族文学在壮族民间的流传情况看，壮汉民族尤其是壮汉民族的民间阶层在民族心理、价值取向、审美志趣等方面具有诸多相似性。这主要表现在壮族民众对汉族文学进行分析借鉴、有选择性地吸收。

如前面三节所分析的那样，壮族民众并非全盘接受汉族文学，而只有那些符合壮族民众的民族心理、价值取向和审美志趣的汉族文学作品才能在桂中、桂西壮族地区广泛流传。壮族民众可以从汉族文学中那些反映主人公悲欢离合的爱情故事里寻找情感的寄托，如汉族的《唱英台》《孟姜女》《白蛇传》《荆钗记》《玉钗记》《二度梅》等传入桂中、桂西壮族地区后深受壮族民众的喜爱。如《玉钗记》传入桂中壮族地区后,被当地壮族民间歌手编创成民间长诗《马骨胡之歌》到处传唱。何文秀与兰英忠贞不渝的纯洁爱情成为壮族民众追求美好爱情的典范,如长诗中所说:“琴歌谱传奇哩,从古唱到今:男的学文秀,女的学兰英……歌声满八寨哩,代代相传闻:男的学文秀,女的学兰英。”[①]“在来宾、忻城、武宣一带农村,每逢婚丧嫁娶,宾朋满座的时候,到了夜晚,便烧一堆篝火,让大家围坐在一起同唱文秀。故文秀在壮族民间有能当被子盖的赞誉。”[②]可见这部民间长诗在桂中壮族地区深受壮族民众的喜爱。壮族民众也可以借汉族文学中那些批判男子忘恩负义、背亲弃妇或谴责女子、父母嫌贫爱富的戏文故事来进行自我教育。如取材于汉族故事的壮族民间长诗《蔡伯喈》《秦香莲》《朱买臣》《毛红与玉音》等在桂中壮族民间社会与壮族的《传扬歌》一样发挥着社会教化功能。壮族民众也可以从汉族历史小说中增长知识,从而增强对汉族历史文化的认同。如壮剧连台本戏的“十八大本”,几乎概括了唐宋时期的历史。壮族民众可以在观看民间艺人搬演这些汉族历史小说中了解汉族历史文化的发展。在审美志趣方面,壮汉民族也具有相似性。不少汉族文学作品追求大团圆,以满足人们的审美需求和情感寄托。壮族民众也有这种相似的价值取向和审美追求。如取材于汉族故事的壮族长诗《唱文隆》《十朋与玉莲》《马骨胡之歌》《唱唐皇》《二度梅》《李旦与凤姣》等,虽然壮族民间歌手根据本民族的社会历史、生活境况、歌咏习俗、风俗习惯、价值取向等对其进行重新创作,但仍然保持了原故事大团圆的结局。这实际上说明壮族民众保持了对汉族文化的认同心理。

---

① 黄勇刹、蒙光朝、韦文俊翻译整理:《马骨胡之歌》,中国民间文艺出版社1984版,第168页。

② 胡仲实:《壮族文学概论》,广西民族出版社1982年版,第105页。

其次，是对汉族孝文化的认同。儒家文化作为汉族文化的核心体系，不仅对中原汉族人产生深远影响，而且对周边少数民族也产生深远影响。随着壮汉民族的文化交流日益频繁，儒家文化不仅渗透到壮族社会的精英阶层，而且也不同程度地渗透到壮族民间阶层。“忠孝”思想是儒家孝文化的核心。封建社会不仅以“忠孝”思想为基础来规约精英阶层的社会道德伦理，而且民间阶层也受这种理论化的“忠孝”思想影响。汉族传统文化渗入桂中、桂西壮族地区后，壮族民间阶层也深受封建“忠君”思想的浸染。如前文所述，壮族壮师剧唱本《莫一大王》将莫一大王和封建皇帝塑造为封建道德的自我完善者，劝诫壮族民众要安于本分，不要犯上作乱。汉族民间社会多以通俗易懂的孝子故事来劝诫人们要改恶从善、孝顺老人，以达到传扬孝文化的目的。壮族也是一个非常重视孝文化教育的民族。在红水河流域的壮族地区，很早就流传着壮族孝子东灵孝母的感人故事即《唱东灵》。随着壮汉文化交流，明清时期在桂中壮族地区也流传着壮族民众自我教育的教科仪本——《传扬歌》。这是一部壮族民众自我教育的伦理道德长诗，涉及社会、家庭、伦理等多方面的内容。壮族《传扬歌》本身也受汉族传统文化的影响。在汉族社会，孝文化的传扬主要通过学校正统教育与民间自我教育两种途径实现。在壮族民间社会，孝文化的传扬主要通过民间自我教育来实现。一般是长辈讲述民间流传的孝子故事来教育晚辈要改恶从善、尊敬父母、孝顺老人，正确处理社会人伦关系。在桂中、桂西壮族地区，民间宗教神职人员是壮族文化的主要传播者与传承者。

壮族师公以古壮字为载体保存了大量本民族的神话传说、史诗、民间故事以及汉族故事，更为重要的是壮族师公在丧礼这种特殊场合传扬民族文化。壮族师公教是本民族原有的巫教与儒道释相交流及整合的产物。“重孝说”是壮族师公教的信条与教义之一。壮族师公为了宣扬孝道，将汉族孝子故事以民间长诗的艺术形式进行重新创作，将其纳入本师教的唱本体系作为传扬孝文化的教材。壮族师公主要是在丧礼这种特殊场合讲唱孝子故事，劝导人们改恶从善、孝顺父母。如壮族师公唱本《二十四孝书》的序歌所讲唱："请布老安静，唱前朝故人。二十四孝情，众人齐来听。请妇女莫哭，师公来吊灵。请布老安静，唱前朝故人。若有猪有鸡，放合祭亡灵。二十四孝情，众人齐来听。讲到众孝男，握幡绕棺转。唱行孝故事，赔父母恩情。父母死过世，正今日赔情。讲到众孝男，握幡绕棺转。送父母升仙，才算懂道理。唱行孝故事，赔父母恩情……哪个看传记，要想到功名。爱父母周到，不枉为世人。父母死入阴，从此断恩情。哪个看传记，要想到功名。二十四行孝，唱前朝的人。爱父母周到，不枉为世人。"①

如前文所述，壮族师公为了传扬孝文化，还将汉族四大传说之一的《孟姜女》故事编创为壮族孝男孝女故事《唱姜诗》。过去，民间壮师剧班常演孝子故事，《二十四孝》取材于汉族孝子故事，是壮师剧常演的传统剧目。尽管取材于汉族孝子故事，其故事内容已经壮族生活化了，但其传扬孝文化的主旨却始终没有发生变异，保持了对汉族文化的认同。

最后，是壮汉民族宗教信仰文化的融合。壮族民间社会，除了有原始宗教信仰外，还有不少民众信仰道教与佛教。壮族民众对道教和佛教的信仰往往体现于壮族民众的信俗中。笔者在忻城县调查时发现，忻城县土司衙署附近的三届庙里，不仅供奉壮族的土俗神三届公，而且还供奉不少道教和佛教的神灵。逢年过节，许多城乡居民和外地人前来上香祈福。据研究者考证，道教在南朝时期就已经传入广西境内了。

① 红波搜集翻译：《壮族民间师公唱本二十四孝书》，内部编印，广西民间文学研究会1985年版。

道教在其发展中形成多个派别。据梁庭望探究,传入壮族地区的道教属于正一派。①

大约在唐宋以后,壮族民间出现了壮族化道教,尊奉三清为本教的祖师爷。道教亦给壮族原有的巫教极大的启发和影响,大约在唐宋之际,在广西壮族地区出现了融合儒释道的壮族师公教。在创教时壮族师公为了使师公教名正言顺,便仿道教"三元"(三官)编创了师公教的三位祖师爷来历的故事。在道教的"三元"故事里讲"三女嫁一夫",而壮族师公根据本民族的民族心态和风俗习惯而编创一个"一女嫁三夫"的《三元的故事》。道教传入壮族地区后,道教神灵在壮族民间文学中经常出现。如前文所述壮师剧唱本《莫一大王》中就出现八仙托梦授法。又如,道教神灵太白金星也时常以"算命先生"的身份出现在壮族民间故事里。道教的神仙术、长生不老、升天成仙的思想也渗透到壮族民众的创作思维之中。壮族民众在口头创作中常将主人公塑造成具有超凡的神仙术之人,甚至还升天成仙。如前文所述,壮族刘三姐传说中就有多处叙述了刘三姐超凡的神仙术和巫术,有的地方甚至还流传刘三姐升天成仙了。这些都是壮族民间巫道信仰在壮族民间文学中的艺术反映。

① 梁庭望:《壮族文化概论》,广西教育出版社2000年版,第463页。

主要参考文献

一、壮族民间文学作品选集及单行本

闭克坚、李懋椿编:《田林县戏曲资料汇编》,内部编印,田林县文化局印1986年版。

广西民间文艺家协会、广西民间文艺研究室编:《广西民间文学作品精选·柳州市卷》,广西民族出版社1991年版。

广西民间文艺家协会、广西民间文艺研究室编:《广西民间文学作品精选·武宣卷》,广西民族出版社1991年版。

广西民间文艺家协会、广西民间文艺研究室编:《广西民间文学作品精选·隆林卷》,广西民族出版社1992年版。

广西壮文工作委员会、广西民族学院主编:《壮族民歌选》,广西人民出版社1958年版。

广西壮族自治区科学工作委员会、壮族文学史编辑室编印:《壮族民间歌谣资料》第1—4集,内部编印,1959年版。

广西壮族自治区科学工作委员会、壮族文学史编辑室编印:《壮族民间故事资料》第1—4集,内部编印,1959年版。

广西壮族自治区科学工作委员会、壮族文学史编辑室编印:《广西壮族文学资料(故事、歌谣及文人作品)》,内部编印,1960年版。

广西壮族自治区民间文学研究会编:《广西民间故事资料》第1集,内部编印,1980年版。

红波搜集翻译:《壮族民间师公唱本二十四孝书》,内部编印,广西民间文学研究会1985年版。
黄勇刹、蒙光朝、韦文俊翻译整理:《马骨胡之歌》,中国民间文艺出版社1984年版。
蓝鸿恩搜集整理:《神弓宝剑》,中国民间文艺出版社1985年版。
梁庭望、罗宾译注:《壮族伦理道德长诗〈传扬歌〉译注》,广西民族出版社2005年版。
蒙光朝翻译整理:《双姑传》,广西人民出版社1982年版。
南宁师范学院、广西民族民间文学研究室编印:《广西少数民族民歌民间故事》第1集,1982年版。
农冠品、曹廷伟编:《壮族民间故事选》第1集,广西人民出版社1982年版。
农冠品、过伟主编:《女神·歌仙·英雄——壮族民间故事新选》,广西民族出版社1992年版。
农敏坚、谭志表主编:《平果嘹歌(长歌集)》,广西民族出版社2004年版。
莎红、蓝鸿恩、剑熏等翻译整理:《布伯》,广西壮族自治区人民出版社1959年版。
田东县文联民间文学普查组搜集:《嘹歌》(上、下册),广西民间文学研究会筹备会编印1962年版。
忻城县文化局、文化馆供稿:《忻城壮族悲歌选》,广西民间文艺家协会编印1988年版。
张声震主编:《布洛陀经诗译注》,广西人民出版社1991年版。
张声震主编:《壮族民歌古籍集成 情歌(一)嘹歌》,广西民族出版社1993年版。
张声震主编:《壮族民歌古籍集成 情歌(二)欢𣚥》,广西民族出版社1997年版。
张声震主编:《壮族麽经布洛陀影印译注》(八卷本),广西民族出版社2004年版。
中国民间文学集成全国编辑委员会、中国歌谣集成广西卷编辑委员会编纂:《中国歌谣集成·广西卷》,中国社会科学出版社1992年版。

中华文化通志编委会编:《壮、布依、傣、仡佬、京族文化志》,上海人民出版社1998年版。
子义、马龙、苏珊等搜集翻译:《唱文隆·唱英台·唱唐皇》,广西民族古籍办公室编印1998年版。

二、壮族民间文学及相关历史文化调查研究论著

方士杰:《桂西民间文艺论集》,广西民族出版社1993年版。
广西壮族文学史编辑室、广西师范学院中文系编著:《广西壮族文学》(初稿),广西人民出版社1961年版。
广西壮族自治区编辑组:《广西壮族社会历史调查》第1册,广西民族出版社1984年版。
广西壮族自治区编辑组:《广西壮族社会历史调查》第2册,广西民族出版社1985年版。
广西壮族自治区编辑组:《广西壮族社会历史调查》第4册,广西民族出版社1986年版。
广西壮族自治区编辑组:《广西壮族社会历史调查》第5册,广西民族出版社1986年版。
胡仲实:《壮族文学概论》,广西人民出版社1982年版。
黄桂秋:《壮族仪式歌谣与民俗文化》,香港天马图书有限公司1996年版。
黄现璠、黄增庆、张一民编著:《壮族通史》,广西民族出版社1988年版。
黄懿陆:《壮族文化论》,云南教育出版社2001年版。
黄勇刹:《壮族歌谣概论》,广西民族出版社1983年版。
蒋廷瑜:《壮族铜鼓研究》,广西人民出版社2005年版。
李富强:《“蛮荒”稻香——壮族农耕文化》,香港天马图书有限公司1998年版。
李富强:《人类学视野中的壮族传统文化》,广西人民出版社1999年版。
蓝鸿恩:《广西民间文学散论》,广西人民出版社1981年版。

廖明君:《壮族自然崇拜文化》,广西人民出版社 2002 年版。
梁庭望、农学冠编:《壮族文学概要》,广西民族出版社 1991 年版。
梁庭望:《壮族文化概论》,广西教育出版社 2000 年版。
梁庭望主编:《壮族原生型民间宗教调查研究》,宗教文化出版社 2009 年版。
蒙光朝:《壮师剧概论》,广西人民出版社 1993 年版。
欧阳若修、周作秋、黄绍清等编著:《壮族文学史》,广西人民出版社 1986 年版。
潘其旭:《壮族歌圩研究》,广西人民出版社 1991 年版。
潘其旭、覃乃昌主编:《壮族百科辞典》,广西人民出版社 1993 年版。
丘振声:《壮族图腾考》,广西教育出版社 1996 年版。
覃德清:《壮族文化的传统特征与现代建构》,广西人民出版社 2006 年版。
覃乃昌、潘其旭主编:《壮学论集》,广西民族出版社 1995 年版。
覃乃昌主编:《壮侗语民族论集》,广西民族出版社 1995 年版。
覃乃昌:《壮族稻作农业史》,广西民族出版社 1997 年版。
韦其麟:《壮族民间文学概观》,广西人民出版社 1988 年版。
韦苏文:《壮族女性与文化》,广西民族出版社 1993 年版。
韦苏文:《壮族悲文化》,广西人民出版社 1994 年版。
杨树喆:《师公·仪式·信仰——壮族民间师公教研究》,广西人民出版社 2007 年版。
玉时阶:《壮族民间宗教文化》,民族出版社 2004 年版。
张声震主编:《壮族通史》,民族出版社 1997 年版。
壮族简史编写组编:《壮族简史》,广西人民出版社 1980 年版。
周作秋、欧阳若修、黄绍清等:《壮族文学发展史》,广西人民出版社 2007 年版。

三、其他相关研究论著

陈继会:《文化视界中的文学》,河南人民出版社 1994 年版。

陈建宪、林继富:《中国民俗通志·民间文学志》,齐涛主编,山东教育出版社2005年版。

陈泳超:《中国民间文学研究的现代轨辙》,北京大学出版社2005年版。

费孝通:《乡土中国 生育制度》,北京大学出版社2007年版。

关纪新主编:《20世纪中华各民族文学关系研究》,民族出版社2006年版。

何星亮:《中国自然神与自然崇拜》,上海三联书店1992年版。

胡晓明:《中国诗学之精神》,江西人民出版社2001年版。

黄强:《神人之间——中国民间祭祀仪礼与信仰研究》,广西民族出版社1996年版。

黄淑娉、龚佩华:《文化人类学理论方法研究》,广东高等教育出版社1998年版。

黄泽:《神圣的解构——民族文化研究的多维审视》,广西教育出版社1998年版。

姜彬:《区域文化与民间文艺学》,中国民间文艺出版社1990年版。

姜彬主编:《稻作文化与江南民俗》,上海文艺出版社1996年版。

李子贤:《探寻一个尚未崩溃的神话王国》,云南人民出版社1991年版。

李子贤主编:《多元文化与民族文学——中国西南少数民族文学的比较研究》,云南教育出版社2001年版。

刘守华、黄永林主编:《民间叙事文学研究》,华中师范大学出版社2005年版。

刘守华、巫瑞书主编:《民间文学导论》,长江文艺出版社1993年版。

刘守华主编:《文化学通论》,高等教育出版社1992年版。

刘亚虎:《神话与诗的"演述"——南方民族叙事艺术》,北京大学出版社2006年版。

刘亚虎主编:《南方史诗论》,内蒙古大学出版社1999年版。

刘芝凤:《中国侗族民俗与稻作文化》,人民出版社1999年版。

龙长吟:《民族文学学论纲》,湖南文艺出版社1997年版。

罗汉田:《中国南方民族文学关系史》,民族出版社2001年版。

吕大吉:《宗教学通论新编》,中国社会科学出版社 1998 年版。
纳日碧力戈:《现代背景下的族群建构》,云南教育出版社 2000 年版。
农冠品、过伟、罗秀兴等主编:《岭南文化与百越民风》,广西教育出版社 1992 年版。
上海文艺家协会、上海民俗学会:《民间稻作文化研究》,学林出版社 1993 年版。
司马云杰:《文化社会学》,山东人民出版社 1987 年版。
宋恩常编:《中国少数民族宗教初编》,云南人民出版社 1985 年版。
覃德清主编:《中国文化概论》,广西师范大学出版社 2002 年版。
天鹰:《中国民间故事初探》,上海文艺出版社 1981 年版。
王熙梅、张惠辛:《艺术文化导论》,学林出版社 1994 年版。
王懿之、李景煜主编:《百越史论集》,云南民族出版社 1989 年版。
谢选骏:《神话与民族精神——几个文化圈的比较》,山东文艺出版社 1987 年版。
杨民康:《中国民歌与乡土社会》,吉林教育出版社 1992 年版。
叶潮:《文化视野中的诗歌》,巴蜀书社 1997 年版。
张世富:《民族心理学》,山东教育出版社 1996 年版。
钟敬文:《话说民间文化》,人民日报出版社 1990 年版。
钟敬文:《民间文艺学及其历史——钟敬文自选集》,季羡林主编,山东教育出版社 1998 年版。
钟敬文:《钟敬文文集》(民间文艺学卷),安徽教育出版社 2002 年版。
钟敬文主编:《民间文学概论》,上海文艺出版社 1980 年版。
钟敬文主编:《民俗学概论》,上海文艺出版社 1998 年版。
周宪、罗务恒、戴耘编:《当代西方艺术文化学》,北京大学出版社 1988 年版。
朱慧珍、张泽忠等:《诗意的生存:侗族生态文化审美论纲》,民族出版社 2005 年版。

〔德〕卡尔·雅斯贝斯:《时代的精神状况》,王德峰译,上海译文出版社 1997

年版。

〔法〕丹纳:《艺术哲学》,傅雷译,人民文学出版社 1983 年版。

〔美〕弗朗兹·博厄斯:《原始艺术》,金辉译,上海文艺出版社 1989 年版。

〔美〕约翰·杜威:《确定性的寻求——关于知行关系的研究》,傅统先译,上海人民出版社 2004 年版。

〔日〕柳田国南:《传说论》,连湘译,中国民间文艺出版社 1985 年版。

〔苏〕勃罗姆列伊:《民族与民族学》,李振锡、刘宇端译,内蒙古人民出版社 1985 年版。

〔匈〕阿诺德·豪泽尔:《艺术社会学》,居延安译编,学林出版社 1987 年版。

〔英〕詹姆斯·乔治·弗雷泽:《金枝》,徐育新等译,大众文艺出版社 1998 年版。

后　记

本书系国家社科基金西部项目“民众口头创作与族群文化品性——壮族民间文学的文化透视研究”（06XZW013）结项成果。

对壮族民间文学发生兴趣还是在1980年代中期，我当时从一名乡村中学教师考上了广西师范大学中文系。大二的时候，我第一次知道小时候从老辈们口中听到的“人熊外婆”“老登的故事”以及大人们在歌会或歌圩上对唱的“西”或“加”[①]之类，居然还有一个响亮的学名——民间文学！于是，我从阅读教材《民间文学概论》开始，继而逐本翻阅《民间文学》《民间文学论坛》《民间文艺集刊》《民间文艺季刊》等学术期刊，最后将当时在中文系资料室和学校图书馆能够借阅的关于民间文学的书刊读了个遍。功夫不负有心人，一分耕耘一分收获。大学毕业时，我如愿考上了北京师范大学中文系（今文学院）中国民间文学专业的硕士研究生。

硕士研究生期间，除了聆听导师潜明兹教授的“民间文艺学”“史诗学”“神话学”“传说学”“歌谣研究”等5门课程（前3门是精讲必修课）外，还有幸聆听了许钰、陈子艾、刘铁梁等教授分工讲授的“中国现代民间文艺学史”、张紫晨教授讲授的“民俗学与中国民俗学史”以及杨堃先生（时任中国社会科学院民族研究所研究员）讲授的“民族学概

① “西”或“加”，壮语音译，均为南部壮语对山歌的称谓，其中“西”用南部壮语唱，“加”用平话（广西汉语方言）唱。

论”等课程。更有幸的是，其间，我利用参加专业所在教研室的教学科研活动及学术研讨会等，拜识了仰慕已久的钟敬文、费孝通、乌丙安、刘守华、刘魁立等学术前辈，也结识了当时的在读博士生陶思炎、董晓萍、郭于华、高丙中等年轻学长。这段时间的学习和思考，拓展并加深了我对民间文学的认识，坚定了我研究壮族民间文学的信心和决心。最后，我以《壮族神话试论》为题于 1991 年顺利通过答辩并获文学硕士学位。值得说明的是，该学位论文后来拆分、修改为姊妹篇《壮族人类起源神话与汉族人类起源神话的比较》和《壮族英雄神话述论》，这是我最早公开发表的学术作品。

完成硕士研究生学业，回到广西师范大学中文系从事民间文学、壮族文学史的教学与研究工作六年后，我再次如愿考上了博士研究生，师从钟敬文先生。这一年恰逢教育部颁发新的《授予博士、硕士学位和培养研究生的学科、专业目录》(1997 年颁布)。根据该目录，原来报考的中国民间文学专业被调整为代码是 030304 的民俗学(含：中国民间文学)专业，且从文学学科门类调整到了法学学科门类，所以我后来在北京师范大学取得的是法学博士学位。攻博期间，我越来越深刻地体会到研究壮族民间文学首先必须研究孕育和滋养这种文学样式的文化，因为“任何一个民族的文学，不能不是一个民族文化沃土上的产物。它的产生(构思、创作)与发展(接受与传播)，无论如何脱离不开一定民族的文化背景，并最终反过来，汇入民族文化的巨川，去冲积新的平原，去浇灌新的良田，去孕育新的生命”①。这一点得到了导师钟敬文先生的高度认可和大力支持，所以我选择了壮族民间师公信仰作为博士学位论文的研究对象，论题为《壮族民间师公教的民俗学研

① 陈继会：《拯救与重建——20 世纪中国小说文化精神》，河南人民出版社 1991 年版，第 329 页。

究》。其实，孕育和滋养壮族民间文学的文化沃土远非壮族民间师公信仰这一种，个中还应当包括但不限于民间麽公传统（与民间师公信仰同属一类）、稻作文化、歌咏习俗、以汉族文化为主的外来文化等等，而这正是本书思考和写作的逻辑起点。如今，从课题立项算起，本研究历时16年，终于结集付梓。借此机会，谨向引领我走向此道的各位师长、前辈，以及所有给予我关心、支持和帮助的朋友们表示衷心感谢和崇高敬意！

本书写作过程中，借鉴和吸收了众多学者和专家的学术成果，遗憾不能一一注明；我的研究生吴建冰（博士）、莫幼政（博士）、许钢伟（博士）、金钱伟（博士）、黄慧彬、侯红良等做了大量的资料整理及辅助工作，在此一并致谢！

作　者

2022年9月

于桂林学院知善楼

图书在版编目（CIP）数据

民众口头创作与族群文化品性：文化场视域下的壮族民间文学 / 杨树喆著 . — 北京：商务印书馆，2022

ISBN 978-7-100-21136-9

Ⅰ . ①民… Ⅱ . ①杨… Ⅲ . ①壮族—少数民族文学—文学研究—中国 Ⅳ . ① I207.918

中国版本图书馆 CIP 数据核字（2022）第 076378 号

民众口头创作与族群文化品性

文化场视域下的壮族民间文学

杨树喆　著

商　务　印　书　馆　出　版

（北京王府井大街 36 号　邮政编码 100710）

商　务　印　书　馆　发　行

北京虎彩文化传播有限公司印刷

ISBN 978-7-100-21136-9

2022 年 11 月第 1 版　　　开本 889×1240 1/32

2022 年 11 月第 1 次印刷　印张 9¼

定价：69.00 元